Barbara Baraldi

La bambola dagli occhi di cristallo

GIUNTI

Giunti Editore si impegna per uno sviluppo sostenibile
con l'utilizzo di carta certificata FSC proveniente
da fonti gestite in maniera responsabile.

www.giunti.it

Via Bolognese 165 – 50139 Firenze – Italia
Via G. B. Pirelli 30 – 20124 Milano – Italia

Prima edizione: maggio 2024

Ora mi rompo in pezzi che volano intorno come clave.
Un vento di tale violenza
non tollera neutralità: devo urlare.

Sylvia Plath

Prologo

Le dita infilate nel guanto di raso nero picchiettano sul tavolo. Riempiono la stanza di un suono basso. Un ritmo soffocato che echeggia nel vuoto intorno a lei. Che aspetta.

Seduta, gambe accavallate, labbra rosse, ciglia di ragnatela che circondano l'azzurro degli occhi. Ha la pelle chiara come quella di una bambola.

La Bambola volge lo sguardo al grande specchio dalla cornice intarsiata. Con una mano gioca con i boccoli dorati che le scendono sul viso. Guarda il divano di velluto, il tappeto color terra bruciata. Infine, gli occhi si soffermano sulle rose infilate nel vaso di ceramica.

Sprigionano il loro profumo generosamente, non chiedono nulla in cambio della bellezza che offrono ai sensi, pensa.

Un petalo si distacca e fluttua fino alla superficie di legno.

La porta si apre. L'uomo compare sulla soglia.

Il tamburellare delle dita si interrompe di colpo. Rimane solo il silenzio.

Il silenzio dei loro sguardi.

L'uomo indossa un completo blu scuro. Mentre avanza, il tessuto sibila. Ha i capelli grigi pettinati all'indietro e occhi come fessure d'ardesia.

L'uomo si ferma di fronte alla ragazza. All'anulare porta il simbolo di un giuramento che forse non ricorda più. Appoggia la mano sulla coscia della Bambola. Un sorriso obliquo si distende sul volto, lasciando intravedere i denti. Il respiro ha un sussulto di eccitazione.

«Sei senza mutandine, come ti avevo chiesto?»

«Certo. Sono una ragazza ubbidiente, io.» La Bambola si alza, flettendo la schiena. Si volta verso il vaso con i fiori. «Adoro le rose. Perché hanno le spine.»

«Pungimi. Così ti punisco come si deve.» L'uomo le ghermisce i fianchi.

Le dita della ragazza si muovono veloci. Sembrano afferrare una rosa. Ma non è una spina a penetrare nella carne dell'uomo, bensì un coltello da cucina affilato e lucente.

Sprofonda nel torace, per poi uscire trascinando con sé un fiotto caldo e scuro. Gocce rosse schizzano il viso della Bambola.

Dentro e fuori. Dentro e fuori. La lama è come un pesce argentato che guizza nel mare, al tramonto, espandendo piccole onde concentriche come pensieri senza fine.

La fine.

La lama entra ancora e ancora, colpendo l'uomo alle mani con cui cerca inutilmente di ripararsi, e poi al collo.

L'uomo barcolla, indietreggia con passi incerti. Crolla a terra battendo la testa alla base del divanetto.

I petali sparpagliati sul pavimento sono intrisi di sangue. Una fragranza dolciastra si diffonde nell'aria.

La Bambola si pulisce il viso con una mano guantata. Si avvicina al cadavere, attenta a non scivolare su una chiazza rossa che si sta espandendo. Si china e comincia a frugare nelle tasche interne della giacca dell'uomo. Lui sembra guardarla scomposto, con una smorfia grottesca impressa sul volto.

Estrae una busta.

La apre impaziente. Contiene una piccola cassetta MiniDV nera.

La Bambola sorride. «Anche tu sei stato un bambino ubbidiente» sussurra.

Prima di uscire dalla stanza, guarda il proprio riflesso nello specchio intarsiato, lo specchio di una fiaba che fa paura e in cui è lei la più bella del reame. Così, profumata di sangue.

1

Tutti i miei sbagli

«Cosa hai fatto ieri sera?» chiede Viola senza guardarlo.

Nunzio non risponde. Continua a tagliare la bistecca. Dall'incisione esce un rivolo di liquido rosato.

«Allora?» C'è tensione nella voce di Viola. Per la rabbia, per il dubbio che si è radicato dentro di lei.

«Sei insicura. Non sopporto le persone insicure. Lo sai, vero?» Nunzio si porta la forchetta alle labbra e inghiotte un boccone.

«Sei tu che mi rendi insicura. Non ero così, prima di conoscerti.» Mente. «Te lo chiedo per l'ultima volta e poi me ne vado.» Articola con enfasi ogni sillaba, come se stesse recitando una formula capace di far aprire chissà quale porta segreta, che nasconde un tesoro inestimabile. «Che cosa hai fatto ieri sera?»

Nunzio smette di masticare. La guarda. È bella, Viola, ed è formosa. Soffici capelli rossi, il viso tempestato di efelidi. Ha le tette grosse, strizzate in un maglioncino elasticizzato da "tutto-a-due-euro". La sua pelle è profumata senza bisogno di essenze. Nunzio pensa che tutto sommato gli piace ancora e che, se potesse, la scoperebbe anche adesso. Deglutisce.

«Sono stato da Fabrizio a guardare la partita. Ci siamo fatti qualche birra e poi, lo sai come va, mi sono addormentato sul divano.» Si infila in bocca un pezzetto di carne. «Tutto qui, piccola, tutto qui.»

A Viola sembra di ricominciare a respirare dopo un'apnea. «Non mi piace quando fai così. Mi fai sentire come se fossi… niente.» Si copre il viso. Le lacrime le pungono gli occhi, premendo per uscire. Sono sempre le stesse, lo sa. Le stesse lacrime indisciplinate che si affacciano ogni volta che lei e Nunzio discutono. Sin dal primo litigio.

Lo ricorda come se fosse ieri. Erano passate tre settimane da quando si erano trasferiti a Bologna. Viola aveva diciotto anni, e aveva abbandonato tutto per lui. Che poi, a pensarci bene, il suo "tutto" era poca cosa: una madre che si era rifatta una vita con un uomo che non avrebbe mai sostituito suo padre, un diplomino da segretaria d'azienda e mille incertezze che Nunzio aveva cancellato con un colpo di spugna.

Era stato un colpo di fulmine. Un innamoramento feroce che l'aveva travolta e fatta capitolare nel giro di pochi mesi, spingendola a opporsi al parere di tutti, parenti e amiche.

Nunzio, dieci anni più grande e una bellezza sfrontata, a Caserta aveva la fama del cattivo ragazzo. Si erano incontrati in un bar, durante un aperitivo. Lei era seduta dietro di lui. Mentre Viola stava chiacchierando con le amiche, lui si era voltato e le aveva semplicemente chiesto di uscire. Lei aveva rifiutato. Così, era cominciata una specie di sfida. Che alla fine lui aveva vinto, corteggiandola fino allo sfinimento. Promettendole una nuova vita insieme, al Nord, lontano dai ricordi di un passato che non ha mai smesso di azzannarla al petto, ogni volta che Viola si guarda indietro.

Nunzio aveva fatto un giro di telefonate tra certi suoi amici che stavano a Bologna da qualche anno. Uno zio di secondo grado, Carmine, aveva accettato di assumerlo nel suo negozio di distribuzione di bevande per occuparsi delle consegne a domicilio. Li aveva aiutati a trovare un piccolo appartamento in affitto in via Nosadella.

Sembrava l'inizio di un film romantico, uno di quelli dove i protagonisti ricominciano daccapo in una nuova città e affrontano un'infinità di ostacoli, ma alla fine la spuntano perché il sentimento che li unisce è più forte di ogni cosa.

I primi giorni, nonostante le complicazioni del trasloco, Viola si era sentita davvero come in luna di miele. Al sicuro. Fortunata, persino, ad avere al proprio fianco un compagno che la riempiva di attenzioni. Nunzio era protettivo e non perdeva occasione di farla sentire desiderata.

La causa del litigio era stata una bistecca come quella che Nunzio sta mangiando adesso. O, forse, la bistecca era stata un pretesto. Quel giorno, Nunzio era rientrato dal lavoro già nervoso, ma non aveva voluto spiegarle il motivo. Lei stava armeggiando con le padelle in cucina. Aveva messo avanti la preparazione di un paio di contorni con l'intenzione di stupirlo con una cena speciale. Melanzane, broccoli, peperoni comprati dal negozio di un compaesano. Si era distratta, tutto qui.

«Non vedi che la carne è stracotta?» era sbottato Nunzio a tavola. «Lavoro tutto il giorno e mi tratti così?»

Lei era stata incapace di ribattere.

«Lo sai che a me piace al sangue. Al sangue, cazzo! È così difficile?» Si era messo a urlare, con il volto paonazzo e le vene del collo ingrossate.

Viola aveva sentito le lacrime scorrere sulle guance senza rendersi conto che aveva cominciato a piangere.

Nunzio l'aveva osservata a lungo. Poi aveva scosso la testa. Aveva fatto una serie di respiri controllati. Si era alzato e l'aveva abbracciata, impacciato.

«Lo sai che sei il mio angelo» le aveva sussurrato all'orecchio, poi. «È solo che certe cose mi fanno proprio perdere il controllo.»

Nunzio inghiotte l'ultimo boccone. Nel piatto è rimasto un piccolo lago di sangue.

Dal giorno di quel litigio non ha più sbagliato cottura, Viola. In compenso, sbaglia molte altre cose, che lui non manca di farle notare.

«Vi posso portare qualcos'altro?», chiede il cameriere. Li ha tenuti d'occhio per farli sbollire, per non rischiare di perdere la mancia generosa di quando Nunzio è di buon umore.

«Sì, un caffè. E un limoncello.»

Il cameriere rivolge uno sguardo a Viola. È la più bella delle ragazze che ha visto in compagnia di Nunzio. Da come si comporta con lei, deve essere una sorta di fidanzata ufficiale. Anche se era da un po' che non si vedevano insieme al ristorante. Se la tiene a casa, solo per i suoi occhi, pensa.

«Per me niente, grazie» dice lei.

«Già che ci sei portami anche il conto, Giacomi'.»

Dopo qualche minuto il cameriere torna al tavolo.

Nunzio studia lo scontrino con le sopracciglia aggrottate. Poi estrae dal portafoglio una banconota da cinquanta euro.

Strizza l'occhio e, a parte, gli porge la mancia.

Il cameriere abbozza un sorriso. Vuole dire che si scopa, quando Nunzio strizza l'occhio. «Anche questa volta si scopa,

Giacomi'» gli ha detto qualche volta, con una pacca sulla spalla, prestando attenzione a non farsi sentire dalla ragazza di turno. Oggi si limita a guardarlo di sottecchi con espressione indecifrabile.

«Ma come fa una ragazza così dolce a stare con uno così?» si chiede Giacomi'. Ma tanto lo sa che certe domande è meglio non porsele affatto.

2

Turno di notte

L'ispettore Marconi percorre il corridoio con passi spediti, che risuonano sul pavimento di granito. È montato in servizio due ore fa, lo aspetta una lunga notte. Dalle finestre, la luce arancione dei lampioni si diffonde nella questura. Marconi si ferma di fronte alla macchinetta del caffè e si mette a rovistare nella tasca dei jeans alla ricerca della chiavetta.

Un telefono comincia a squillare. Marconi si volta indietro, verso il suo ufficio.

«Non è possibile» dice tra sé. Fa un sospiro. «Tommasi!»

Non ricevendo risposta, ripercorre il corridoio a ritroso, rientra in ufficio. Alza la cornetta. «Squadra Mobile.»

«Assistente Bartoli, centralino» dice la voce dall'altro capo della linea. «Mi segnalano una rapina all'ufficio postale di viale Pietramellara. Sembra che abbiano sfondato un muro dell'edificio e siano entrati da lì.»

«Sfondato? E come?»

Il sovrintendente Tommasi compare sulla soglia. Un metro e novanta di stazza, occhi da bulldog. Appoggia la penna e la rivista di enigmistica sul tavolo. «Che succede?»

Marconi alza un dito per chiedergli un momento. «Dicevi, Bartoli?»

«Eh. Sappiamo solo che c'è stato un botto.»

«D'accordo. Interveniamo.»

«Un'ultima cosa, Marconi. Qualcuno ha visto in zona una Golf grigio metallizzato che si allontanava a tutta velocità dalla scena.»

Marconi riaggancia la cornetta. «Prendi le chiavi della 156 che andiamo.»

Tommasi controlla l'orologio da polso: mezzanotte è passata da un pezzo. Abbozza un sorriso, strappa il foglietto del calendario giornaliero sul tavolo: 3 febbraio 2004.

Afferra le chiavi e la giacca.

Marconi indossa il suo giubbotto da aviatore. I due si precipitano giù dalle scale. Attraversano un ampio salone, poi percorrono un corridoio fino alla porta di servizio che conduce al garage. Tommasi preme un tasto sul portachiavi e un'Alfa Romeo bianca illumina le quattro frecce a intermittenza con un cinguettio.

«Dove si va?»

«Hanno rapinato le poste di viale Pietramellara. Sembra che abbiano utilizzato dell'esplosivo per sfondare il muro.»

«Roba seria.»

Con stridore di pneumatici, l'auto si immette in via Ugo Bassi. Marconi estrae il lampeggiante dal cruscotto e lo applica sul tetto della vettura. Tommasi aumenta la pressione sull'acceleratore. L'auto attraversa la rotonda di via Amendola, rischiando la collisione con una Golf grigia lanciata a tutta velocità nella direzione di via dei Mille.

«Che cazzo fanno, quelli? Sono contromano!» dice Tommasi.

«Seguili!»

«E la rapina alle poste?»

«Sono loro! Bartoli mi ha detto che hanno visto una Golf grigia allontanarsi a manetta.» Marconi accende la sirena.

Tommasi sterza il volante a fine corsa e tira con forza il freno a mano. L'auto slitta sugli pneumatici posteriori e compie una rotazione fino ad allinearsi con la direzione della Golf. Tommasi lascia il freno e schiaccia l'acceleratore a tavoletta. Con un grugnito, l'auto riprende stabilità e morde l'asfalto di via dei Mille, arrivando in pochi secondi ai cento all'ora.

Le due auto sfrecciano affiancate, bruciando il semaforo con via Indipendenza.

Dal finestrino, Marconi si sbraccia per incitarli ad accostare.

L'uomo alla guida della Golf non lo guarda nemmeno. Accelera bruscamente, inghiottendo l'incrocio che da via Irnerio conduce in via Malaguti.

Un'auto proveniente da viale Filopanti perde stabilità nel tentativo di evitarla. Un paio di giravolte in testacoda e si schianta contro la base di Porta San Donato, slittando fino all'aiuola. Per schivarla, Tommasi sterza a destra e imbocca il viale. Le ruote della 156 stridono sull'asfalto, ma l'auto si mantiene stabile in traiettoria.

«Sono diretti in via Massarenti» dice Marconi. «Con un po' di fortuna dovremmo riuscire a tagliargli la strada.» Sgancia l'altoparlante della radio. «Ispettore Marconi. Stiamo inseguendo una Golf grigio metallizzato diretta in via Massarenti, con a bordo dei sospetti rapinatori. C'è una volante in zona?»

Qualche scarica di statica, poi: «Volante tre, ricevuto. Ci portiamo in posizione.»

Tommasi imbocca la corsia preferenziale. Dopo alcuni istanti un paio di fari si stagliano dalla distanza: «Eccoli!».

«Sbarriamogli la strada» dice Marconi.

Tommasi frena e posiziona l'auto di traverso sulla carreggiata.

Il rombo del motore della Golf si fa sempre più vicino, mescolandosi all'ululare della sirena dell'auto dei due poliziotti. Nessuna incertezza, nessun cenno di rallentamento.

«Ma che fanno?» dice Tommasi. «Non si fermano!»

«Merda» dice Marconi.

L'impatto provoca un fragore assordante. Il muso della Golf investe il parafango dell'Alfa Romeo, sbalzandola di lato. Il finestrino di Marconi si frantuma per effetto dell'urto. Tommasi viene inghiottito dall'airbag laterale e d'istinto si copre il volto con le mani per ripararlo dalle schegge.

Marconi stringe gli occhi per respingere un moto di nausea. «Tutto bene, Tommasi?»

«Sì. Credo di sì.» Tommasi recupera la presa sul volante e schiaccia l'acceleratore. L'auto sferraglia e sbuffa, ma non riparte.

Marconi spalanca la portiera ed esce, ignorando il dolore a una spalla. Comincia a correre in direzione della Golf. Sente la sirena della volante in arrivo, sempre più vicina. Poi, lo stridore di uno slittamento prolungato di pneumatici sull'asfalto.

Un boato.

Marconi continua a correre. Pochi istanti di silenzio, poi una serie di esplosioni a ripetizione di un'arma da fuoco.

Marconi sente dietro di sé i passi concitati del collega. «Diamoci una mossa.» Estrae dalla fondina la sua pistola d'ordinanza. Sgancia la sicura e scarrella per infilare il colpo in canna. Poco lontano, distingue la sagoma della Golf, schiantata contro un pilone del cavalcavia che sovrasta la ferrovia. Delle volute di fumo si espandono dal cofano.

Tre figure corrono verso i binari. Dall'altra parte del cavalcavia, la volante è ferma, di traverso, in mezzo alla strada, con i lampeggianti accesi. Due poliziotti in divisa si stanno riparando dietro la vettura, le mitragliette M12 salde tra le mani.

Marconi rivolge loro un cenno di assenso e si schiaccia dietro a un cassonetto. «Ai binar...»

Non riesce a finire la frase. Una sventagliata di proiettili si infrange contro il suo riparo improvvisato.

D'istinto, controlla la posizione di Tommasi: si è nascosto dietro un'auto parcheggiata sul lato della strada. Gli fa un gesto perché faccia fuoco di copertura.

Non appena Tommasi comincia a sparare, Marconi si sporge e allinea il mirino alla sagoma con il fucile.

Preme ripetutamente il grilletto fino a svuotare il caricatore della pistola.

3

Fiori senza radice

Eva posa lo sguardo sulle margherite. Il vaso trasparente e affusolato affianca il monitor. A lato sono riposti uno scanner e due pile di fascicoli, un manuale di tipi di carattere e il supporto di una penna grafica.

Aggiorna la data sul calendario: 20 marzo 2003.

Ancora non lo sa, Eva, ma seduta a quella scrivania abbandona ogni giorno un frammento dei sogni che aveva da bambina. Ma racconta a sé stessa che domani sarà diverso, che presto anche le sue idee saranno prese in considerazione, che prima o poi avrà la sua grande occasione. Per aiutarsi a crederlo, ogni tanto, si lascia trasportare altrove dai fiori freschi che non mancano mai di colorare quell'angolo grigio. Si perde in fantasie impalpabili come il profumo dei loro petali.

Già da bambina adorava la pubblicità.

Aveva un debole per il morbido orsacchiotto che sobbalzava sui panni in lavatrice o persino per il bambino lentigginoso avido di barrette di cioccolato al latte. Una volta, sua madre le ha raccontato che, in compenso, certe pubblicità avevano il potere di indispettirla. Come di fronte a quel tizio che vagava in accappatoio per il supermercato, per esempio, o tutte le volte che una famigliola si riuniva dinanzi a un banchetto di merendine già scartate.

Eva ha sempre saputo che lavoro avrebbe fatto da grande. Dopo una laurea in Comunicazione, eccola seduta alla scrivania dell'Agenzia Anselmi. In anticipo di dieci minuti ogni mattina, con la voglia di mettere alla prova la sua creatività, vede tuttavia le sue mansioni non evolversi mai.

Eva scontorna. Eva fa ricerche sui prodotti. Eva è veloce come la luce a fare fotocopie. Ed è un fenomeno allo scanner, dove immagazzina montagne di immagini senza mostrare tracce di stanchezza.

Sono in otto a lavorare in agenzia. Eva non ha legato particolarmente con i suoi colleghi. A partire da Sonia, che la tratta in modo accondiscendente e, quando parla, non arriva mai al dunque. O Giulia, decisamente troppo esuberante e logorroica. Eva cerca di evitarla per non doversi sorbire le sue interminabili filippiche su qualunque argomento.

In quanto a Roberto, il direttore creativo, la faccenda è più complicata di quanto avrebbe desiderato. Lui si presenta ogni mattina preceduto dal suo sorriso di plastica, il Borsalino portato di traverso e una delle sue inguardabili cravatte optical.

«Posso condividere con te una mia riflessione?» gli aveva detto Eva, un pomeriggio.

Lui le aveva risposto con un mugugno.

«Non ho potuto fare a meno di notare la bozza che hai fatto per la pubblicità delle Prugne Del Sole.»

«E quindi?»

Prendo coraggio e glielo dico, aveva pensato lei. «È marrone.»

«Marrone?»

«Proprio così.»

«E quale sarebbe il problema?»

«Marrone. Le prugne. Lassative.» Eva aveva distolto lo sguardo. «Io immaginerei uno sfondo giallo, come i raggi del sole californiano. E magari…»

«Eva» l'aveva interrotta lui. «Primo: non è marrone ma è color kaki. Secondo: lavoro nel settore da dodici anni e vanto innumerevoli campagne di successo. Quindi, evidentemente, posso fare a meno dei tuoi consigli.»

Quel giorno, Eva aveva capito che era meglio tenere per sé le proprie opinioni.

Roberto scopa con Mariangela, la titolare.

Straordinari per lui, uguale scopare Mariangela in tutte le posizioni senza scomporle il carré di capelli mogano.

Mariangela è sposata con l'ingegnere Anselmi, che è abbastanza ricco da averle regalato l'agenzia pubblicitaria solo per tenerla un po' fuori casa. L'amante? Probabilmente, incluso nel pacchetto. Dopo averla conquistata e avuta in moglie, è cambiato tutto. Il sesso, per esempio. «Prima di avere una donna ti immagini come fa l'amore, come si muove sotto di te, che gemiti fa quando viene. E diventi generoso» ama dire l'ingegner Anselmi ai suoi amici più intimi. «Ma poi cambia tutto: due scopate e si diventa fratelli.» Per sua sorella ha aperto un negozio in franchising di scarpe. Davvero generoso con i parenti, l'ingegner Anselmi.

Il giorno della presentazione della campagna pubblicitaria del frutto lassativo, Eva si era ritrovata nell'ufficio di Mariangela proprio mentre il committente faceva i suoi complimenti a Roberto, il grande creativo capace di veicolare un messaggio di buon gusto e originalità. Aveva visto le bozze dei manifesti per Le Prugne Del Sole, immerse in un cartellone di un bel giallo acceso, a richiamare l'idea del sole californiano e di un cibo salutare.

Roberto l'aveva apostrofata davanti ai clienti. «Eva, dimmi. Che colore avresti usato per pubblicizzare queste prugne? Un bel marrone, immagino» suscitando un coro di risate.

4

Vent'anni

Mi sento vuota.

Vuota, come la notte senza di lui.

È uscito anche stasera. Si è profumato, si è spalmato sui capelli il gel a tenuta forte, ha indossato i jeans chiari e una maglietta attillata. Non gliel'avevo mai vista, quella maglietta. Deve essere nuova.

E io me ne sto qui sul divano, in pigiama. Sono un pigiama con l'anima.

Sono così stanca.

E ho vent'anni da meno di una settimana.

Viola chiude gli occhi sotto l'impeto di un ricordo.

Mancano pochi giorni al suo quinto compleanno. Suo padre le scompiglia i capelli. «Il compleanno è la festa più importante» le dice. «E lo sai perché, Viola?»

«Perché» chiede candidamente.

«Il Natale lo festeggiano tutti, a Pasqua i bambini ricevono le uova di cioccolato con la sorpresa...»

Lei annuisce.

«Il compleanno invece no, è tuo soltanto. È il giorno in cui sei una principessa e i tuoi sudditi ti riempiono di attenzioni.»

Viola rivede il padre mimare un inchino. «Non basta una giornata per festeggiare un evento così importante. Ci vogliono almeno sette giorni, di sorprese e musica.»

Sette giorni, non uno di meno.

Ascoltava Battiato, suo padre. Forse è per questo che lei non ce l'ha, un centro di gravità permanente.

Si sentiva felice quando papà era l'uomo della sua vita.

Sente una lacrima affacciarsi alle ciglia. Piange spesso, Viola. Forse tutti i giorni, almeno per un minuto. Non l'ha mai capito, perché piange così tanto.

Questa mattina è riuscita a trattenersi. Quando si è alzata, ha trovato un succhiotto sul collo di Nunzio. Lui le ha detto che era soltanto un livido. Lei è riuscita a respingere le lacrime in fondo alla gola.

«Un livido» si ripete adesso, a voce alta.

Le strofe della canzone la raggiungono dagli auricolari dell'iPod. È sola, accovacciata sul divano, in pigiama. Abbraccia un cuscino con la stampa di una tigre e sente il peso dei suoi vent'anni.

Vent'anni per capire che, forse, l'uomo della sua vita l'ha avuto fin da appena nata, ma con la scadenza. Durata: dieci anni. Così era scritto sulla confezione.

Lascia le lacrime fluire libere, indisciplinate.

Siamo figli delle stelle, pronipoti di sua maestà il denaro.

Gli occhi si fanno pesanti.

E avete voglia di mettervi profumi e deodoranti. Siete come sabbie mobili tirate giù.

Sempre più pesanti.

È difficile rimanere calmi e indifferenti quando tutti intorno fanno rumore.

Viola scivola sulla china del sonno, mentre sul ponte sventola bandiera bianca.

È in piedi sull'asfalto di una strada di periferia deserta. È notte.

Cammina con lo sguardo basso sotto la luce dei lampioni. Poi, l'ambiente cambia all'improvviso.

Di fronte a lei, si staglia un edificio basso di vetro e cemento. Pochi passi e raggiunge una porta chiusa. Viola la osserva per qualche istante, immobile. Vorrebbe aprirla, ma per qualche motivo ha paura.

Vince l'esitazione. Abbassa la maniglia.

Un turbine l'avvolge. Come una folata di vento gelido, il buio le corre incontro.

Quando il nero si dissolve, c'è solo sangue.

Sangue che schizza le pareti. Sangue a chiazze sulle piastrelle bianche del pavimento.

E in mezzo a tutto quel rosso c'è qualcosa. Qualcosa che non riesce a mettere a fuoco ma che la riempie di orrore.

Viola si sveglia di colpo. Trema. Il respiro è affannoso come dopo un'apnea.

Si guarda intorno: è nel suo appartamento, rannicchiata sul divano.

Si sforza di ritrovare la calma. In un riflesso istintivo, si porta una mano alla bocca e comincia a rosicchiare le unghie. Eppure, erano anni che aveva smesso di farlo.

Erano anni che non faceva sogni di quel tipo.

E lei sa cosa significa. *La Porta* si è aperta di nuovo.

La chiamava così, sua nonna Assunta. Quando Viola era

piccola, poteva sempre contare su di lei per le confidenze, o se temeva di affrontare un argomento con i suoi genitori.

Nonna Assunta era una guaritrice. Nel vicinato era rispettata da tutti. C'era sempre qualcuno che le si rivolgeva quando si trattava di togliere il malocchio o, come diceva lei, per "farsi segnare".

«Ci sono innumerevoli porte nella nostra mente» le aveva detto nonna Assunta, il giorno in cui Viola le aveva parlato per la prima volta di certi suoi strani sogni. «Alcune rimangono chiuse per tutta la nostra vita. Altre si aprono all'improvviso e ci fanno vedere delle cose. Frammenti di vita vicina. A volte, residui del passato che non ci appartiene.»

Viola non riusciva a capire.

«Tu sei come me» gli aveva detto nonna Assunta. «Tu hai il Dono.»

«Non è un dono» aveva risposto lei. «È una cosa brutta. Mi fa paura.»

«Certi doni non si possono scegliere. Sono *loro* che scelgono noi. Bambina cara, non ti preoccupare. Ti abituerai al colore del sangue.»

La Porta si era aperta una sera, all'improvviso. Il sonno l'aveva resa vulnerabile e le visioni erano arrivate. Non era proprio come sognare. Piuttosto, era come trovarsi all'interno del sogno di qualcun altro. Una dimensione in cui era come lasciarsi trasportare da un cavallo bendato, verso terre tormentate.

Nonna Assunta si sbagliava. Non si è mai abituata al colore del sangue, Viola.

Raccoglie dal pavimento il cellulare e compone il numero di Nunzio.

Risponde una voce meccanica. «*L'utente chiamato non è al momento rag...*»

Riaggancia. Non vuole sentire che potrebbe avere il cellulare spento.

5

Potrebbe andare peggio

«Marconi, Tommasi, nell'ufficio di Frolli» dice l'agente in divisa sulla soglia. «Ah, non sembra di buon umore.»

Marconi si passa una mano tra i capelli, già spettinati. Lo fa sempre quando è nervoso. Tommasi si risistema il collarino ortopedico. I due si alzano senza dirsi una parola e si avviano lungo il corridoio.

«Ci ha fatto chiamare, commissario?» Marconi precede il collega all'interno dell'ufficio e fa per prendere una sedia.

«Potete rimanere in piedi. Non ci vorrà molto.» Il commissario Frolli si sfila gli occhiali e comincia a strofinare le lenti con un panno. «Ho letto il rapporto su quello che è successo l'altra notte. Spero non vi aspettiate un encomio solenne.»

Marconi alza una mano, come per chiedere il permesso di parlare. «Si renderà conto anche lei dell'eccezionalità della situazione.»

«Eccezionalità...» dice Frolli. «Abbiamo un civile su un'auto schiantata contro una porta medievale tutelata dai Beni Culturali e che minaccia di fare causa al Comune, danni per migliaia di euro a un'auto di servizio e un presunto rapinatore a terra, raggiunto da due proiettili della sua arma d'ordinanza, che non sappiamo se si risveglierà mai dal coma. Si renda conto lei, della situazione in cui ci ha cacciato tutti quanti.»

«Il *presunto rapinatore* ha contribuito a far saltare in aria il muro esterno di un ufficio postale, per poi tentare di investirci» dice Marconi. «Lui e i suoi due compari avevano un equipaggiamento militare. Hanno concluso la nottata sparandoci addosso!»

«E dove stanno le prove? Da come li descrive, sembra che abbiate affrontato le Guardie Repubblicane di Saddam Hussein. Ma su quella Golf non hanno trovato tracce di refurtiva o... di armi di distruzione di massa. E se quello muore li avremo tutti addosso: i giornali, il prefetto, la giunta, il ministro... e Dio sa chi altro.»

Tommasi si schiarisce la voce. «Però, sul "Resto del Carlino" hanno parlato dell'eroismo dei membri delle forze dell'ordine.»

«Io invece parlo di uso eccessivo della forza. E non ho intenzione di tollerare che un poliziotto della mia sezione si comporti come se fossimo nel Far West. Marconi, è a Bologna da appena tre mesi e già si sente il giustiziere della notte.»

«In realtà, prima del commissariato di Genova sono stato in servizio per due anni all'ufficio passaporti proprio qui, in questura.»

«E io ce la rimando, all'ufficio passaporti! Insomma, ci siamo capiti. Comunque, il PM la vuole interrogare, quindi ci vediamo in procura domani mattina alle otto all'ufficio del dottor Grifo. Puntuale, mi raccomando.»

Giunti nel corridoio, Tommasi allunga una gomitata al collega. «Poteva andare peggio, no?»

«Già. Poteva piovere.»

«Lo sai? Non l'ho mica ancora capito, perché hai chiesto il trasferimento. Sia chiaro che io sono stato ben felice di ritrovarti, eh? Ma non stavi bene, a Genova?»

«Storia lunga. Stare a Genova non mi dispiaceva, ma questa è pur sempre la mia città. E, come dice Guccini, Bologna è l'ombelico di tutto.»

«Caffè?»

«Volentieri. E poi, magari, facciamo un salto alla scientifica per sollecitare l'analisi balistica sui proiettili che ci hanno sparato addosso. L'arma non l'abbiamo trovata, ma almeno abbiamo un paio di bossoli.»

Tommasi annuisce. «Ma ci pensi? Se non fosse passato quel treno merci, forse saremmo riusciti ad acciuffare tutta la banda.»

«Oppure non saremmo più qui a parlarne.» Marconi si massaggia la spalla dolorante.

«Però... non posso fare a meno di pensare che, forse, quello fosse il loro piano di fuga. Che avessero già deciso di abbandonare la macchina e fuggire a bordo di quel treno, intendo.»

«E che ne so. Tutto considerato, per come si sono messe le cose, non possiamo escludere nessuna possibilità. Di certo, si direbbe che siano dei professionisti. Il problema è che tutto quello che abbiamo in mano è un sospettato senza documenti che non possiamo nemmeno interrogare.»

6

Miew

Miew guarda fuori dalla finestra. La luce del tramonto tinge i tetti di sfumature viola. Trasforma la città, stravolge gli equilibri. Sta aspettando l'arrivo della sua donna. Anche oggi è in ritardo, ma presto sentirà il rumore dei suoi anfibi di corsa sulle scale, due gradini alla volta per fare prima. Sentirà la chiave girare nella serratura e poi la sua voce: «Dai, non essere permalosa. Oggi ho dovuto fare gli straordinari».

I riflessi nel cielo diventano cupi. La città si riveste, assumendo il fascino di una dama misteriosa. Via San Felice, con i suoi portici e antichi palazzi che custodiscono storie. Odore di piscio. Un graffito sul muro che grida un messaggio di affermazione. Un gatto sbadiglia. Una chiazza di vomito secca a ridosso di una colonna. Automobili incastrate come un puzzle, uno schieramento di biciclette in catene, ammassate sul ciglio del marciapiede.

Eva cammina veloce. Testa bassa, il viso seminascosto dal cappuccio della felpa, da cui fuoriescono i capelli biondi. Sembra in fuga. Se qualcuno le chiedesse da cosa, probabilmente risponderebbe che nemmeno lo sa, ma non può rallentare. Sfila davanti all'Irish pub. Ci vorrei tornare qualche volta, pensa. Non ricorda nemmeno da quanto tempo è che non esce la sera. Eva ha ventisei anni, ma si sente una bambina vecchia. Una che non sa ancora niente della vita, ma che dalla vita non si aspetta più niente.

Disillusione. Suona bene, questa parola. Ma fa male. Come lo sguardo di Roberto, che sembra volerle ricordare ogni giorno che, fosse per lui, in agenzia lei non farebbe neanche le pulizie.

Non è sempre stato così. Dopotutto, era stato lui ad assumerla. Per tutta la durata del colloquio, si era mostrato interessato a quello che lei aveva da dire. Le aveva fatto parecchie domande anche sulla sua vita personale. Le aveva chiesto persino la sua marca di birra preferita. Poi: «Sposata? Fidanzata?».

Mai avuto un ragazzo, Eva. Nemmeno quando frequentava l'Istituto d'arte. Se ne stava sempre in disparte. Il suo migliore amico era un blocco Fabriano. Qualche volta provava a fantasticare su come sarebbe stato, il suo primo ragazzo. Tracciava segni veloci con la matita sul foglio. Il risultato, a colpo d'occhio, era sempre il ritratto di un'immaginaria, stupenda ragazza.

«No» aveva risposto Eva.

Un venerdì pomeriggio di qualche mese fa era cambiato tutto. Eva era china sulla fotocopiatrice e stava inserendo la risma di carta. Roberto si era avvicinato.

«Sarai tutta contratta, a forza di startene piegata sulla fotocopiatrice» le aveva detto. Le aveva appoggiato le mani sulle spalle e aveva cominciato a massaggiarla.

Eva si era ritratta. «Sto bene.»

«Ti va una Bonne-Espérance insieme, all'Irish, dopo il lavoro?»

La sua marca di birra preferita. Forse per Roberto era stato un modo di dimostrarle che era stato attento alle sue parole, durante il colloquio, ma per Eva quella era un'invasione di campo.

«Grazie ma… ho da fare.»

Dal lunedì successivo, Roberto era cambiato nei suoi confronti.

Ora la tratta con accondiscendenza, quando non con una velata ostilità.

Non ha mai baciato un ragazzo, Eva. A parte Simon, con un veloce bacio a stampo, la sera della festa per il diploma. Ma quella non vale, era stata una penitenza. Mai che esca *lettera o testamento*.

7

Mi ami?

Ma tu, mi ami?

Nunzio è in bagno. Guarda la sua immagine allo specchio. Il mento umido di dopobarba, il petto depilato, la pancetta per qualche birra di troppo che Viola trova sexy.

Mi ami almeno un po' di quell'amore che si vede nei film?

Lo sta osservando, dalla penombra del corridoio, attraverso lo spiraglio della porta. Lui ripone il dopobarba sulla mensolina e prende il pettine. Se lo passa tra i capelli folti, ricci, neri, ancora bagnati.

Mi ami almeno una piccola parte di quanto io amo te?

Perché io, vedi, ti amo. E al contrario di coloro che dicono di non sapere cosa significa amare, io lo so. Significa fare cose che non faresti mai, solo perché fanno piacere alla persona che ami. So che fa mancare il respiro. Mi manca l'aria quando non ci sei. A volte vengo pervasa dalla paura che non tornerai da me, e mi sembra di morire.

Mi viene da piangere, se penso che un giorno potresti lasciarmi, e questo vuole dire chiaramente che ti amo.

E tu mi ami, Nunzio?

Nunzio afferra la camicia. La infila e, per un attimo, a Viola sembra che stia nuotando nell'aria.

Lui allaccia quattro bottoni, partendo dal basso. I restanti li lascia slacciati. Quando ha finito di vestirsi, si mette in posa, come se lo specchio fosse sul punto di scattargli una fotografia. Contrae il ventre, aggrotta le sopracciglia assumendo un'espressione determinata e ammira il risultato finale.

«Bello de mammà» dice. Si dirige sicuro verso il corridoio. La vede. Quasi sobbalza, si immobilizza. «Ma che cazzo fai, lì al buio, in silenzio? Mi hai fatto prendere un colpo.»

Viola abbassa lo sguardo. «Stavo venendo a chiamarti. Sta per cominciare il film in tv.»

«Ma che film. Io esco stasera, te l'ho detto.»

«Ma io pensavo che...»

«Niente "ma", angelo mio. E non aspettarmi sveglia.»

8

Il posto accanto alla finestra

Marconi attraversa la sala d'attesa. Seduta in disparte, accanto alla finestra, c'è una ragazza dai capelli rossi che non smette di guardare fuori.

Gli sembra di averla già vista, nella stessa posizione. Forse ieri, o il giorno prima. È composta, con una borsa di tessuto che tiene in grembo come la cosa più preziosa del mondo.

Ha la tentazione di chiederle se ha bisogno di qualcosa, ma Tommasi attira la sua attenzione dall'altro capo della sala, sventolando un fascicolo.

«Arrivo.»

La ragazza dai capelli rossi distoglie lo sguardo dalla finestra e, per un istante, i loro occhi si incrociano.

I suoi sono azzurri e intrisi di malinconia.

Non le assomiglia davvero, ma per via dei capelli gli ricorda Teresa, la sua vicina di banco ai tempi delle elementari. Gli altri compagni di classe la tenevano in disparte, forse proprio per via dei capelli rossi, che la rendevano diversa da tutte le altre. O magari perché era la figlia di un maresciallo dei carabinieri e metteva soggezione. Ma lui ci andava d'accordo. Del resto, aveva la stessa difficoltà a legare con gli altri bambini. Ogni tanto, dopo la scuola, la accompagnava in caserma. Parlavano poco, ma c'era una simpatia tra loro e quella volta che nel tema aveva dovuto descrivere il suo migliore amico o amica, aveva parlato di lei. Finché, al termine dell'anno scolastico, Teresa si era trasferita con i genitori a Milano, e non l'aveva rivista più.

«È arrivato il rapporto balistico sui bossoli» dice Tommasi. «Calibro 12. Per la precisione, l'arma risulta un Winchester 1300 Defender.»

«Roba da Desert Storm, insomma.»

«Sì, ma abbastanza diffuso anche in ambito civile. C'è gente che lo usa come fucile da caccia o al poligono.»

«Tanto per cominciare, facciamo una ricerca a tappeto sulle armi registrate e vediamo se qualcosa salta fuori.»

«C'è dell'altro. Riguarda la Golf usata per la rapina.»

«È risultata rubata, vero?»

Tommasi annuisce. «La denuncia risale circa a un mese fa. Il proprietario è un tale Ernesto Cortesi, che abita dalle parti del quartiere Barca.»

«Perfetto. Andiamo a sentire cos'ha da dire.» Marconi ritorna in ufficio, fa una breve telefonata, afferra il giubbotto e si ricongiunge con Tommasi in sala d'attesa.

Ora, il posto vicino alla finestra è vuoto.

9

L'Everest

Tommasi si sistema per l'ennesima volta il collarino. «Non ne posso già più di questo affare.»

«Secondo te perché io ho insistito per non farmelo mettere?» dice Marconi, precedendo il collega su per le scale della palazzina.

«Perché sei uno scriteriato, ecco perché. Non lo sai che i danni del colpo di frusta possono uscire anche dopo anni, se trascurati?»

«Sì, mamma.»

«Ma che ci parlo a fare, con te. Dimmi, com'è andata, poi, con Grifo?»

«Voleva chiedermi di tenere d'occhio una dipendente delle poste. Durante l'interrogatorio era molto nervosa e si è contraddetta un paio di volte. Sospetta che possa c'entrare qualcosa con la rapina.»

«E io che credevo che ti avrebbe fatto una ramanzina.»

«No, quelle sono esclusiva di Frolli, dovresti saperlo» dice Marconi. «Possibile che quando dobbiamo interrogare qualcuno sta sempre ai piani alti?»

«Sesto piano, senza ascensore. Forse questa volta è un record.»

«Speriamo che ne valga la pena.»
Giunti sul pianerottolo, trovano la porta socchiusa. Marconi varca la soglia. «Signor Cortesi? Stiamo entrando…»
«Arrivo, arrivo» dice una voce dall'interno dell'appartamento. «Me la stavo prendendo comoda intanto che voi scalavate l'Everest.»
«Ha già vinto il premio per la battuta del giorno» dice Tommasi a bassa voce.
Pochi istanti dopo, in fondo al corridoio compare un signore sulla settantina in ciabatte, con indosso una vestaglia color melanzana con il bordo dorato.
«Ispettore Marconi. Questo è il mio collega, il sovrintendente Tommasi.» Marconi mostra il tesserino di riconoscimento. «Scusi il disturbo, ma come le ho anticipato al telefono, si tratta della sua auto.»
«Sì, sì» dice Cortesi. «Quasi non ci speravo più. Ma accomodatevi, prego.» Li conduce in cucina, si posiziona in corrispondenza del lavello, si mette a svitare la moka. «Gradite un caffè?»
«Perché no» dice Tommasi.
«Già. Sarebbe solo il quarto della giornata.»
Cortesi prende un cucchiaino e comincia a riempire il filtro di caffè. «Dicevate che avete ritrovato la mia macchina.»
«Esatto, e questa è la buona notizia» dice Marconi. «La cattiva è che è stata utilizzata per una rapina.»
Cortesi si interrompe e si volta stupito verso Marconi. «Non mi dirà che…»
«Già. L'auto della rapina alle poste.»
Cortesi scuote la testa, facendo una smorfia di sconforto. «Quindi non c'è speranza di riaverla in tempi brevi, giusto?»

«Le confermo che è sotto sequestro. E non è messa neanche tanto bene, dopo l'incidente.»

«Per la miseria. E quanto ci vorrà?»

Marconi allarga le braccia. «Non lo sappiamo. Qualche mese, almeno. Dipende dalla durata delle indagini.»

«E io che faccio nel frattempo? La macchina mi serve per fare le commissioni per mia madre. Sto diventando pazzo a furia di prendere gli autobus.»

«Non ha nessuno che può darle un passaggio?» dice Tommasi.

Marconi lo dardeggia con un'occhiataccia. Poi, cerca un tono conciliante. «Senta, signor Cortesi. Sono davvero dispiaciuto per quello che è successo. Ma se siamo qui è anche perché lei potrebbe sapere qualcosa per aiutarci nelle indagini.»

«Non vedo come.» Cortesi schiaccia il caffè nel filtro con il cucchiaino e riavvita la moka.

«Dove parcheggiava la macchina? La teneva in strada o in garage?»

Cortesi posiziona la moka sulla piastra e accende il fornello. «In strada. Il garage non ce l'ho. Mai avuto problemi, nonostante questa zona non sia proprio tranquilla.»

«Sempre allo stesso posto?»

«Più o meno. Il più delle volte accanto al parco pubblico. Ma dipende da chi va e chi viene. Sa com'è la situazione dei parcheggi, qui a Bologna.»

«Le è mai capitato di vedere qualcuno in atteggiamento sospetto, nei pressi della macchina?»

Per qualche istante, Cortesi sembra soppesare la risposta. Poi fa un sospiro. «Che posso dirvi? Al parco c'è sempre qualcuno di sospetto. Soprattutto dopo un certo orario, la sera, c'è un via vai di gente, e non tutti hanno buone intenzioni. Di certo, non si tratta di quel tipo di criminali che state cercando voi.»

Droga, pensa Marconi. Se c'è una cosa che non manca a Bologna, come in tutte le grandi città, del resto, sono le piazze di spaccio.

La moka comincia a fischiare. Cortesi apre lo sportello di un pensile e preleva un paio di tazzine.

Marconi fa un cenno di intesa a Tommasi. «Be', grazie di tutto, signor Cortesi. È stato molto utile, ma adesso dobbiamo proprio andare. La contatterà il PM per formalizzare la sua testimonianza.»

«E il caffè?» dice Cortesi, sventolando le tazzine come due premi di consolazione.

«Sarà per la prossima volta.»

Una volta fuori, Marconi raggiunge il parco pubblico a cui aveva fatto riferimento Cortesi. Si guarda intorno. Si respira un'atmosfera di quiete, tra passanti in giro con il cane, qualcuno che approfitta del bel tempo per fare attività sportiva all'aria aperta, una signora seduta su una panchina circondata da piccioni che sparge briciole di pane.

«Che te ne pare?»

«Non saprei, collega» dice Tommasi. «A dire la verità, non ho mica capito che cos'hai in testa... che poi io un caffettino lo avrei preso proprio volentieri.»

«Ho in testa di mettere al lavoro qualcuno dei nostri informatori per sondare il terreno, tanto per cominciare. Dopo aver parlato con Cortesi, mi è scattato qualcosa, in mente. Chiamala intuizione o non lo so, ma mi sono convinto che la rapina sia maturata nell'ambiente dello spaccio di droga. Luoghi come questo cambiano completamente faccia quando cala il buio. E chi lo sa se uno spacciatore qualsiasi, stufo di vivere di espedienti, una notte non abbia deciso di rubare proprio quella macchina per mettere a segno il colpo che gli avrebbe fatto fare il salto di qualità?»

«Uno spacciatore qualsiasi? Ci vogliono professionisti per un'azione del genere.»

«Già. Ma ogni grande piano, criminale o no, nasce da una convergenza di interessi. Il nostro ladro d'auto è entrato in contatto con qualcuno che poteva aiutarlo a mettere in pratica i suoi propositi. Ed è da qui che dobbiamo partire.»

10

Ken il Guerriero

Squilla il cellulare. Eva posa il cartone della pizza sul divano e si protende verso il tavolino. Risponde senza guardare il display. «Pronto?»

Dall'altro capo della linea, una voce femminile.

«Ah, ciao ma'» dice Eva. «Certo che vengo a Ravenna, nel weekend.» Almeno una volta al mese, Eva lo trascorre a casa dei suoi genitori. «Ovvio che mangio. Che domande sono? Anzi, ho finito proprio adesso. Ho apparecchiato per me e Miew nella mia sontuosa cucina. Posate d'argento e tovaglia bianca, come sempre, del resto.» L'ultima fetta di pizza sembra osservarla con biasimo.

Per sua madre, la cucina è la stanza più importante della casa. Quella dei suoi genitori è in stile rustico, alla romagnola, con la tradizionale caveja su uno scaffale e, di fianco, un santino di Sant'Antonio da Padova. La domenica, sua madre tira fuori la tovaglia con il galletto blu e il bordo all'uncinetto.

Nel monolocale dove vive Eva, al quarto piano di un palazzo in via Ambrosini, a pochi passi da Porta San Felice, la cucina è un cubo di spigoli. A volte, la sera, quando rientra dall'ufficio, mangia qualcosa in piedi, appoggiata al bancone accanto all'angolo cottura. Ma il più delle volte preferisce cenare seduta sul divano.

«Sì, lo so che dovevamo vederci la settimana scorsa, ma cosa ci devo fare, in questo periodo mi hanno messo sotto con gli straordinari. Ero davvero troppo stanca per mettermi al volante.»

Miew, la gattina nera con cui divide l'appartamento, le si posiziona di fronte e comincia a fissarla scuotendo la coda. Poi, spicca un balzo e si posiziona sulle gambe di Eva. Compie un paio di movimenti e infine si acciambella, appoggiando il muso sulle ginocchia della coinquilina.

«No, non sono dimagrita. Sono esattamente la stessa.»

Dall'altoparlante, una voce squillante si intromette nella conversazione.

«Ciao, sorellina! Certo, che faccio cose fighe!» Eva ha perfezionato la sua tecnica nel dire bugie. È essenziale rimanere sul vago per non rischiare di dimenticare i particolari. «In pratica, frequento il salotto bene della creatività bolognese. Tra aperitivi e vernissage non mi faccio mancare niente.»

Dall'altro capo della linea, l'altra parla a mitraglietta.

«Elisa, ma che ne sai di locali notturni, tu, che hai appena compiuto tredici anni? Come dici? Vegliarda, io?»

Di nuovo, la voce di sua madre.

«In agenzia va alla grande. Hanno finalmente deciso di darmi fiducia. Affiancherò lo staff creativo per la prossima campagna del Centronova.» Sì, per scontornare gli still life, pensa.

«E Ken, come sta?» Ken, il cane guerriero. O, meglio, il cane che fu guerriero. Un pastore belga di quattordici anni, ha un muso segnato da sette cicatrici e mezzo e un orecchio spuntato. Sicuramente è stato il gatto del vicino, ma Paolino nega: dice che Tibia non c'entra niente, che è un bravo gatto, il suo. Ma in passato Eva l'ha visto più volte fare agguati al povero Ken.

«Senti ma', ora ti devo proprio salutare. È il momento della pappa per Miew. Ci vediamo sabato prossimo.»

In passato, il sabato notte Eva dormiva dai genitori, nella sua cameretta di bambina. È il mare che le manca, più di ogni altra cosa. Il mare in autunno e in inverno. Le passeggiate sul bagnasciuga la domenica mattina, anche sotto la pioggia, in balìa del vento che le scompiglia i capelli e li riempie di salsedine. La frittura con Elisa al Porto Canale e un bicchiere di vino bianco della casa, di nascosto da mamma e papà.

Poi Miew è entrata nella sua vita ed Eva ha cambiato abitudini. Era una mattina di aprile dell'anno scorso. Pioveva a dirotto. In attesa dell'autobus, alla fermata del 23, Eva aveva sentito miagolare da dietro un cespuglio. Si era avvicinata e si era trovata davanti gli occhioni di una minuscola pallina nera, fradicia e impaurita. Eva si era chinata, con quella che gonfiava il pelo sulla schiena e soffiava. Quando aveva cercato di prenderla, l'aveva pure graffiata. Ma Eva non aveva desistito. Pelle e ossa com'era, in mezzo alle intemperie, probabilmente non avrebbe resistito un'altra notte. E alla fine era riuscita ad afferrarla, quella belva in miniatura. Se ne stava appallottolata in una mano, tremando. Così, Eva l'aveva stretta al petto, cercando di asciugarla con la felpa, parlandole dolcemente. Dopo un po', la piccola pantera aveva iniziato a fare le fusa. Nel tragitto per tornare in appartamento si era addormentata contro il suo cuore.

11

La porta sul buio

I lampioni rischiarano la notte. Viola cammina scalza, la sua ombra la segue come un mantello. La strada è un serpente d'asfalto dove automobili indistinte le sfrecciano accanto. L'aria in movimento le frusta le gambe, lasciate scoperte da una sottoveste bianca. Viola comincia a correre verso un orizzonte sfocato.

È oppressa da una brutta sensazione. Il cuore martella al ritmo di un'ansia crescente. Si volta per controllare la sua ombra. È sempre lì, nera ed esile.

Viola raggiunge un parcheggio nelle vicinanze di un edificio di vetro e cemento.

D'improvviso, il silenzio è assoluto.

Pochi passi e giunge dinanzi a una porta di legno parzialmente sverniciato. Viola la osserva. Poi si volta, con lentezza esasperante.

La sua ombra è scomparsa.

Viola si guarda intorno. I lampioni si riflettono sulle vetrate dell'edificio.

Protende una mano e stringe la maniglia della porta. La abbassa.

Una vertigine. Il buio inghiotte la visione.

Una serie di lampi. Si ritrova in una stanza angusta. Le pareti sono schizzate di rosso. Sangue sulla sua sottoveste. Sangue sulle sue mani. Sangue a chiazze sulle piastrelle bianche del pavimento. E in mezzo a tutto quel rosso c'è qualcosa.

Occhi rotondi, come biglie, che la fissano dal pavimento.

Viola grida. Scruta i dintorni, ma non vede che il buio. Tasta intorno a sé. Lenzuola soffici, profumate.

È nel suo letto.

Ansimando, volge lo sguardo alla sveglia sul comodino. Sono le dieci appena passate. Si è addormentata mentre leggeva. Si asciuga il sudore con il dorso della mano. Dalla finestra proviene il suono di un'ambulanza che corre a sirene spiegate.

La sua vecchia bambola di pezza è a terra. La raccoglie. La stringe al petto e cerca di riprendere il controllo del respiro.

La Porta è di nuovo aperta. Il sangue ha ricominciato a chiamarla. E fa dannatamente paura, anche se non è più una bambina.

Segue i ricordi e torna a quando aveva quasi dieci anni. Era la sua settimana speciale. La settimana del suo compleanno. La piccola Viola faceva *quello strano sogno*. Tutte le notti.

Una strada bagnata. L'abitacolo di un'auto. Un pacco che scivolava avanti e indietro. Una luce accecante. Un vortice, in cui il paesaggio si avvitava intorno all'orizzonte. E quel boato assordante, di lamiere che si accartocciavano, con cui si svegliava di colpo.

E poi: «Non piangere. Il papà ti voleva bene» le aveva detto l'uomo in divisa. Le aveva lasciato un buffetto sulla guancia. Rivolgendosi a sua madre, aveva aggiunto: «Abbiamo trovato questo, nel sedile posteriore.»

Un pacchetto rivestito della carta di Winnie the Pooh e chiuso con un fiocco. Dentro quel pacco c'era la bambola di pezza che ora Viola stringe tra le braccia.

Il rumore del meccanismo della serratura. Viola sobbalza.

La porta dell'appartamento si apre con un cigolio. Passi nel corridoio.

Viola si raggomitola tra le lenzuola, stringendo la sua bambola di pezza.

«Ehi, piccola. Sei sveglia?» Nunzio si affaccia dalla soglia.

Viola si alza e corre ad abbracciarlo.

«Che succede?»

«Ho fatto un brutto sogno.»

«Be', adesso è passato. E si dà il caso che io ti abbia portato un regalo.» Le porge una busta chiusa con un nastro di raso.

Viola corruga la fronte. «Un regalo per me?»

«Eddai, aprilo.»

Viola si siede sul bordo del letto. Strappa via il nastro e apre la busta. Dentro c'è un involto di carta velina. Lo srotola, rivelando una sottoveste di seta. Bianca.

Sgrana gli occhi.

Per un attimo, con l'occhio della mente rivede la stanza angusta del sogno. La sottoveste macchiata di sangue.

«Indossala per me.»

«Adesso?»

«Sì, fallo per il tuo amore.» Nunzio le accarezza un seno.

«Perché hai scelto il bianco? Io... mi vesto sempre di nero.» Per un attimo, la coglie il pensiero assurdo di non essersi ancora svegliata.

«E me lo chiedi? Perché sei il mio angelo.» Poi, le prende il mento tra le dita e la bacia. «Adesso» sussurra.

Viola obbedisce. Sfila i pantaloni del pigiama. Poi sbottona la camicia di cotone e se la toglie.

Nunzio fa un passo indietro, sposta una sedia e si siede al contrario, appoggiando le braccia allo schienale.

Viola si immobilizza, incerta. Lui le fa cenno di proseguire.

Lei si slaccia il reggiseno. Il seno ricade morbido sotto lo sguardo attento di Nunzio.

«Tutto» dice lui.

Le mutandine scivolano a terra.

Viola si affretta a infilare la sottoveste.

Nunzio si alza e si avvicina.

12

La prossima volta

Seduto alla scrivania, Marconi riaggancia la cornetta del telefono.

«Chi hai chiamato?» dice Tommasi.

«Il Rizzoli. Volevo sapere se c'erano novità sul "presunto rapinatore" in coma.»

«E...?»

«E niente. Nessun miglioramento.»

«Frolli ha fatto diramare la sua foto a tutti i presìdi. Procure, commissariati, pure alle polizie locali.»

«Potrebbe diffonderla ai tg nazionali e non credo cambierebbe nulla.»

«Perché?»

«Perché, se l'istinto non mi inganna, non è nel sistema. Probabilmente è uno straniero.»

«L'unica speranza è che si svegli e, magari, si decida a fare i nomi dei suoi complici.»

Marconi annuisce distrattamente. «Qualcuno dei nostri informatori si è fatto vivo?»

«Ancora no. Ma è una questione di giorni, ormai.»

«Tienimi aggiornato, mi raccomando.»

«Frolli è al corrente della tua pista sullo spaccio?»

«Preferisco parlargliene quando avrò in mano qualcosa di concreto. Al momento non godo esattamente della sua fiducia, e cerco di farmi vedere il meno possibile.»

«Certo che una sparatoria dopo tre mesi che sei rientrato a Bologna non ci voleva.»

«Appunto.»

«Senti. Io e Federica abbiamo pensato di invitarti stasera a cena da noi, ti va? Se non hai altri impegni, naturalmente.»

«Impegni, io?» Marconi accenna un sorriso. «Ringrazia Federica per l'invito, ma – non ci crederai – ho ancora degli scatoloni del trasloco da aprire. Mi ero ripromesso di trascorrere la serata a sistemarli.»

«D'accordo, non insisto» dice Tommasi. «Però una di queste volte ti aspettiamo, eh? Non ti ho ancora mostrato il nostro nuovo appartamento. In affitto, ovviamente.»

«Capirai. Con i prezzi che ci sono ora, comprare un appartamento a Bologna equivale a indebitarsi a vita. Piuttosto, si può sapere che fine ha fatto il tuo collarino?»

Tommasi apre un cassetto e indica il collare ortopedico. «Sta molto meglio qui, vedi?»

13

Giulia

Il campanello suona, ma l'appartamento rimane muto.

Din don.

«Lo so che ci sei. Forza, apri la porta.»

Din don.

Eva si trascina fuori dal letto.

Din don.

«Chi è?»

«Sono Giulia.»

«Giulia?»

«Dell'agenzia pubblicitaria. Due scrivanie più in là della tua. Hai presente?»

«Scusami, Giulia, ma non mi sento bene.»

«Questo lo so. Me l'hanno detto che sei in malattia. Ma non mi fai neppure entrare? Dopo tutte le scale che ho fatto, almeno un bicchiere d'acqua.»

Eva esita. Poi raggiunge la porta e fa scattare la serratura. «Accomodati» dice.

Giulia ha un viso affusolato incorniciato da capelli biondo cenere dalla piega impeccabile, labbra sottili e occhi dalle ciglia inzuppate di mascara. «Be', ciao» dice sventolando la mano. «Non volevo disturbarti, è solo che manchi da cinque giorni e al telefono non rispondi. Così mi sono fatta dare il tuo indirizzo dalla centralinista e ho pensato di fare un salto per vedere come stavi.» Giulia tira il fiato. «Ma non c'è l'ascensore?»

«È guasto praticamente da sempre» risponde Eva con un filo di voce. «I proprietari mi hanno assicurato che prima o poi lo faranno riparare.»

«Ma come stai? Hai una faccia.»

Eva ha gli occhi gonfi circondati da un alone rossastro. «Ho l'influenza.»

Giulia la scruta attentamente.

«Sai, forse gli altri sì, ma a me, non mi freghi. Io lo so qual è il tuo problema.» Una pausa a effetto. «Si chiama Roberto e in questo periodo ti sta torturando. La settimana scorsa ha veramente esagerato con la storia che eri entrata nel suo ufficio mentre era assente. Ha fatto una scenata davanti a tutti! Ma non era stato lui, alla fine, a dirti che quelle copie erano urgenti? E tu gliele hai messe lì, così che potesse trovarle al suo rientro. Non hai mica fatto niente di male.»

Eva è così frastornata che non riesce a ribattere.

«A forza di essere presa di mira e non ricevere mai gratificazioni, sei entrata in un circolo vizioso di cattivi pensieri, e ora...» Giulia si interrompe per un istante. «Sei chiaramente depressa, Eva. Ci sono passata anch'io. La prima volta è stata quando il mio primo fidanzato mi ha piantata per una sciacquetta del corso di Filosofia del linguaggio e io ho toccato il fondo. Devi reagire, okay? Pensa, io sono stata in cura per anni dall'analista, soltanto per riuscire ad accettare quella sconfitta.» Si interrompe, probabilmente per non morire asfissiata. «Alla fine, ho capito che dovevo fare qualcosa. Così mi sono iscritta in palestra, ho cambiato taglio dei capelli. Rivoluzionare il look funziona, e anche fare shopping è terapeutico, sai?

Be', dallo psicologo, poi, ci sono tornata a più riprese. Tutta colpa dei miei genitori che non mi fanno sentire apprezzata. Ma adesso non ti voglio annoiare, quella è un'altra storia.»

Eva si accovaccia sul divano. È troppo esausta per riuscire a far fronte all'esuberanza dell'altra. Certo, è abituata alle esplosioni di parole di Giulia. Quando inizia a parlare sembra impossibile fermarla. Pontifica su ogni argomento come se fosse la massima esperta, dalla cura delle piante allo sbiancamento dei denti. Una volta ha inchiodato il corriere sull'ingresso con un monologo sul buco dell'ozono, solo perché il malcapitato si era lamentato per il caldo. In agenzia cerca di evitarla come può, ma adesso, intrappolata tra le pareti del suo monolocale, non c'è via di fuga.

«Le persone depresse si chiudono in sé stesse» continua Giulia. «Credono così di stare meglio, ma è un errore. Per fortuna ci sono io, adesso, e ti aiuterò. Perché noi donne dobbiamo essere solidali. Se no gli uomini ci schiacciano, capisci?» Accompagna il discorso con ampi gesti delle braccia, è come se stesse gonfiando grandi bolle d'aria con le mani. «Prendi Roberto, per esempio. Non appena sei mancata, mi ha subissato di scansioni e ricerche di mercato. Praticamente, adesso se la prende con me. Non mi dà tregua. Sto facendo gli straordinari ogni giorno, da quando non ci sei. Ti sembra giusto?»

«Scusa, Giulia. Però, davvero...»

«Niente scuse» la interrompe. «Io so come ci si deve comportare in questi casi. Tanto per cominciare, ti metto su qualcosa da mangiare.» Giulia si sposta alla postazione del lavabo, soffocato da una catasta di tazze e bicchieri. Prende una tazza per il manico con la punta delle dita. «Che schifo. Ma non c'è la lavastoviglie, qui?»

«No.»

Giulia storce il naso e apre il rubinetto. «Per caso, hai solo bevuto in questi giorni? E quando ti rimetti, se non mangi?» Si mette a sciacquare un bicchiere. «Hai qualcosa di commestibile, in casa?»

«C'è della pasta all'uovo.»

«Perfetto. È l'unica cosa che so cucinare. Il mio ex andava pazzo per i brodini.»

Eva si abbandona allo schienale, e chiude gli occhi. Vorrebbe scomparire.

«Uno che mangiava solo minestrine, per forza non aveva le palle. Il brodino è senza dubbio da invertebrato. Un piatto di maccheroni è da uomo con il pelo sullo stomaco. Che, poi, è un modo di dire orrendo. Personalmente, preferisco di gran lunga i ragazzi depilati. Mentre la minestrina si cuoce, tu vai a farti una doccia. Fidati, ne hai bisogno.»

14

Sulla strada

Tommasi rientra in ufficio con un'aria trionfante.

«Dove sei stato?» dice Marconi.

«Ho incontrato il nostro informatore.»

«Ti ha detto qualcosa di interessante?»

«Più di quanto mi aspettassi. A quanto pare, tra i frequentatori del parco pubblico nei pressi dell'abitazione di Cortesi c'era un piccolo spacciatore. Un tale Fabrizio Farina.»

«In che senso "c'era"?»

«Un attimo, ora ci arrivo. Stando alla nostra fonte, Farina è un piccolo criminale di strada con un grande ego. Da un po' di tempo, aveva cominciato a vantarsi che era in arrivo la svolta che gli avrebbe fatto cambiare vita, una volta per tutte. Non gli davano credito più di tanto, erano tutti abituati alle sue sparate. Ma, ultimamente, qualcuno lo ha visto in compagnia di due individui. Due sconosciuti.»

«Che tipo di individui?»

«Gente pericolosa. Uno dei due parlava pochissimo, ma dall'accento pare che fosse dell'Est Europa.»

«Continua.»

«Sta di fatto che, da un momento all'altro, sono spariti. Sia Farina che quei due.»

«Fammi indovinare. È stato dal giorno della rapina.»

«Esatto.»

«Abbiamo un domicilio di questo Farina?»

«Mi metto subito alla ricerca.»

«Ah. Un'altra cosa. Passa al tuo informatore la fotografia dell'uomo in coma e chiedigli di farla girare un po'. Magari, qualcuno lo riconosce come uno dei due compari di Farina.»

«Agli ordini, comandante.»

«E piantala.» Il telefono sulla scrivania di Marconi comincia a squillare. Lui alza la cornetta. «Squadra Mobile.» Per alcuni istanti, ascolta la voce concitata dall'altro capo della linea. «Certo. Andiamo subito.»

«Chi era?» dice Tommasi.

«Il centralino.» Marconi si alza, infila il giubbotto da aviatore. «C'è stato un omicidio. Ci aspettano per un sopralluogo.»

Fa per prendere le chiavi dell'abituale Alfa Romeo, per poi ricordarsi che è in carrozzeria.

Con un sorrisetto, Tommasi sventola tra le dita un altro paio di chiavi.

«E vada per la Punto» dice Marconi.

I due si avviano verso l'uscita della questura. Arrivano al parcheggio, montano in macchina. Tommasi al posto di guida, Marconi sul sedile del passeggero.

«Dove si va?» dice Tommasi.

«All'area di servizio sulla Bazzanese. L'hai presente?»

L'altro fa un cenno di assenso.

Marconi aggancia il lampeggiante sul tettuccio. Tommasi accende il motore e parte.

Arrivano in poco più di mezz'ora. L'area di servizio sorge su una colata di asfalto e cemento tra la vegetazione oltre il fiume Reno. Poche le auto parcheggiate, qualche tir. Un piccolo capannello di persone è radunato nei pressi dell'ingresso del bar. I lampeggianti di due volanti sistemate di traverso sul piazzale, accanto a un'ambulanza, rischiarano il buio a intermittenza con bagliori azzurrognoli.

Un agente in divisa sta distendendo il nastro di contenimento intorno all'area dei servizi igienici. Marconi e Tommasi scendono dalla loro vettura e si dirigono verso di lui. Marconi gli mostra il tesserino. L'agente fa un cenno di assenso.

«Da questa parte, Marconi.» Il commissario Frolli si sfila gli occhiali e comincia a lucidare le lenti sulla manica della giacca.

«Immagino che il cadavere sia là dentro?» dice Marconi.

«Attento a non scivolare.»

La porta della toilette delle donne è socchiusa. Marconi la apre con la punta dello stivale. All'interno di un cubicolo, le pareti sono macchiate da schizzi rossastri. Inginocchiato a terra, c'è un uomo di stazza, con la faccia ficcata nel water e le braccia distese a sfiorare il pavimento. Indossa un maglione verde e ha i jeans parzialmente calati.

Appoggiato a terra, accanto alla mano destra, c'è un vecchio rasoio da barbiere. Dal collo dell'uomo si sviluppa una lunga strisciata di sangue che tinge la base in ceramica della tazza e si allarga in una pozza sul pavimento piastrellato, su cui sono stampate diverse impronte di scarpe.

Nella pozza, è abbandonato un orsacchiotto di peluche con il cartellino del prezzo agganciato a una zampa e grandi occhi di vetro, sbarrati.

Marconi respinge un conato. Indietreggia fino all'uscita. Una volta all'esterno, trae una serie di ampi respiri.

Tommasi gli si avvicina. «Tutto bene?»

«Non è un bello spettacolo.»

«E vuole sapere la cosa peggiore?» dice Frolli. «A trovare il cadavere è stata una bambina di sette anni. La madre le aveva appena comprato quell'orsacchiotto di peluche che ora sta in mezzo al sangue.»

«Dove sono la madre e la bambina, adesso?»

«Le abbiamo congedate dopo aver ascoltato la loro versione e preso le generalità. Come può immaginare, erano sotto shock. Si occuperà il PM di raccogliere le loro deposizioni, nei prossimi giorni.»

«Ho notato che sul sangue ci sono diverse impronte di scarpe. Sa chi altro è entrato in quel bagno, dopo la bambina?»

«La madre, e probabilmente uno dei nostri» dice Frolli. «Ma chi può dirlo, ormai. Hanno chiamato il 113 circa un'ora fa. Erano passate da poco le dieci di sera. Da Casalecchio hanno mandato una pattuglia della Stradale che è arrivata quindici minuti dopo e ha diramato l'allerta. Comunque, i ragazzi della scientifica saranno qui a momenti, loro ci diranno qualcosa di più.»

Marconi annuisce. Poi alza lo sguardo alla ricerca delle telecamere di sorveglianza. Ma sono tutte puntate verso le pompe di benzina.

15

Tutto fa un po' male

Viola si lascia scorrere l'acqua addosso. I rivoli seguono le sue forme. La pelle è arrossata. A lei piace così. Le piacciono le cose che fanno un po' male. Come quando fa l'amore con Nunzio. Lui non ama i preliminari. Cerca il piacere senza aspettare che il corpo di Viola sia pronto per riceverlo.

O forse è quello che si racconta, perché al male si è dovuta abituare presto.

Hanno litigato anche oggi, lei e Nunzio. Lui è uscito per andare al lavoro e le ha detto che non sarebbe rientrato per cena. Di non aspettarlo sveglia.

Viola, adesso, spera di sciogliere l'ansia che le è rimasta appiccicata alla pelle. Ma l'acqua non basta a liberarla.

Da un paio di giorni l'incubo ha smesso di perseguitarla. E adesso Viola ha ancora più paura.

Indossa l'accappatoio, si strofina con cura. Esce dalla doccia appoggiando i piedi sulle pantofole, ma senza infilarle. Le fa strisciare sul pavimento fino allo specchio.

Viola non può più aspettare. E, questa volta, deve trovare il coraggio di andare fino in fondo. Quando le visioni si interrompono, c'è poco tempo.

Indossa un maglione nero e un paio di jeans in tinta. Poi, apre il cassetto con i vestiti da lavoro di Nunzio e prende la sua berretta di lana. Gliel'ha fatta con le sue mani, Viola. Un regalo di Natale dell'anno scorso. Ha in cima un pompon che sembra la coda di un panda.

Se la calca in testa. Prima di uscire, impugna l'eyeliner e traccia sulle palpebre una linea nera e spessa, con movimenti calibrati del polso.

I suoi occhi, adesso, sembrano meno impauriti.

16

Solo un sogno

Viola osserva le foto segnaletiche sulle pareti dell'ufficio, le montagne di scartoffie sulla scrivania. Poi, i suoi occhi azzurri, venati di malinconia, si posano su quelli di Marconi.

«Buonasera» dice con un filo di voce.

«Sei tu» dice Marconi.

«Ci conosciamo?»

«No, mi scusi. Devo essermi confuso.» Marconi sa di non essersi confuso. È proprio lei, la ragazza dai capelli rossi che ha incrociato più volte, in sala d'attesa. Oggi ha steso un trucco pesante sulle palpebre che accentua il colore degli occhi. «Prego, si accomodi. Io sono l'ispettore Marconi.»

«Viola» dice lei, sedendosi sulla punta della sedia. «Ci ho pensato un bel po', prima di trovare il coraggio di farmi avanti.»

«La mia collega ha detto che...» una pausa per trovare il tono giusto, con cui pronunciare le prossime parole. «Lei ha paura che succeda qualcosa di brutto.»

«Non vorrei che lei ridesse di me. Non sono qui per prenderla in giro. Glielo dico subito, perché so come vanno queste cose. Ho avuto già delle esperienze di questo tipo, in passato.»

Marconi annuisce. «La ascolto.»

«Ho fatto un sogno» dice lei. «In realtà si tratta più di un incubo. Mi perseguita.»

Marconi inarca un sopracciglio. «Un incubo?»

«So cosa sta pensando. "E si presenta alla polizia perché dorme male la notte?"»

«No di certo. Continui.»

«È da quando sono bambina che faccio questo tipo di sogni. *Sono solo dei sogni*, mi ripetevo.» Viola lo guarda intensamente. «Ma poi, *succede.*»

«Che cosa succede?»

Viola stringe la berretta tra le mani. «Mi scusi. È strano per me essere ascoltata… in questo modo, dico. Senza essere interrotta con domande assurde, o magari da una risatina.»

«Prometto che non riderò.»

«Sono venuta qui perché… ho paura. Quando il sogno smette, di solito…» Viola fa un ampio respiro.

«Mi racconti di questo suo… sogno.» Marconi prende una penna e comincia a giocherellare con il tappo.

«Ecco, sto camminando in una strada molto trafficata. Le macchine mi sfrecciano accanto ad alta velocità, io sono spaventata e aumento il passo. A un tratto, mi ritrovo in un grande parcheggio e sotto i lampioni mi rendo conto di… non avere più l'ombra.»

«Okay.»

«Faccio qualche passo, e mi ritrovo di fronte a una porta chiusa.»

Marconi non sa ancora di cosa si tratti di preciso, di cosa voglia da lui quella ragazza. Ma non può fare a meno di provare una sottile inquietudine.

«Quando apro la porta, c'è sangue ovunque. Sui muri, per terra. È tutto sporco di sangue. E poi…»

«E poi?»

«Ci sono *quegli occhi* che mi fissano. Occhi rotondi, come due biglie.» Viola si morde un labbro e smette di parlare.

Marconi appoggia la penna sulla scrivania. Per un attimo, la mente lo riporta alla scena del crimine alla stazione di servizio. Occhi come biglie. L'orsacchiotto intriso nel sangue.

«Qualcosa non va?» dice Viola.

Ma che vado a pensare, si dice Marconi. «No, niente. E da quanto tempo lo fa, questo sogno?»

«Non importa da quanto tempo lo faccio, ma che da un paio di giorni ha smesso. È questo il problema.»

«Cioè?»

«Quando il sogno smette, vuol dire che *succede*.»

Marconi si schiarisce la voce. «È sicura di non essere rimasta impressionata da quello che è avvenuto alla stazione di servizio?»

«Cosa?»

«L'omicidio.»

«Non so a cosa si riferisca.»

«Non li legge, i giornali?»

«No. Mi spaventa quello che potrei trovarci.»

«Ma l'avrà sentito dire, in tv. Voglio dire, era su tutti i notiziari.»

«Le ripeto che non seguo i notiziari» dice Viola. «In passato ho avuto qualche problema per via di questi… sogni.»

Occhi come biglie.

Marconi sa bene che erano stati attenti a non diramare quel dettaglio alla stampa. Il giocattolo di una bambina in un'efferata scena del crimine. Nessun giornale ne aveva parlato. Era solo un particolare macabro che avrebbe stuzzicato la curiosità dei lettori più morbosi. Quella ragazza dai capelli rossi, seduta davanti a lui, poteva anche essere un'accanita lettrice di cronaca nera, ma non poteva sapere.

Marconi scuote brevemente la testa. La mente ci fa dei brutti scherzi, si dice. Ci convince dell'esistenza di segni anche dove non ci sono. Fa parte della natura umana trovare significati dove ci sono solo incroci casuali. Il sogno di quella ragazza non significa niente, e lui si sta facendo suggestionare da una casualità, raccontata con quella voce bassa, ricca di sfumature.

«Lei non mi crede, vero?» dice Viola abbassando lo sguardo.

«Non è questo...»

Di cosa si tratta, Marconi? Questa situazione è semplicemente surreale. A meno che... potrebbero essere le sue, le impronte sul sangue.

Si sporge dalla scrivania per controllare le scarpe. Viola indossa un paio di ballerine.

Ma che vado a pensare, si dice poi, Marconi. Quella ragazza timida non è il tipo di persona che commetterebbe un omicidio tanto efferato, per poi presentarsi in questura e dire che... ha fatto un sogno in cui ha visto la scena del delitto.

Adesso, vorrebbe soltanto poterle dire che andrà tutto bene, che la realtà è già abbastanza difficile di per sé, e non è il caso di farsi suggestionare da un incubo.

«Le cose brutte succedono e basta» dice infine, Marconi.

Viola fa un cenno di assenso. Si alza e si avvia verso la porta dell'ufficio. Prima di uscire, si volta indietro. «Grazie per avermi ascoltata.»

«Aspetti. Questo è il mio biglietto da visita.» Lo dice d'istinto, come per ribadire che no, quantomeno non ha alcuna intenzione di ridere di lei.

Viola si rigira il cartoncino tra le dita per qualche istante.

«Mi chiami, se dovesse aver bisogno di... aiuto.»

Forse è di questo che si tratta. Quella ragazza deve essere in difficoltà, e sta esprimendo il suo disagio. Tirando in ballo un incubo, una suggestione, perché la realtà è troppo difficile da affrontare.

Lei calca la berretta sul capo. «Lo farò.»

«Mi dispiace non esserle stato utile. Ma, a volte, un sogno è soltanto un sogno.»

17

French manicure

«Dopo il lavoro, si va dalla mia estetista» dice Giulia. «Offro io.»

«Cosa? Non possiamo prendere un caffè come le persone normali?» Eva inserisce un'altra fotografia di mattonelle di ceramica nello scanner.

«Fidati, ne hai bisogno. Ma non ce l'hanno, una macchina fotografica digitale, in questa agenzia?»

«E che ne so. Saranno le foto di una vecchia campagna pubblicitaria. L'unica certezza è che dovevo finire di scansionare questa pila di stampe entro ieri.»

Giulia scruta la collega alcuni istanti. «Eva, devi assolutamente fare qualcosa. Sei a pezzi, sembri… mia nonna.»

«Be', grazie.» Eva sbuffa. «Già hai insistito per farmi tornare al lavoro. Ora, potresti darmi un po' di tregua? Ancora non sto bene. Ho solo voglia di…»

«Lo so *io* come ci si comporta in questi casi. Sono stata così a lungo in terapia che potrebbero darmi la laurea in psicologia ad honorem.» Se le parole di Giulia fosse scritte, la parola *io* sarebbe sottolineata due volte in rosso. «E guarda che il mio analista non era mica uno qualunque, ma Francesconi in persona.»

«E che cosa avrebbe di tanto speciale, questo Francesconi?»

«Prima di tutto, è un figo pazzesco. Veste sempre con dei completi su misura. Non ti dico l'effetto wow.»

«Ma che c'entra. L'hai scelto per l'abbigliamento?»

«Certo che no. Che poi non l'ho neanche scelto io, ma mia madre. Secondo lei è il migliore sulla piazza, almeno in tutta la regione, forse anche quelle limitrofe.»

«Niente meno. Ti serve un luminare per curare le tue nevrosi?»

«Le mie nevrosi, sì. E quel piccolo problema di bipolarismo su cui mia madre insiste tanto.» Lo sguardo di Giulia perde di intensità.

«Bipolarismo? Scusami, non ne avevo idea.»

Giulia fa spallucce. «Tornando all'estetista. Puoi fare quello che vuoi: massaggio, manicure, doccia solare. Tanto paga papà.»

Un paio d'ore dopo, Eva è stesa su un lettino.

«Cerca di lasciarti andare» dice la massaggiatrice.

Strette energiche si alternano a pressioni delicate. Il profumo dell'olio essenziale alla lavanda si mescola alla fragranza delle candele schierate sul mobiletto che mantengono la stanza in una piacevole penombra. Il sottofondo acustico è uno sciabordio di onde. Tutto sembra studiato per permettere ai clienti di rilassarsi, eppure Eva non ci riesce.

Il suo corpo non accenna a sciogliersi nonostante quelle siano mani esperte. I blocchi muscolari oppongono resistenza. Presto, avverte una gran voglia di piangere. Si trattiene a stento.

Teme che quelle piccole dita possano leggerle dentro e finisce per irrigidirsi ancora di più.

«Quando smetterai di fare resistenza, sarà solo piacevole.»

Facile da dirsi, Eva spera solo che quella dolce tortura finisca presto. Non vuole sciogliere i traumi. Vuole solo dimenticare.

Tira un sospiro di sollievo soltanto quando si ritrova nel corridoio che conduce all'uscita.

Giulia la sta aspettando, sembra su di giri. «Come va? Io sono rinata. Guarda che figata la mia french manicure.» Alza le mani come un chirurgo che si appresta a infilare i guanti sterili. Ha le unghie laccate di rosa con due millimetri di crescita dipinti di bianco.

«Carina.»

«È così raffinata, non trovi?» Giulia non le lascia il tempo di ribattere. «Ho fatto anche una doccia solare. È un nuovo modello di solarium. Bassa pressione, piastrelle a mosaico, rivestimento in legno. Una favola.»

Eva si chiede perché intorno a lei siano tutti così ossessionati dalle lampade abbronzanti. In agenzia è l'unica a essere rimasta fedele al suo pallore naturale. È opinione comune che un po' di abbronzatura doni un aspetto più sano, ma lei non è mica d'accordo. Roberto, poi, è ridicolo con quel cerchio bianco intorno agli occhi per via degli occhialini che indossa durante i trattamenti. Sembra sempre appena sceso a valle da una pista da sci, ma con un odore di crema solare sulla pelle che puzza da spiaggia. Ma che gli frega di sembrare abbronzato tutto l'anno, come per fingere una vacanza senza fine, mentre si lavora a ritmi forsennati senza lasciare mai la città?

Fingiamo una vita migliore, ideale, forse, pur di non guardare la realtà in faccia, pensa Eva. In modi diversi, lo fa anche lei, in fondo.

18

Impronte

Marconi estrae dal fascicolo le fotografie scattate dalla scientifica sulla scena del crimine. Marcate sul sangue, si riconoscono subito le piccole impronte delle scarpe della bambina che ha rinvenuto il cadavere.

Per un attimo, il pensiero corre a lei, a quello che deve aver provato in quel momento. A come quell'avvenimento si imprimerà nella sua mente per gli anni a venire, plasmando, in un certo modo, la sua visione del mondo. Lui ne sa qualcosa, di avvenimenti traumatici. Ricorda bene la prima volta in cui, da ragazzino, aveva pensato di diventare un poliziotto. Si augura che anche quella bambina possa trovare la forza, dentro di sé, per trasformare un'esperienza terribile in un proposito per il futuro.

Scaccia i ricordi che vorrebbero riaffiorare per tornare a concentrarsi sulle fotografie.

Riconosce altri due tipi di impronte: quelle lasciate dagli stivali dell'agente e quelle di una scarpa da donna con il tacco. Probabilmente sono quelle della madre della bambina, si dice. C'è però qualcosa di strano, di *sbagliato*, un particolare sfuggente, che al momento non riesce a mettere a fuoco.

Rilegge le generalità della vittima: Antonio Cagnotto, anni

quarantacinque, professione autotrasportatore. Nome in codice C. B. "Paparino". Un uomo di passaggio come tanti altri, che presumibilmente si è fermato alla stazione di servizio per sgranchirsi le gambe e rifocillarsi.

«Andiamo?» dice Tommasi.

«Mmm... e dove, scusa?» dice Marconi, disorientato.

«A porgere i nostri omaggi a Fabrizio Farina. Capisco che ora hai altro a cui pensare, ma non possiamo lasciar cadere l'indagine sulla rapina alle poste.»

«Hai ragione. Dammi solo un minuto.» Marconi sfoglia il fascicolo, poi prende possesso della tastiera del computer e resta per qualche istante immobile, come indeciso sul da farsi.

Tommasi si posiziona accanto al collega. «Qualcosa non torna?»

«A dir poco. Secondo la barista che era di turno, Cagnotto ha bevuto un caffè. Ha scambiato due parole con un'altra cliente, al bancone, e poi è uscito dal bar. È andato nel bagno delle donne, nonostante quello degli uomini non fosse in manutenzione.»

«Be', ci sono tanti motivi per cui poteva farlo. Per esempio, i bagni degli uomini potevano essere tutti occupati e aveva una certa... urgenza.»

«Certo. E poi c'è quel vecchio rasoio. Secondo i primi rilievi, non ci sono impronte digitali, ma non c'è alcun dubbio: è quella, l'arma del delitto.»

«A meno che *non si tratti* di un delitto.»

«Il suicidio è fuori discussione. La scientifica esclude che la ferita sia auto inferta, e non ti sto neanche a elencare tutti i motivi.»

«E quindi? Dove vuoi arrivare?»

«Chi se ne andrebbe in giro con un arnese del genere? E perché abbandonarlo sulla scena del crimine?»

«Dall'espressione che hai, immagino ti sia già fatto un'idea della risposta.»

Marconi riflette per qualche istante. «Si tratta di una specie di messaggio, solo che non riesco ancora a decifrarlo. È qualcuno che si sente molto sicuro di sé. Qualcuno che ha premeditato l'omicidio e, per metterlo in atto, ha attirato Cagnotto in quel bagno.»

«Insolito, però» dice Tommasi. «Perché colpire in un'area pubblica? Ci sono telecamere dappertutto.»

«Quel lato della stazione di servizio non è coperto. Ho controllato, tutte le telecamere sono puntate sulle pompe di carburante.»

«E questo ci riporta alla premeditazione. Sapeva di non essere ripreso.»

«Esatto» dice Marconi. «Il problema è il movente. Cagnotto aveva le chiavi del camion e il portafoglio in tasca. Esclusa la rapina, ho pensato a una vendetta.»

«Che tipo era? Voglio dire, aveva dei precedenti?»

«Qualche multa per eccesso di velocità. Una denuncia per occupazione indebita di suolo pubblico sulla via Emilia.»

«Cioè, l'hanno pizzicato con una prostituta?»

«Sì, ma è un po' difficile ricostruire la storia di qualcuno soltanto a partire dai precedenti, non trovi? Comunque, aveva una sorella. Il dottor Grifo la interrogherà domani mattina. Vedremo cos'ha da dire.» Marconi si alza, infila il giubbotto.

«E ora dove vai?»

«A portare i nostri omaggi a Farina, collega. Non dirmi che te ne sei già dimenticato.»

19

La scia gialla

Viola sente suonare il campanello. Guarda l'orologio alla parete. Segna le quattro del pomeriggio. Chi potrebbe essere a quest'ora? Di certo, non il postino. Quello passa al più tardi in pausa pranzo. E lei non riceve mai visite il pomeriggio. A dire la verità, non riceve visite a nessuna ora del giorno.

«Chi è?»

«Sono io.» La voce di Nunzio la coglie impreparata. «Scendi, dai.»

«Sono in pigiama. Non puoi salire tu?»

«Ti aspetto di sotto» con un tono che non ammette repliche.

Viola si ravvia i capelli davanti allo specchio, sfila le pantofole e indossa le ballerine nere. Afferra il mazzo di chiavi, esce. Scende le scale.

Nunzio la sta aspettando davanti al portone. A un passo di distanza da una macchina gialla, nuova fiammante. «Allora? Che te ne pare, piccola?»

«In che senso?» chiede Viola, disorientata.

«Audi A3. Pazzesca, no?»

Viola non risponde. Cammina intorno al bolide, ammirando le linee grintose della carrozzeria. Ha gomme nere e lucide, con dei cerchioni enormi. Viola sbircia gli interni dal finestrino.

«Volante e sedili in pelle» la raggiunge la voce di Nunzio.

Lei lo guarda frastornata. «È uno scherzo?»

«Ma che dici?»

«Te l'ha prestata Fabrizio, vero?»

«È mia. Cioè, nostra. Aspetta. Non hai ancora visto niente.» Nunzio apre lo sportello e si siede al posto di guida. Accende l'autoradio e alza il volume. Le casse rispondono con un martellamento assordante che fa tremare i finestrini.

Viola corruga la fronte. Un paio di passanti si sono fermati a guardarli. La signora della tabaccheria si presenta sulla soglia e scuote la testa, poi torna all'interno del negozio.

«Abbassa il volume» protesta Viola. «Ci guardano tutti!»

Nunzio sbuffa. Spegne la radio. «Allora? Ti piace?»

«È bellissima, però...» Viola si morde le labbra. Tentenna. Non vorrebbe farlo arrabbiare, ma non può evitare di preoccuparsi. «Possiamo permettercela?»

«Non posso crederci» sbotta lui. «Sei sempre la solita guastafeste.»

«Ma, amore. Chissà quanto costa un'auto come questa. Con lo stipendio che prendi da tuo zio... scusa, non dovresti essere al lavoro, adesso?» le sfugge dalle labbra.

Nunzio rimane in silenzio, senza guardarla. «Ma ti faccio mancare qualcosa, io?» dice poi

«No, certo.»

«Devi tirare la cinghia o cosa?»

Viola arrossisce violentemente. «Ma che dici? No!»

«E allora non rompere il cazzo» ringhia lui. «Lo saprò io se posso permettermela o no.»

«Scusa, Nunzio. È solo che...» Fa per prendergli un braccio, ma lui si divincola. «È davvero bellissima» aggiunge Viola, il tono di chi sta sentendo il pavimento sgretolarsi sotto i piedi. «Ora mi metto qualcosa di carino addosso, e mi fai fare un giro. Cosa ne dici?»

«Cosa ne dico?» Nunzio infila la chiave nell'accensione. «Che hai rovinato tutto, ecco cosa!»

Fa ruggire il motore e parte sgommando, lasciandola sola, in mezzo alla strada, a inseguire con lo sguardo la scia gialla che si allontana.

20

Ultimo domicilio conosciuto

Marconi suona il campanello per la terza volta. Dall'interno dell'appartamento, ancora nessuna risposta. «Sei proprio sicuro che Farina abiti qui?»

«Ultimo domicilio conosciuto» dice Tommasi.

«Sarà. Intanto, sul campanello c'è scritto Giraldi.»

«Cosa vuoi, in questi condomini funziona così. La gente va e viene, non si disturbano nemmeno più a cambiare i nomi sulle targhette.»

«Va be', vediamo se uno dei vicini è in casa.» Marconi si guarda brevemente intorno. Si posiziona di fronte alla porta dei dirimpettai. Suona il campanello. Dall'interno proviene lo stridio di una sedia che sfrega sul pavimento.

Trascorrono alcuni istanti. «Chi è?» dice poi una vocina oltre la porta.

«Polizia» dice Tommasi. «Dovremmo farle qualche domanda.»

Marconi gli allunga una gomitata. «Già che c'eri potevi dirgli: mani in alto!»

Tommasi si stringe nelle spalle. «Senta. Riguarda i suoi vicini di casa.»

Una lunga attesa. Qualcuno armeggia all'interno con la catenella. Poi, lo scatto della serratura. La porta si apre quanto basta per mostrare il viso di un ragazzino sui tredici anni con un paio di spessi occhiali da vista. «Papà mi dice sempre che non devo aprire a nessuno.»

«E fa benissimo! Ma io non sono "nessuno". Sono l'ispettore Marconi, e questo è il sovrintendente Tommasi. E tu, come ti chiami?»

«Prima, posso vedere il distintivo?»

«Diritto al sodo, eh?» Marconi si scambia un cenno di intesa con Tommasi, e i due estraggono all'unisono il tesserino dalla tasca.

Il ragazzino li scruta attentamente dallo spiraglio della porta. «Perché non siete in divisa?»

«Perché siamo della Squadra Mobile, e di solito usciamo in borghese. Inoltre, questa è una visita del tutto informale.»

«Io sono Samuele.»

«Non è che potresti farci entrare, Samuele?»

«Preferisco di no.»

«Già. Te l'ha detto tuo padre, vero?»

«Sì, ma non solo. Nei libri gialli capita spesso che i malintenzionati si spaccino per poliziotti.»

«Leggi libri gialli?» dice Marconi.

«Sherlock Holmes, più che altro. Il primo e il più grande.»

«Ricevuto. Ora posso farti una domanda che riguarda il tuo vicino di casa?»

«Come… un interrogatorio, intendi?»

«Non esattamente. Mi basta sapere se conosci l'uomo che abita nell'appartamento di fronte al tuo.»

«Fabrizio? Sì, di vista. Non dà molta confidenza.»

«L'hai visto, ultimamente?»

Samuele ci pensa su per qualche istante. «Non direi.»
«Però abita sempre qui, giusto?»
«Non so. Si capisce quando c'è, perché spesso riceve degli amici e fanno un gran chiasso per tutta la notte.»
«E da quanto tempo non si fa più vivo?»
«Un paio di settimane. Giorno più, giorno meno.»
«Potresti descriverli, questi suoi "amici"?»
«Uno lo vedevo spesso. Ha i capelli ricci, neri. Sembrano sempre unti perché mette un sacco di gel. È un po' più basso di te. Gli altri, non so... sentivo più che altro il chiasso che facevano.»
«Perfetto, Samuele» dice Marconi. «Sei stato molto utile. Sherlock Holmes sarebbe orgoglioso di te.»
Il ragazzino accenna un sorriso. «Ora posso tornare a fare i compiti?»
«Solo un'ultima cosa e ce ne andiamo.» Marconi estrae dalla tasca un biglietto da visita. «Puoi consegnarlo a tuo padre, questo? C'è il mio numero privato. E magari gli dici di chiamarmi, nel caso Fabrizio dovesse rientrare.»
«D'accordo.»
Marconi e Tommasi si avviano giù per le scale.
«Un tizio più basso di te, capelli neri, ricci, con il gel... non mi dice niente» dice Tommasi.
«Di certo, la descrizione non corrisponde al tizio che adesso si trova in coma.»
«Forse questo Farina non c'entra davvero niente, con quella storia.»
«Lo vedremo.»

21

Mediamente piccante

L'aria della sera è pungente. Eva e Giulia procedono lungo la strada. Sfilano di fronte al takeaway indiano, all'incrocio con via delle Moline.

Ho fame, pensa Eva. Fame d'amore. Fame di serenità. Fame chimica. Desiderio di riempire il vuoto. Dell'anima.

Il profumo di cibo speziato satura l'aria.

«Mangiamo qualcosa?»

«Ok, ma questa volta offri tu.»

Il locale è piccolo ma accogliente. Accanto al cartellone con il menu, c'è un enorme televisore a schermo piatto su cui scorrono le immagini di un videoclip.

«Non ci credo» sbotta Giulia. «I Take That indiani.»

Eva la ignora. Si sposta a bancone. «Un Chicken Tandoori» dice.

«Piccante o poco piccante?» chiede il ragazzo.

«Mediamente piccante.»

«Errore fatale» le sussurra Giulia. «Se dici così te lo fa piccantissimo.»

«Poco piccante.»

«Per me un Vegetable Biriyani. Non è grasso, vero?»

«Molto leggero. Riso indiano con verdure.»

«Vorrei aggiungere una porzione di patate con formaggio e spezie» dice Eva.

Si siede su uno sgabello subito imitata da Giulia, che ora è imbronciata.

«Cosa ti prende, adesso?»

«Hai ordinato anche le patate.»

«Quindi?»

«Come fai a mangiare così tanto e non ingrassare? Ti odio» Le dardeggia un'occhiataccia.

«Solo pochi giorni fa mi hai detto che, se avessi continuato a mangiare così poco, non mi sarei mai rimessa in forma.»

Ma Giulia ha già spostato l'attenzione alla sua french manicure. Fine della conversazione.

22

Lividità cadaverica

«Era proprio lui» dice Tommasi, camminando lungo il corridoio.

Marconi procede al suo fianco. «Chi?»

«Il rapinatore che è in coma era uno dei due compari di Farina. Uno dei frequentatori del parco lo ha riconosciuto.»

«Il tuo informatore sa proprio il fatto suo, eh?» dice Marconi.

«Dovremmo assumerlo in questura, se solo non avesse una fedina penale lunga come uno scontrino dell'Ikea.»

Marconi e Tommasi entrano nell'ufficio di Frolli. Accanto al commissario, è seduto il sostituto procuratore Grifo.

«Volevate vederci?» dice Marconi.

«Si accomodi» dice Grifo, per poi aprire un fascicolo appoggiato sulla scrivania. «Sono arrivati i risultati dell'autopsia su Cagnotto, e volevo mettervi al corrente.»

«È emerso qualcosa di interessante?»

Grifo fa un cenno d'assenso. «Be', tanto per cominciare, è stato ucciso con un singolo colpo mortale alla gola che ha reciso la carotide, sferrato da destra verso sinistra. Dall'inclinazione della ferita, si direbbe che l'aggressore sia alto circa un metro e sessantacinque.»

«Brutale» dice Tommasi.

«Su questo, direi, non c'è alcun dubbio. Non ci sono segni di lotta, quindi l'aggressione si è consumata nel giro di pochi istanti. Dalla forma del taglio, è confermato che l'arma del delitto è il rasoio che è stato rinvenuto sulla scena. Ma di questo parleremo più avanti. C'è un particolare curioso, che è stato segnalato dal medico legale.»

«Che sarebbe?» dice Marconi.

Grifo scorre il documento con un dito, alla ricerca di un brano. «Ecco qui. Riguarda la lividità cadaverica. Quando è stato rinvenuto, il cadavere era inginocchiato, e questo ha fatto sì che, dopo il decesso, il sangue in circolazione nella parte superiore del corpo fluisse verso le articolazioni. Tuttavia, sono stati riscontrati degli anomali accumuli ematici in corrispondenza del basso ventre.»

«Non la seguo.»

«La conclusione del medico legale è che Cagnotto avesse un'erezione, quando è stato assassinato.»

Marconi inarca un sopracciglio. «Quindi… stiamo cercando una donna?»

Grifo allarga le braccia. «È una possibilità che dobbiamo tenere in considerazione. La sorella di Cagnotto, durante l'interrogatorio, lo ha descritto come un misogino e un violento, al punto da aver tagliato i rapporti con lui da diversi anni» si schiarisce la voce. «Sembra che picchiasse lei e la madre, quando ancora vivevano insieme.» Si tocca la radice del naso, assumendo un'espressione riflessiva. «Ha detto che le uniche donne che accettavano di avere a che fare con lui erano quelle che pagava.»

«Ha fatto accenno a un particolare che riguarda l'arma del delitto, dottor Grifo» dice Marconi.

«Sì.» Grifo sfoglia il fascicolo e sfila una fotografia da una graffetta. La appoggia sulla scrivania. «Non è raro trovare oggetti del genere in un salone da barbiere, ma questo è particolare. Si tratta di un pezzo di antiquariato. Secondo la scientifica, risale alla metà del Novecento.»

«Proprio come pensavo» dice Marconi, quasi tra sé. «L'aggressione è avvenuta in un luogo pubblico, di passaggio, e inizialmente si poteva pensare a un omicidio scaturito per impulso, magari dopo un litigio. Ma, considerando l'arma insolita, e il fatto che le telecamere presenti siano tutte puntate sulle pompe di carburante, viene da pensare a una premeditazione.»

«Non ha tutti i torti, Marconi» dice Grifo. «Finché non abbiamo fatto chiarezza sulle modalità di questo delitto, ho bisogno che vi dedichiate a tempo pieno per ricostruire che cosa è successo a Cagnotto nei minuti che hanno preceduto la sua morte, a partire dal momento in cui è entrato in quella stazione di servizio. Trovate dei testimoni. Qualcuno avrà visto o sentito qualcosa. Dobbiamo capire se c'era qualcuno che lo voleva morto e perché.» Si interrompe per passare in rassegna i suoi interlocutori. «E sia chiaro che niente di quello che ci siamo detti oggi deve trapelare alla stampa. Con tutto quello che è successo in città nelle ultime settimane, c'è già troppa pressione sulla magistratura.»

23

Soffocare

L'amore ha i denti, i denti mordono, i morsi non guariscono mai.

Viola stringe tra le mani il libro dalla copertina consumata per le troppe letture. È uno dei suoi preferiti, *Stagioni diverse*. Una raccolta di racconti di Stephen King. Ma oggi non riesce proprio a concentrarsi nella lettura.

Ha sempre amato leggere, Viola. Fin da bambina, ma difficilmente si appassionava ai libri destinati alla sua età. Il più delle volte li trovava troppo semplicistici. Spesso li sceglieva dalla copertina, e lo aveva fatto anche con quello. Ma era stato il contenuto a conquistarla definitivamente.

Lo aveva trovato nello scaffale dove suo padre non avrebbe più infilato libri. Lui li divideva rigorosamente per autore e li leggeva la sera dopo cena, seduto sulla sua poltrona accanto alla lampada con il paralume arancione.

Quel libro lo aveva scelto per sé, Viola, forse per salvarlo dall'oblio. E in cambio, il libro non l'aveva abbandonata più.

Aveva dodici anni e non aveva mai letto storie del brivido. Il suo racconto preferito della raccolta era il terzo, probabilmente perché i protagonisti erano suoi coetanei e, come lei, non avevano avuto una vita semplice. Si era sentita così coraggiosa a partire in viaggio con loro, seguendo i binari della ferrovia. Cercavano un cadavere, ma durante il cammino avevano trovato molto di più.

Infila le scarpe. Si alza. Afferra il giubbotto ed esce. D'un tratto, in casa si sente soffocare. E non solo perché ora è certa che Nunzio le nasconda qualcosa. C'è un nuovo sogno, adesso, a tormentarla.

Un fiore blu che nasce nella roccia.

La roccia si spacca e dalla crepa sgorga sangue.

Scaccia il pensiero. Scende spedita le scale della palazzina.

Dove ha trovato tutti quei soldi, Nunzio? Prima la sottoveste di seta e adesso, addirittura, l'auto nuova. Mica un'utilitaria, ma un macchinone con tutti gli optional.

Viola ha persino pensato che si sia invischiato con il gioco d'azzardo. Spiegherebbe anche perché esce ogni sera e perché è tanto nervoso quando lei gli chiede spiegazioni.

Cammina raso al muro senza guardare le vetrine. Ci vorrà una mezz'ora per raggiungere il negozio di zio Carmine.

Perché non vanno mai a cena da lui? Va be' che è uno zio di secondo grado, ma ha aiutato Nunzio con il lavoro che ha permesso loro di trasferirsi a Bologna. E non è mica una cosa da poco.

Viola avrebbe voluto invitare Carmine e la sua famiglia a cena un'infinità di volte, ma Nunzio le ha sempre risposto di lasciarli stare, che hanno da fare.

Le occasioni in cui li ha incontrati si contano sulle dita di una mano e sono concentrate nei primi mesi a Bologna. Carmine e Patrizia le avevano fatto una bellissima impressione. Due gran lavoratori, gentili, disponibili con una gran nostalgia di casa. Ogni tre mesi si fanno spedire dal corriere il caciocavallo e le mozzarelle di bufala. Hanno tre figli, uno è già maggiorenne.

Hanno trascorso il Natale insieme, una volta. Poi, Nunzio non ha più voluto passarlo da loro. Sostiene che lo zio *tene 'e rrecchie 'e pulicano*. Che è un ficcanaso, insomma.

Da troppo tempo, Viola non è più passata in negozio. Nemmeno per un saluto, un caffè, e si sente un'ingrata. Ma Nunzio è stato categorico. Le ha vietato di andare a trovarlo durante l'orario lavorativo. Dice che lo fa sentire controllato.

«Lo sai che odio quando mi stai addosso.»

Ma oggi sceglie di essere coraggiosa, Viola. Quasi spavalda. Proprio come i ragazzini del suo racconto preferito. O forse è solo che proprio non ci riesce a stare, in casa.

Rallenta il passo e si guarda intorno per capire se la prossima è già la traversa giusta dove svoltare. Dovrebbe essere questa, si dice, infilandosi sotto un portico.

Cammina e pensa che dovrebbe trovarsi un lavoro. Terrebbe la testa impegnata. Invece, non ne ha mai avuto uno. Si vergogna persino a pensarlo, figuriamoci a dirlo a voce alta.

Nunzio le ha detto che un vero uomo non mette la sua donna nelle condizioni di dover lavorare fuori casa. Lei ha già le sue mansioni, dopotutto. Deve occuparsi di tenere in ordine, preparare da mangiare. E non deve dimenticare mai di stirargli le camicie.

Cos'è, nel 2004 fare la casalinga, non basta più?

Eppure Viola lo aveva trovato, il lavoro ideale. Cercavano una commessa part-time in un negozio di abbigliamento poco distante da casa. Lo adora, quel negozio, allestiscono vetrine incantevoli. Ma ha dovuto rinunciare.

Certe volte, durante le discussioni, Viola si sforza di tener testa a Nunzio. Ma poi è sempre la stessa storia: lui inizia a sbraitare, a sbattere i pugni sul tavolo. Durante un pranzo, una volta, ha strappato via la tovaglia con piatti e bicchieri, facendo cadere tutto a terra.

A ogni litigio, Viola finisce per pensare che se lui ci tiene così tanto da arrabbiarsi in quel modo, cosa le costa fare un passo indietro? O forse…

Forse ha paura che, se insistesse a difendere la sua posizione, lui potrebbe arrabbiarsi davvero. E farle del male. Ma no, questo è uno di quei pensieri da scacciare, da rimandare indietro prima ancora che possa diventare cosciente.

Nunzio è la sua famiglia. È tutto quello che le resta. È l'unico uomo che abbia mai avuto. È la sua ragione di vita e quando pensa che potrebbe perderlo, allora sì, che le manca il respiro. In tutte le coppie ci sono delle incomprensioni, si dice.

È quasi arrivata. Tra poco riabbraccerà zio Carmine, che di certo le toglierà dalla testa ogni dubbio. Probabilmente, ha fatto un prestito a Nunzio e lei si sta preoccupando per niente. Come al solito.

24

Femme fatale

«Una donna? Ma dai» dice Tommasi dal posto di guida.

La Punto marcia a passo d'uomo dietro un furgone, lungo il traffico della tangenziale, in scia con un serpentone di veicoli che sembra non avere una testa.

«Ti sembra così strano?» dice Marconi.

«È assurdo che una donna abbia potuto avere la meglio su un energumeno come quello.»

«Una donna armata con un rasoio piuttosto affilato» dice Marconi.

«Sì, ma supponiamo che Cagnotto si trovasse davvero nel bagno delle donne con una ragazza. Non potrebbe darsi che qualcun altro li abbia sorpresi? Per esempio, il fidanzato di questa ipotetica lei.»

«Il barbiere?» Marconi abbozza un sorriso.

«Chi?»

«Quello con il rasoio, Tommasi.»

«Ma che ci sto a parlare, con te.» Tommasi schiaccia il pedale del freno. Scala la marcia, il cambio risponde con uno stridio. «Se almeno riuscissi a sorpassare quel benedetto furgone...»

«Tranquillo, che la stazione di servizio non scappa mica.»

Una volta a destinazione, Tommasi parcheggia la macchina accanto all'ingresso del bar. I due scendono, si sgranchiscono le gambe, entrano e raggiungono il bancone.

La barista finisce di battere uno scontrino e si posiziona di fronte a loro. «Desiderate, agenti?»

Tommasi lancia a Marconi un'occhiata perplessa. «Si vede così tanto che siamo poliziotti?»

Marconi allarga le braccia, quasi in segno di resa. Poi si rivolge alla ragazza. «Ispettore Marconi, Squadra Mobile. Lei è...»

«Serena.»

«Bene, Serena. Vorrei farle qualche domanda riguardo a quello che è successo giovedì sera.»

La ragazza fa una piccola smorfia. «Il morto ammazzato.»

«Se vogliamo chiamarlo così.»

«Be', spiacente. Come ho già detto ai vostri colleghi, non so nulla di quel tizio. Non abbiamo mica clienti abituali. È una zona di passaggio, questa.»

«Non è di *quel tizio* che vorrei parlare, ma della ragazza che stava con lui.»

«Quale ragazza?»

«Ha detto che la vittima ha parlato con una cliente, prima di uscire dal bar.»

«Ah. *Quella* ragazza. Be', non c'è molto da dire. Lei è entrata nel bar poco prima di lui. Si è seduta al bancone, ha ordinato qualcosa che non ricordo, forse una coca, o una limonata...»

«Non importa. E poi?»

«Niente. Lui si è accomodato accanto a lei, ha ordinato un caffè. Deve aver detto qualcosa che l'ha fatta innervosire, perché lei se n'è andata di botto, senza toccare la sua consumazione. A quel punto, anche lui ha pagato e se n'è andato. Fine della storia.»

«Potrebbe descriverla, questa ragazza?»

«Allora. Come le dicevo, da qui passa continuamente gente di tutti i tipi, quindi non è che mi metto a studiare le fisionomie. Però... lei mi è rimasta impressa. Forse perché indossava un paio di occhiali da sole.»

Marconi aggrotta le sopracciglia. «Alle dieci di sera.»

Serena alza le spalle. «Ho pensato che fosse una rockstar, o qualcosa del genere. Anche perché era vestita a puntino, con tacchi e tutto il resto.»

«Tutto il resto...?»

«Molto femminile, diciamo.»

«Si ricorda di che colore erano i suoi vestiti?»

«Sul nero. A contrasto con quei bellissimi capelli. Biondi, mi pare. O castani, ora non mi ricordo più. Comunque, erano chiari. Ma gliel'ho detto, sembrava una rockstar, o un'attrice. Una che non ti aspetti di incontrare in un bar di periferia come questo.»

«Mi saprebbe dire più o meno l'altezza?»

Serena resta per qualche istante in silenzio, come soppesando la risposta. «Media, direi. Be', se è tutto...» Indica la fila alla cassa che si è formata durante la chiacchierata.

Salendo in macchina, Marconi si ritrova a pensare alla misteriosa ragazza con gli occhiali da sole in piena notte. Che sia davvero lei l'assassina?

Da qualcuno che si appresta a compiere un omicidio, ci si aspetterebbe che facesse di tutto per passare inosservato, eppure lei sembrava aver fatto del suo meglio per essere notata. Possibile che si sentisse così sicura di sé da lasciare consapevolmente una traccia del suo passaggio?

Ripensa alle fotografie della scena del delitto.

Finalmente, capisce qual era il particolare che non riusciva a mettere a fuoco. Le impronte delle scarpe con il tacco erano rivolte verso l'esterno del cubicolo. Impronte impresse sul sangue.

C'era davvero una donna, con Cagnotto, al momento dell'omicidio. Stazionava di fronte a lui. E lo ha guardato morire.

25

Vertigini

Sta camminando lungo un sentiero di montagna, ma non avverte alcuna fatica. Da quell'altezza, il paesaggio è mozzafiato. Le rocce circostanti brillano alla luce di un sole impetuoso.

Accanto a lei, il precipizio, eppure non soffre le vertigini.

È scalza, eppure i piedi non le fanno male.

Indossa la sua sottoveste bianca, eppure non sente freddo.

A mano a mano che si avvicina alla cima, il sentiero si fa più impervio. Presto, deve cominciare a scalare.

Le dita cercano un appiglio. Non può perdere la presa o si schianterà al suolo.

È quasi arrivata. Un ultimo sforzo.

È in cima. Eppure…

… il paesaggio è cambiato. Si trova in una piazza circondata da portici, con dei cassonetti posizionati a ridosso del marciapiede. D'improvviso, è notte fonda.

Uno sciame di mosche la avvolge. Il ronzio è insopportabile.

Viola cerca di scacciarle. Un insetto si infila in un orecchio e sembra volerle scavare nel timpano.

Lei vorrebbe gridare. Ma sente i corpicini carnosi intrufolarsi in bocca.

Tossisce. Dalla gola esce un fiore blu che fluttua fino a terra.

Si china per raccoglierlo. Si rende conto di essere di nuovo in cima alla montagna.

Il fiore blu è piantato in una roccia. Cresciuto nella dura pietra.

Viola ne sfiora i petali con le dita.

Crack.

La roccia si spacca. Dalla fessura sgorga un rivolo rosso.

Viola si solleva sui gomiti di scatto. La fronte madida di sudore. È sul divano di casa.

Il cuore martella così forte che pensa le verrà un infarto.

Inspira. Espira. Ripeti.

Quel sangue ha una voce e sembra chiamarla. Ormai le visioni la invadono, la percorrono e ripercorrono lungo i nervi, dentro le vene, sotto le unghie. La attraversano come aghi fino a radicarsi dentro di lei. E Viola conosce un solo modo per mettere a tacere quella voce.

Dolore che scaccia un altro dolore.

Si sposta in corridoio e apre il cassetto del mobile all'ingresso. Rovista tra bloc notes, penne che per la maggior parte non funzionano più, un cacciavite a stella, forbici a punta tonda. Poi le dita cingono un oggetto che conosce bene. Sulla sinistra, nell'angolo in fondo. È lì che lo ha lasciato l'ultima volta. Un coltello a serramanico.

Fa scattare la lama. Dodici centimetri d'acciaio inossidabile. La fa scorrere orizzontalmente sul palmo della mano per tastarne il taglio.

È ancora ben affilata. Non le resta che purificarla con la fiamma dell'accendino.

È pronta per il suo personale rito di sangue.

26

Strategie

«Avevi ragione. Non è male questa pizza» dice Giulia con un trancio in mano. «A casa non prendiamo mai niente da asporto. Giovanna, la signora che ci dà una mano, è una cuoca provetta. Altrimenti, mangiamo al ristorante.»

«Con gli orari che facciamo al lavoro e la mia incapacità ai fornelli, il cibo da asporto è una salvezza» dice Eva. Sono sedute sul divano del suo monolocale. La luce dei lampioni penetra nell'appartamento attraverso le veneziane.

«Dimenticavo. Oggi ti sei iscritta in palestra.» Giulia fa un sorriso.

«Mi sono cosa?»

«Diciamo che mio padre aveva qualcosa da farsi perdonare e ho pensato che sfilargli la carta di credito per una buona causa – la tua – fosse il modo migliore.»

«E lui è d'accordo a farsi *sfilare* la carta di credito?»

Giulia si stringe nelle spalle. «Lo considero una compensazione per essere un padre totalmente assente, quando non un autentico bastardo, con rispetto parlando.» Addenta l'ultima fetta, la mastica e ingoia il boccone. «Si chiamano prove di forza. Ma forse si dovrebbero chiamare prove d'amore.» China la testa di lato, spostando lo sguardo verso un punto indefinito. «A quattordici anni, per andare a scuola, volevo assolutamente lo scooter. Voglio dire, ce l'avevano tutti i miei compagni. Mi ricordo che ho pregato papà per settimane, ma lui niente. Ripeteva che era inutile, perché la scuola era a cinquecento metri da casa. Ho persino chiesto a mia madre di intercedere, ma lui era irremovibile. È stato allora che ho cominciato a studiare le sue abitudini.»

«A che scopo, scusa?»

«Ognuno di noi ha un punto debole» risponde Giulia. «Un punto di pressione che, una volta scoperto, permette all'avversario di elaborare la sua strategia.»

So che lei sa. Strategie dell'apnea

Che sono sue amiche, che sono ferite.

Strategie. Le strofe della canzone degli Afterhours le vengono in mente così nitide, che Eva si convince che la sta canticchiando tra le labbra.

Ma è la voce di Giulia, l'unica a riempire il silenzio. «Seguivo le sue mosse. Lo sorvegliavo durante i momenti di solitudine che trascorreva nel suo studio.»

«Quindi?»

«Una settimana dopo, mi sono presentata da lui, prima di andare a letto. Sono rimasta in silenzio. *Che c'è, tesoro? Qualcosa non va? Lo sai che puoi dire tutto, al tuo papà*, mi ha detto.» Giulia si appoggia una mano al petto come per compiere un giuramento. «Io ho cominciato a piangere. Dall'espressione che aveva, lui deve essersi seriamente preoccupato. Gli ho confessato che avevo assistito per caso a una telefonata. *Non vuoi più bene alla mamma?*, gli ho chiesto.» Scandisce le parole come una bambina durante la recita scolastica. «*Certo che voglio bene alla mamma*, mi ha risposto. Così gli ho chiesto: *E allora perché chiamavi un'altra "amore mio"?*» Giulia fa un sorriso inquietante. «Ha cominciato a consolarmi usando le parole più gentili del suo repertorio. Mi ha spiegato che avevo sicuramente frainteso la conversazione, che in realtà stava parlando con mia zia e altre sciocchezze del genere. Il giorno dopo, al ritorno da scuola, ho trovato uno Scarabeo nuovo fiammante ad aspettarmi, parcheggiato nel cortile di casa. Naturalmente, di quella telefonata non ho mai più fatto parola.»

So che lo sai. Gabbie di strategie.

«Ci tenevi davvero, ad avere quello scooter.»

«Be', non proprio. Te l'ho detto, si trattava più che altro di una prova di forza.» Giulia giocherella con le briciole nel cartone. Le schiaccia con le dita. Resta in silenzio per qualche istante. «Dopo un po', mi sono stufata di avere sempre tra i piedi quel trabiccolo. E ho cominciato a preferire un passaggio su quello degli altri, se capisci cosa intendo.»

Eva annuisce distrattamente.

Giulia sospira. A volte pensa che potrebbe dire qualsiasi cosa a Eva, persino di aver ammazzato qualcuno, e lei rimarrebbe indifferente. Si schiarisce la voce. «Dunque, domani si comincia. Non ti ho detto che mio padre è tra i soci della Body Active. È una palestra al top. Attrezzature e docce abbronzanti all'ultimo grido. Contenta?»

«Grazie ma sono già fuori casa tutto il giorno.»

«E allora? Quello è lavoro, la palestra è per te stessa. Puoi scegliere il corso che fa per te. C'è aerobica, pilates, danza moderna, persino quella roba con calci e pugni. Insomma, sei libera. Entriamo insieme, ci rincontriamo all'uscita.» Giulia si mette ad arrotolare una ciocca di capelli tra le dita. «Ultimamente mi faccio seguire per il corpo libero da uno dei personal trainer. Si chiama Andrea. È troppo carino. Mi aiuta a eseguire bene gli esercizi.»

Eva pensa che il corso di autodifesa potrebbe fare per lei.

«Credo di piacergli. Ma c'è un piccolo problema. Ehi, ma mi ascolti?»

«Sì, certo» risponde Eva in un riflesso automatico.

«Il fatto è che in questo periodo esco con Thomas, il PR del Ruvido. È piuttosto geloso. Mi piace, ma non sono presa fino in fondo. E poi pensa troppo a pippare. Quindi, gli ho detto che vengo con te in palestra per tirarti su di morale, così lui è tranquillo e, insomma, ti ho fatto un bel regalo, no?»

27

Bologna violenta

Bologna violenta.

È questo che si trova a pensare Marconi, mentre imbocca via de' Castagnoli.

Gli sembra di essere tornato al periodo della sua infanzia, quando la città era funestata da rapine e omicidi. Di essere tornato al giorno in cui la sua percezione del mondo è cambiata per sempre.

Quando aveva otto anni e gli chiedevano cosa avrebbe voluto fare da grande, non aveva dubbi nel rispondere: l'orologiaio. Era affascinato dalla misurazione del tempo, da quei piccoli meccanismi perfetti che facevano muovere le lancette, incessanti, ma discreti. C'era l'orologio da polso di suo nonno, che era fermo da quando aveva memoria. Lui si era messo in testa di ripararlo. Aveva passato tutta la sera a smontarlo, un pezzo per volta, usando un piccolo cacciavite trovato nella scatola degli attrezzi di suo padre. Aveva annotato su un foglio il posizionamento di ogni pezzo, ma, al momento di rimontarlo, si era dovuto arrendere. Sua madre, quando l'aveva sorpreso, non se l'era neanche sentita di sgridarlo. O, forse, aveva altro a cui pensare. Si era limitata a ficcare i pezzi di quel vecchio orologio in una busta da lettere, che era finita in un cassetto.

Il giorno dopo, alla televisione non facevano che parlare dell'attentato al Pilastro, che era costato la vita a tre carabinieri. Uno di loro abitava a duecento metri da casa sua.

Per lunghe notti, stretto dall'angoscia, prima di riuscire ad addormentarsi, Marconi non aveva fatto che pensare al fatto che, mentre lui stava cercando di decifrare l'enigma del tempo, per le strade della città si stava consumando l'orrore. La sua incapacità di elaborare quell'avvenimento gli aveva scatenato un pervasivo senso di colpa.

Era stato allora che aveva deciso che il suo futuro sarebbe stato in polizia. Che si sarebbe impegnato per fare in modo che cose del genere non accadessero più. Non sapeva, allora, quanto si sbagliava.

Non c'è alcun modo di fermare l'orrore, così come non si può decifrare il tempo. Ma almeno poteva guardarlo negli occhi, l'orrore e dedicare il suo tempo cercando di combatterlo.

Il cielo è livido, e una leggera pioggia rende la strada lucida.

Tommasi gli si avvicina. «Frolli sta arrivando. Grifo è con lui.»

Sono le sette e un quarto del mattino e la piazza poco distante si sta popolando di studenti con zaini e borse a tracolla. Hanno passi incerti, un gruppo si ferma per osservare la volante con i lampeggianti accesi, parcheggiata di traverso, nei pressi dei cassonetti dell'immondizia.

«Circolare» dice Tommasi. «Non c'è niente da vedere.»

Marconi si avvicina alla poliziotta in divisa nei pressi del nastro di contenimento. «Nessuna traccia dell'uomo che ha effettuato la segnalazione?»

«No. Credo che abbia chiamato da una cabina telefonica.

Ce n'è una qui vicino. È tra le poche ancora sopravvissute, in città.»

«La telefonata è arrivata in centrale poco dopo le sei, giusto?»

La poliziotta annuisce. «Sarà qualcuno che ha paura di compromettersi con la polizia.»

Un movimento, tra i cassonetti, attira l'attenzione di Marconi. «Ehi! Ma che cazzo fai?»

Un tizio con un impermeabile chiaro e la macchina fotografica a tracolla fa un movimento brusco e lo guarda. Alza una mano, come a scusarsi.

Marconi si avvia spedito nella sua direzione. Il tizio indietreggia, si guarda intorno. Poi si mette a correre.

«Ma tu guarda quello!»

«Non posso crederci» dice la poliziotta. «Malaguti è riuscito a intrufolarsi anche stavolta.»

«Chi?»

«Si considera un giornalista d'assalto. Conosce un po' tutti, qui in città, e riesce sempre ad avere qualche soffiata. Non ci crederai, ma a volte ce lo siamo ritrovati già sulla scena di un crimine al momento del primo intervento.»

«Ci mancava solo Professione Reporter» dice Marconi tra sé.

Si sposta sul lato della strada.

Schizzi di sangue tingono l'intonaco del palazzo. Spesse linee rosse si mescolano alla pioggia tra il ciottolato. Un paio di gambe si distendono dietro il cassonetto. Accasciato a ridosso del muro, il corpo dell'uomo è scomposto, con il collo ritorto e la faccia tumefatta, irriconoscibile per i lividi e le macchie di sangue. Da una spaccatura netta del cranio fuoriesce parte della materia cerebrale.

Marconi distoglie lo sguardo. «Cristo santo.»

«L'hanno massacrato di botte.» La voce di Tommasi, dietro di lui. «Con una spranga, forse. O un piede di porco.»

Marconi si massaggia la fronte. «Ma che sta succedendo, in questa città?»

Tommasi resta per qualche istante in silenzio. «Guarda lì.»

Marconi torna con lo sguardo sul cadavere.

C'è un fiore dai petali blu, nel palmo della mano.

28

Cos'hai fatto?

Viola ha preparato i paccheri al ragù napoletano, con salsiccia stagionata e muscolo di manzo, come piace a Nunzio. Ci ha messo ore per cuocere il ragù a bassa temperatura, affinché assorbisse i profumi delle aromatiche, e gli ingredienti si amalgamassero come si deve. Lui ha spazzolato il piatto di gusto e ha chiesto il bis. Ha pure stappato una bottiglia di Falanghina, e adesso sembra di buon umore.

Tra una forchettata e l'altra, ha tessuto le lodi della sua macchina nuova. Ha prestazioni da corsa, dice. Ieri notte ha fatto un giro in tangenziale, l'ha mandata ai 170 all'ora.

Viola, al contrario, si è sentita sui carboni ardenti per tutta la durata della cena.

Si è arrovellata per cercare le parole giuste e affrontare finalmente l'argomento che le sta a cuore e ha rimandato per giorni, in attesa di trovare il coraggio. Ma il coraggio non viene da solo.

Per un attimo le vengono in mente le parole di nonna Assunta: *Fatte curaggio ca 'a vita è nu passaggio*. Quanto le manca. Dopo che anche lei se n'è andata, è stato come perdere l'ultimo dei suoi punti di riferimento.

Adesso o mai più, si dice. Lui ha bevuto un paio di bicchieri e si è ammorbidito. Tra poco, lo sa, si alzerà per baciarla e la spingerà verso la camera da letto per fare l'amore. Si farà la doccia e uscirà di casa. Conosce bene le due abitudini.

«Com'è andata oggi, a lavoro?» chiede Viola.

«Bene, bene.»

«È stata una giornata pesante?»

«Cosa vuoi. Come al solito.» Nunzio versa un po' di vino nel calice.

«E tuo zio Carmine, come sta?»

Nunzio beve un sorso. «Senti. Ma che ti frega di mio zio, adesso?»

«È solo che non lo vedo da tanto e mi dispiace. Ho pensato di passare in negozio per fargli un saluto. E magari invitarlo a cena da noi.»

Nunzio alza gli occhi al cielo. «Ancora con questa storia? Te l'ho detto che c'ha sempre da fare. E poi, credi davvero che io abbia voglia di averlo tra i coglioni anche durante il fine settimana? Già me lo devo sorbire tutti i giorni.» Parla senza guardarla, ma non ha esitazioni. Mantenendo il tono tranquillo di una conversazione sul più e il meno.

Come fa a mentirmi così facilmente?

Viola sente un peso all'altezza del diaframma. Abbassa leggermente la testa.

«Cosa ti prende, piccola?» Nunzio si alza e la raggiunge. Si china accanto a lei. Le cinge le spalle.

«È solo che...» Si interrompe.

«Lo sai che puoi parlarmi di tutto.» Le accarezza il viso.

Viola tira su col naso. «L'altro giorno sono passata da tuo zio.»

Nunzio contrae i muscoli facciali. «Cos'è che hai fatto?»

«Ero preoccupata! Così ho pensato di passare da Carmine e lui mi ha detto che non ci vai più al lavoro!» La voce si incrina. «Che sono mesi che non ti presenti, così ha dovuto assumere un ragazzo nuov…»

Lo schiaffo la colpisce con tale violenza da buttarla giù dalla sedia. Viola non riesce nemmeno a protendere una mano per attutire la caduta. Si ritrova sul pavimento, frastornata, quasi senza capire come ci è finita.

«Non ti dovevi permettere! Che cazzo ci devo fare, io, con te?» Nunzio si morde la mano. Emette un verso gutturale, come un ringhio sommesso.

Viola si raggomitola a ridosso della parete. «Scusami» dice con un filo di voce, mentre le lacrime scorrono indisciplinate sulle guance.

Nunzio la sovrasta e, per un attimo, sembra sul punto di calpestarla.

«Scusami. Non d-dovevo.» D'istinto, si ripara la testa con le mani.

«Ti avevo proibito di passare in negozio!» Nunzio fa uno scatto indietro. Sferra un calcio alla sedia, che slitta fino all'altra estremità della sala.

«Non farmi male!»

In tutta risposta, Nunzio afferra la bottiglia e la sferra contro la parete. Si frantuma a pochi centimetri da lei. I vetri schizzano tutt'intorno. Viola chiude gli occhi, il corpo scosso da tremiti violenti. L'odore del vino si diffonde nell'aria, riempiendole le narici.

I passi di Nunzio si allontanano verso il corridoio. Dopo qualche istante, Viola avverte il rumore della porta d'ingresso che sbatte.

«Non ne parlerò più» mormora. «Non ne parlerò più. Lo prometto.»

29

Riscaldamento

C'è un gran chiasso nello spogliatoio, voci che si sovrappongono e si scavalcano. Un via vai di ragazze che entrano ed escono. Eva infila le scarpe da ginnastica. Una ragazza la urta scaricando il borsone sulla panca.

Non si sarebbe mai aspettata che la palestra fosse tanto affollata durante la pausa pranzo.

«Cosa ne dici del mio completino nuovo?» Giulia compie una piroetta. Pantaloncini rosa in microfibra e canottiera abbinata.

«Fa molto "Giulia".»

L'altra fa una piccola smorfia. «Sicura di non fare il corso di pilates? Guarda che l'istruttore è il migliore sulla piazza.»

«Più che sicura».

«Be', non sai cosa ti perdi» si intromette la tipa del borsone. «Io sono dimagrita tre chili in un mese grazie a lui. Sarà anche per tutto lo spinning che faccio.»

«Io ho smesso con lo spinning» ribatte Giulia. «Ingrossa i polpacci. In compenso mi trovo bene con gli esercizi a corpo libero.»

«Be', ci vediamo più tardi» taglia corto Eva. Si alza ed esce dallo spogliatoio. Attraversa la sala degli attrezzi, evitando ragazzoni dal fisico ipertrofico. Percorre la sala dove un gruppo di ragazze sta saltellando a tempo. Sale le scale che conducono allo stanzone dedicato al corso di kick boxing.

Il pavimento è rivestito di parquet. La sua immagine si riflette sugli specchi posizionati sui lati. Agli angoli della sala, alcuni sacchi da boxe sono appesi al soffitto, su cui dei ragazzi coi guantoni eseguono sequenze di colpi combinati di braccia e gambe. Nelle vicinanze, altri stanno chiacchierando tra loro. Sono una quindicina in tutto.

Eva non può fare a meno di notare che la maggior parte degli allievi sono maschi. Oltre a lei, ci sono solo due ragazze. Una è snella con i capelli biondi raccolti da un codino, l'altra piuttosto muscolosa, con due trecce da valchiria che le scendono fino a metà schiena.

Eva riconosce di primo acchito il gruppo delle nuove leve. Sono quelli che se stanno in disparte. Tra loro spicca un ragazzino esile con le orecchie a sventola. Si guarda intorno con gli occhi sgranati, come chi si aspetta sempre il peggio. Le fa quasi tenerezza.

L'allenatore ha il fisico asciutto e i capelli rasati. Batte le mani. «Forza. Si comincia. Riscaldamento.»

Pochi minuti di corsa intorno alla sala ed Eva è già senza fiato. Si piega sulle ginocchia per respingere un moto di nausea.

L'allenatore le fa cenno di bere qualcosa per idratarsi.

Una sessione di addominali. Stretching. Una serie di circuiti a corpo libero. L'allenatore invita tutti gli allievi a schierarsi di fronte a uno specchio. Mosse sul posto per imparare le tecniche di base. A Eva sembra di essere tornata all'ora di ginnastica delle scuole medie. Con la differenza che a quei tempi era molto più allenata. Adesso è in costante debito di ossigeno e sente le gambe di legno.

Non sta andando come si aspettava. Pensava di cominciare subito con gli incontri simulati, e invece non ha nemmeno dato un calcio al sacco.

Il gruppo si divide. I veterani si dedicano nelle sessioni di coppia con dei cuscinetti imbottiti che chiamano *pao*, a incassare i colpi del compare con i guantoni.

L'allenatore raduna i principianti per un altro giro di esercizi a corpo libero. Eva ha la maglietta intrisa, il sudore che le scorre giù per le braccia. Alla fine dell'ora, è a pezzi e sinceramente delusa.

Nello spogliatoio, le docce sono già tutte occupate. L'aria è satura di vapore e chiacchiere ad alta voce.

Giulia fa il suo ingresso con un gran sorriso. «Non ci crederai mai. Andrea mi ha chiesto di vederci, domani sera.»

Eva si infila nella prima doccia che si libera. E ha pure dimenticato a casa lo shampoo.

30

Portato dal vento

«Enrico Fasano, trentasei anni, residente a San Lazzaro di Savena» dice Frolli. «Portafoglio e documenti erano in tasca. Aggredito con un'arma impropria, come una spranga o un piede di porco. È stato colpito ripetutamente al viso e al torace. Quando avranno finito di raccogliere i suoi denti tra i sampietrini, i ragazzi della scientifica ci diranno anche quante volte.»

«Abbiamo una stima dell'orario di aggressione?»

«Indicativamente, tra le tre e le cinque del mattino. Nessun testimone, per ora. Ma confido nella sua solerzia per andare a suonare i campanelli dei palazzi del quartiere. Qualcuno avrà pur visto o sentito qualcosa.»

«Sì, commissario» dice Marconi.

«E, magari, lei e Tommasi andate a rompere le palle ai punkabbestia che di solito stazionano in quella zona. E che, guarda caso, si sono tutti dileguati.»

«Certo che due cadaveri in due settimane fanno riflettere. Mi viene da pensare che possa esserci un collegamento con il delitto alla stazione di servizio.»

«Mmm. E su che base?» Frolli si sfila gli occhiali. Preleva il fazzoletto dalla tasca e comincia a pulire le lenti.

«Per ora è solo una sensazione.»

«Non mi faccia perdere tempo. Le indagini non si costruiscono mica con le sensazioni.»

«No, certo» dice Marconi.

«Si tratta probabilmente di un regolamento di conti. Non sappiamo ancora niente su questo Fasano, ma mi aspetto che lei scavi nella sua vita per scoprire se aveva collegamenti con la malavita.»

«E il fiore che gli abbiamo trovato in mano?»

«Ci sarà finito per caso. Il vento l'avrà portato lì dal davanzale di qualche finestra. O magari era un romantico, e lo aveva raccolto per regalarlo alla sua ragazza. Che cazzo ne so, io, del fiore.»

Marconi riflette per qualche istante. «Secondo me è un messaggio. Così come lo era il rasoio per l'omicidio Cagnotto.»

«Per favore, Marconi. Tutto sommato, lei è un buon elemento, ma cerchi di non approfittare della mia pazienza.»

Uscendo dall'ufficio del commissario, Marconi pensa che ci vuole ben altro che una sensazione per mettere in relazione i due omicidi. Eppure, una parte di lui non può fare a meno di ripetergli che a uccidere è stata la stessa mano.

Sa che dovrà darsi da fare per convincere il suo superiore a prendere sul serio la sua ipotesi. Almeno su una cosa, Frolli ha ragione. Non è così che si risolvono i casi di omicidio. Non con una sensazione, ma con l'analisi dei fatti.

Sfila dalla tasca il cellulare. Si rende conto di un simbolino alla base del display a cui non aveva fatto caso. «Ma chi cazzo lascia messaggi in segreteria telefonica, di questi tempi?» dice tra sé. Poi compone il numero di Tommasi.

31

Barbablù

L'imponente cancello in ferro battuto di Villa Montanarini la sovrasta. Eva rivolge un'occhiata alla via che si inerpica sui colli del quartiere Saragozza. Da qui, il sentiero porticato che conduce a San Luca sembra un serpente di luci che striscia verso il cielo. Schiaccia il pulsante del citofono, sorvegliata dall'occhio di una telecamera. Pochi istanti dopo, la voce di Giulia la raggiunge dall'altoparlante. «Segui il sentiero di ghiaia, poi vai a destra e supera il piccolo gazebo. L'ingresso è lì di fronte.»

Miew emette un miagolio dall'interno del trasportino.

Giulia le ha invitate entrambe a cena, dopo che Eva aveva declinato l'invito un paio di volte, per non dover lasciare sempre la sua coinquilina a casa da sola.

Scatta il meccanismo di apertura del cancelletto laterale. Eva imbocca il sentiero. Attraversa un giardino in cui spiccano alberi dai rami ricurvi che sembrano usciti da un quadro giapponese. Ed ecco la facciata della villa che si staglia di fronte a lei. Le inferriate alle finestre assomigliano a ciglia di enormi occhi gialli. La porta d'ingresso è una bocca pronta a inghiottirla.

«Le otto spaccate. Puntualissima.» Giulia la accoglie nell'atrio.

«Buonasera» dice Eva, un po' intimidita.

«Papà, questa è Eva, amica e collega di sventura in agenzia.»

L'uomo accenna un sorriso. È sulla sessantina, con i capelli grigi e un completo sartoriale. «Suvvia, Giulia. Non può essere così terribile lavorare per l'ingegner Anselmi.»

«Anselmi, io, non l'ho mai visto. L'agenzia è di Mariangela, sua moglie» precisa Giulia. «Ah, Eva.» La prende a braccetto. «Questa è mia mamma. Non è bellissima?»

«Sì» dice Eva, e si divincola dalla presa. Non può fare a meno di notare che naso, labbra, zigomi e, presumibilmente, anche lo strabordante seno della signora sono opera di un chirurgo. Immagina che, nel giro di qualche anno, Giulia si affiderà alle stesse mani.

Da una porta laterale fa il suo ingresso una donna che cammina con passi veloci. Si avvicina alla signora e le sussurra qualcosa. Poi volta le spalle per tornare da dove è venuta.

«Lei, invece, è Giovanna. Ci dà una mano in casa.»

«Ma quale Giovanna» dice Montanarini. «Si chiama Marites ed è filippina.»

«E che ne so. L'ho sempre chiamata così. Non ho dimestichezza con i nomi stranieri.»

Giulia conduce Eva in una sala dal pavimento di marmo bianco con un grande tavolo circolare, apparecchiato di tutto punto.

Dopo che tutti si sono seduti, la domestica consegna una portata dopo l'altra. Antipasto, risotto ai frutti di mare e una serie di piatti a base di pesce, rigorosamente annaffiati con lo champagne.

Miew, accucciata a terra, a un lato del tavolo, rosicchia un trancio di salmone da un piattino dorato.

«È vaccinata, vero?» chiede la signora. «Di solito non permettiamo agli animali di stare in sala, ma Giulia ha insistito tanto.»

«Certo» risponde Eva. «Dorme con me.»

Tappeti pregiati, vasellame, argenteria e quadri di nature morte dalle cornici intarsiate. A Eva sembra di stare nel salone di un castello. Si sofferma a osservare un ampio arazzo, raffigurante una ragazza tra un unicorno e un leone.

«Notevole, non è così?» Montanarini intercetta il suo sguardo.

«Sembra molto antico.»

«Apparteneva a una famiglia di nobili spagnoli che ha vissuto per un po' di tempo qui a Bologna. L'ho vinto a un'asta. Il cavalier Gagliucci non mollava, ma alla fine ho fatto un'offerta che ha lasciato tutti di stucco.»

«Tesoro, per favore. Non parliamo di denaro a tavola.»

«Hai ragione.» Montanarini abbozza un sorriso e si copre la bocca con il tovagliolo, come per censurare la cifra che era in procinto di dichiarare.

Miew sembra indispettita da quell'atmosfera solenne. Compie un balzo, sale su un mobiletto di legno e si posiziona accanto a un vaso di cristallo, muovendo sinuosamente la coda.

«Oddio» sbotta la signora. «Quel vaso appartiene alla collezione di mia madre.»

Miew la guarda, sembra volerla sfidare. Comincia a strofinarsi sul vaso facendo le fusa.

«Ferma la bestia! Quello vale più di voi due messe insieme.»

«Presa.» Eva trattiene la gatta tra le braccia. «Scherzava. A casa nostra non ha mai rotto niente.»

«Anch'io scherzavo, naturalmente» dice la signora e accenna una risatina.

«Senti, ma'» interviene Giulia. «Noi togliamo il disturbo. Accompagno Eva e Miew a fare un giro della casa. Ci vediamo più tardi.»

Salgono i gradini di una scala elicoidale. Segue un tour estenuante per le stanze del piano di sopra, finché giungono di fronte a un'altra rampa di scale.

«Ti risparmio il secondo piano» dice Giulia. «Tanto, c'è solo lo studio di papà e una specie di mausoleo con le sue collezioni private. E comunque sono sotto chiave.»

Percorrono un corridoio, si infilano in una porta.

«Questa è la mia camera.»

Eva si guarda intorno. Letto a baldacchino con tenda rosa in taffetà e lenzuola di seta. Una poltrona barocca campeggia su un tappeto fucsia. Una parete è rivestita di serigrafie con delle foto di Giulia. Accanto alla cabina armadio, una scarpiera a vista contiene, stipate, almeno un centinaio di scarpe, tra décolleté, sandali, peep-toe, ballerine, stivali e tronchetti.

Il cellulare di Giulia si mette a squillare dalla borsetta. «Scusami un attimo. È Thomas, tu puoi mettere su un po' di musica, intanto.» E si tuffa sul letto.

Eva si avvicina al mobiletto dell'impianto stereo, appoggia Miew, che comincia a pattugliare i dintorni. Nel vano c'è un raccoglitore colmo di cd dal pop alla musica house. Eva ne apre alcuni finché non trova il Greatest Hits dei Queen. Inserisce il disco nel lettore e alza il volume.

Is this the real life? Is this just fantasy?

La voce vibrante di Freddy Mercury si propaga dalle casse degli altoparlanti.

Caught in a landslide, no escape from reality.

Non c'è fuga dalla realtà, pensa Eva mentre scorre con le dita tra le costine dei cd.

Tra J. Lo e l'ultimo di Shakira è incastrato un mazzo di chiavi di diverse misure. Eva le studia con curiosità. Le sembra fuoriuscito dalla fiaba di Barbablù.

Quando era bambina, era la fiaba che le faceva più paura, ma da cui era più affascinata. L'ha riletta così tante volte che conosce a memoria le parole dell'orco alla novella sposa, il giorno in cui le aveva consegnato le chiavi del castello: «Sei padrona di aprir tutto, di andar dappertutto: ma in quanto alla piccola stanzina, vi proibisco d'entrarvi e ve lo proibisco in modo così assoluto, che se vi accadesse per disgrazia di aprirla, potete aspettarvi tutto dalla mia collera.»

Chissà cosa aprono. Forse una stanza proibita?

«Quelle chiavi non le hai viste, ok?» La voce di Giulia la fa trasalire.

«Scusa» si affretta a dire Eva.

«Sono le chiavi delle stanze del potere, il regno di mio padre. Be', si dà il caso che io ne abbia una copia. Sai, c'è stato un periodo in cui avevo bisogno di ritoccarmi la paghetta, e avevo l'abitudine di frequentare il suo studio.» Per un attimo, lo sguardo di Giulia si rabbuia, muove la testa al ritmo della canzone.

Nothing really matters, anyone can see
Nothing really matters to me.

«O forse, la verità è che non mi è mai piaciuto essere tenuta fuori dalla sua vita e, quando non c'era, trascorrevo del tempo nel suo studio. Me lo faceva sentire un po' più vicino. È da tanto che non lo faccio più.»

«Io non ho visto niente» dice Eva, rimettendo le chiavi al loro posto.

32

Polvere

Piazza VIII agosto. L'umidità della sera si sta addensando. Ci sono cinque ragazzi seduti sui gradini di fronte al monumento del Popolano, all'ingresso del Parco della Montagnola. Fabietto indossa un cappellino con la visiera al contrario e i piedi appoggiati sul suo skateboard.

Nunzio si distacca dai passanti e si avvicina al gruppo. I capelli ricci impomatati, la giacca di pelle scamosciata che mostra la camicia aperta sul petto.

«Ciao, Nunzio. Sei in ritardo.»

Lui non ribatte.

«Allora? Ce l'hai?»

Nunzio fa cenno di sì.

Fabietto si alza. Aspira l'ultima boccata dalla sigaretta e la getta via. Prende lo skateboard sottobraccio e segue Nunzio sul marciapiede, fino a una stradina laterale.

Nunzio fa scattare la serratura della sua Audi e fa cenno al ragazzino di sedersi al posto del passeggero.

Fabietto si accomoda e sistema lo skateboard tra le ginocchia. «Rivestimento in pelle. Hai proprio fatto il salto di qualità.» Protende la mano verso l'accensione dell'autoradio.

«Fermo lì» intima Nunzio. Poi preleva uno zainetto dal sedile posteriore. «Questo è per te.»

Fabietto apre la zip quanto basta per sbirciarne il contenuto: una buona quantità di bustine incellofanate di polvere bianca. Fa un gran sorriso. «Sei il top, vecchio!»

«Roba di prima qualità da smerciare nei locali e nelle università. Mica la merda a cui siete abituati voi ragazzetti di città.»

Fabietto fa un cenno di assenso.

«Sicuro che te la senti?» Nunzio scruta il suo interlocutore con l'espressione che ha provato innumerevoli volte allo specchio.

«Tranquillo» dice Fabietto. «Con la rete di contatti che ho, dovrai rifornirmi tra una settimana.»

33

Una donna pericolosa

Frolli tamburella con le dita sulla scrivania. Seduto accanto a lui, Grifo si accarezza nervosamente la barba sul mento.

Dalla sua postazione, di fronte ai due, Marconi sembra sulla graticola.

Bussano alla porta.

«Avanti», dice Frolli.

Tommasi compare sulla soglia con un plico di fogli in mano.

«Finalmente» dice Marconi.

«Scusate, la fotocopiatrice si è inceppata.» Comincia a distribuire i fogli ai presenti.

Grifo rivolge un'occhiata al documento, su cui campeggia una fotografia sgranata di Enrico Fasano. «Ora che ci siamo tutti, possiamo fare il punto. Marconi, a lei la parola.»

«Tanto per cominciare, non siamo ancora riusciti a trovare dei testimoni per l'omicidio Fasano. Quella è una zona universitaria e commerciale, e molti palazzi sono occupati da uffici. I residenti sono così abituati al fracasso degli studenti, a tutte le ore, che nessuno ha fornito dichiarazioni di rilievo. C'è un bar, a duecento metri dalla scena del crimine, ma chiude a mezzanotte.»

«È anche una zona frequentata da senzatetto.»

«Dileguati. Stiamo pattugliando il quartiere giorno e notte, e non è mai stato così desolato. Se anche qualcuno ha visto qualcosa, si tiene a distanza» dice Marconi.

«Riscontri sull'arma del delitto?» dice Grifo.

«Sappiamo solo che si tratta di un'arma impropria. Tutto quello che abbiamo sono schegge di ferro sui denti della vittima.»

«Cosa sappiamo di lui?»

«Abbiamo scavato un po' sulla sua vita. Fasano era divorziato, non aveva un'occupazione fissa, ma svolgeva dei lavoretti occasionali che gli permettevano di tirare avanti. Un paio di particolari hanno attirato la mia attenzione.»

«Che sarebbero?»

«Il primo è che aveva il vizio del gioco. A detta della sua ex moglie, si era invischiato in un brutto giro. Aveva accumulato debiti per migliaia di euro, che chiaramente non era in grado di pagare.»

«Potrebbe dunque essere questo, l'ambiente in cui è maturato l'omicidio» dice Frolli.

«La mia opinione è diversa» dice Marconi.

Grifo lo guarda con interesse. «E sarebbe?»

«Credo ci sia un legame con l'omicidio alla stazione di servizio.»

«Ancora con questa storia» dice Frolli. «Fasano e Cagnotto si conoscevano?»

«No» dice Marconi. «Almeno, non abbiamo nessun elemento che lo faccia pensare. I due avevano abitudini e giri di frequentazioni differenti. Però, avevano una caratteristica in comune: anche Fasano era un violento con le donne e maltrattava la sua ex moglie. Abbiamo in archivio un paio di denunce per violenza domestica, da parte sua, che poi erano state ritirate.»

«Non le pare un po' debole come collegamento?» dice Frolli.

«Mi sto solo attenendo ai fatti, commissario. Entrambe le aggressioni sono avvenute in un luogo pubblico, ma non a scopo di rapina. Sulla scena del crimine, alla stazione di servizio, sul sangue abbiamo riscontrato delle impronte di tacchi a spillo che non siamo riusciti a identificare. La madre della bambina che ha scoperto il cadavere indossava un paio di scarpe da ginnastica, e comunque non è entrata nel bagno.»

«E con questo?»

«Non dimentichiamo che Cagnotto aveva un'erezione, al momento della morte.»

«E Fasano? Anche lui ce l'aveva duro?»

«Siamo ancora in attesa del referto del medico legale, ma non mi stupirebbe» dice Marconi.

«Quindi, lei sostiene che questi due omicidi sono stati compiuti dalla stessa donna?» dice Grifo.

Marconi annuisce. «In entrambi i casi abbiamo un oggetto abbandonato sulla scena. Nel primo un vecchio rasoio, nel secondo un fiore di colore blu. Per la precisione, un iris. Da una ricerca che ho fatto, è un simbolo di femminilità.»

«Oh, ma per favore» dice Frolli con tono un po' troppo alto.

«Un fiore e una lama, per me, compongono un messaggio: "sono una donna pericolosa".»

«Lei sta viaggiando un po' troppo con la fantasia.»

«Continui pure, Marconi» dice Grifo.

«In entrambi i casi, non ci sono tracce di colluttazione. Cagnotto e Fasano non hanno avuto il tempo di difendersi. Entrambi sono stati sorpresi e uccisi da un'improvvisa esplosione di violenza.»

«Tenendo per buona questa ipotesi, non potrebbe significare che questa donna conoscesse entrambe le vittime?» dice Grifo. «Che si tratti di una vendetta per essere stata maltrattata, per esempio?»

«È proprio questo il punto. Non credo che l'assassina conoscesse le sue vittime, o non li avrebbe aggrediti per strada, con il rischio di farsi vedere. Avrebbe approfittato di una situazione più intima, si sarebbe creata un'opportunità per agire indisturbata. Invece, ha ammazzato due uomini violenti in luoghi piuttosto frequentati. Uno è finito con la testa ficcata nel cesso e l'altro dietro i cassonetti dell'immondizia. Come a dire che li considerava spazzatura.»

«Per la miseria, Marconi» dice Frolli, contrariato. «Lei ha perso il senso della realtà. Sta parlando di una... serial killer? Qui, a Bologna?»

34

Una pessima bugiarda

La porta dell'appartamento si apre e Viola compare sulla soglia. «Ispettore Marconi» dice, sorpresa.

«Mi scusi l'improvvisata» dice lui. «Avrei dovuto telefonare.»

Viola è scalza. Indossa un paio di pantaloni dell'Adidas e un maglione da uomo. «Come posso aiutarla?»

«Ho bisogno di parlarle. Posso entrare?» dice Marconi.

Lei ci pensa per un istante di troppo, prima di aggiungere: «Certo, si figuri».

Lo conduce all'interno dell'appartamento. Si siede sull'estremità del divano.

Marconi prende posto su una sedia di fronte a lei. «Qualche giorno fa, lei ha lasciato un messaggio nella mia segreteria telefonica.»

Viola si limita ad annuire.

«Avrei dovuto ascoltarlo prima ma, sa com'è, non l'ho fatto subito e poi mi è passato di mente.»

«Si figuri. Vuole qualcosa da bere?» Fa per alzarsi.

«Stia pure comoda» dice lui. «Sono a posto così.»

«Senta. Riguardo a quel messaggio, io... non avrei dovuto lasciarlo. Anzi, non avrei neppure dovuto chiamarla.»

«No, ha fatto bene. È solo che...» Marconi si passa una mano tra i capelli, scompigliandoli. «Ecco, nel messaggio, lei ha parlato di un altro sogno.»

«Come le ho detto, non avrei dovuto disturbarla. Chissà quali cose più importanti avrà di cui occuparsi.»

«Un fiore blu, spuntato da una roccia, da cui sgorgava sangue» dice Marconi, guardandola intensamente.

Viola incolla gli occhi al pavimento. Non ribatte.

«Tutto bene?»

Viola annuisce.

«Potrebbe descriverlo, quel fiore?» dice Marconi.

«Senta. Possiamo parlarne in un altro momento? Il mio ragazzo sta per rientrare e dovrei portarmi avanti con la cena.»

Marconi si schiarisce la voce. «Certo. Come le dicevo, non è mia intenzione disturbarla, ma le circostanze mi impongono di chiederle se lei ha un alibi per lo scorso giovedì notte.»

«Giovedì notte?» dice Viola, guardandosi intorno nervosamente. «Che cosa intende per "alibi"? Io non ho fatto niente di male.»

«Guardi che non è mica un interrogatorio. Però, vede, è la seconda volta che mi parla di un particolare relativo a un'indagine in corso che non è stato diffuso alla stampa.»

«È successa una cosa brutta, vero?»

«Sì» dice Marconi. «Il problema è che lei mi ha lasciato quel messaggio in segreteria mercoledì pomeriggio. Diverse ore prima che si verificasse l'omicidio.»

Viola sospira. «Ho già cercato di spiegarle come funziona. Quando smetto di sognare, poi succede. Sapevo che stava per accadere qualcosa di terribile. Io... ho agito d'istinto. Lo so, non avrei dovuto telefonarle.»

«Le ripeto che non c'è problema per il messaggio. Le ho

lasciato il mio biglietto da visita, per qualunque evenienza. Ma ora, Viola, deve dirmi dove si trovava giovedì notte.»

«Dove vuole che fossi? Ero qui, in casa. Sono andata a letto presto.»

«C'è qualcuno che può confermarlo? Il suo compagno, per esempio?»

«Sì, cioè no. Nunzio può confermarlo, anche se non è stato insieme a me tutto il tempo.» Una pausa. «Vede, lui esce sempre, la sera.»

Marconi annuisce. «Ah sì? Che lavoro fa?»

Viola esita prima di rispondere. «Lavora al negozio di bevande di suo zio. Fa le consegne a domicilio.»

«Di notte?»

«No di certo. Lui...» Viola comincia a mordicchiarsi l'unghia del pollice. «Dopo una giornata di lavoro ha bisogno di svagarsi, ecco. Come tutti, no?»

Marconi pensa che quella ragazza è un vero enigma. Sembra che stia cercando di nascondere qualcosa, ma allo stesso tempo è come un libro aperto.

La barista della stazione di servizio ha parlato di una bionda, ma chi può dire che non si trattasse di una parrucca? Una parrucca bionda, un paio di occhiali da sole e un vestito da femme fatale.

Forse, l'assassina attira volutamente l'attenzione su dei particolari estetici appariscenti, in modo che nessuno faccia caso ai suoi lineamenti. Si direbbe una donna molto sicura di sé. Ma Viola? Sembra la persona più insicura del mondo. E di una cosa, Marconi è sicuro: è una pessima bugiarda.

Il rumore di una chiave nella serratura.

Viola e Marconi si voltano all'unisono.

La porta si apre e sulla soglia compare un ragazzo con la giacca di pelle scamosciata.

Viola scatta in piedi. «Amore. Sei già tornato.»

Nunzio resta immobile, guardando Marconi come un segugio che ha puntato la preda. «E questo chi cazzo è?»

«Ispettore Marconi.» Si alza e fa per stringergli la mano.

Nunzio compie un impercettibile scatto indietro. «Ispettore?»

«È un ispettore... del comune» dice Viola arrossendo. «È del catasto. È venuto per un controllo.»

«Ma che cazzo significa, che è del catasto?»

Marconi abbozza un sorriso e cerca un tono accomodante. «C'è un errore nella registrazione della metratura dell'appartamento.»

Nunzio resta in silenzio per alcuni istanti, come soppesando quelle parole. Il mento leggermente alzato, gli occhi stretti. «Che si rivolga al padrone di casa, allora.»

«Certo» dice Marconi. «Ora, se volete scusarmi, tolgo il disturbo. È tardi e devo ancora finire il giro di appuntamenti.»

Sfila verso l'uscita. Fa appena in tempo ad accedere al pianerottolo che la porta si chiude di colpo alle sue spalle.

Marconi fa un ampio respiro. Quell'individuo non gli piace per niente.

Non vorrebbe lasciare Viola da sola con lui. Si scosta di lato. Resta in ascolto.

Dall'interno dell'appartamento proviene solo silenzio.

Poi, la voce di Nunzio: «Si può sapere che cazzo ti passa per la testa? Mi hai portato un infame in casa!»

«Infame? Ma che dici?»

«Quello puzza di sbirro lontano un chilometro, non dirmi che non te ne sei accorta.»

«Non so di che parli, Nunzio.» La voce di Viola è incerta.

Lo diceva, Marconi, che è una pessima bugiarda.

«Dove vai, adesso?» La voce di Nunzio.

«A preparare la cena.» Ancora la voce di Viola, a malapena udibile. Deve aver cambiato stanza.

«Bene. Perché sto affamato.»

Infine, quiete.

Marconi attende per un po'. Poi si avvia giù per le scale. Cammina lentamente, con l'orecchio sempre in ascolto e il cellulare in mano, pronto a chiamare rinforzi se dovesse sentire puzza di violenza domestica.

Attraversa il portone guardandosi un'ultima volta indietro.

Fuori, sta facendo buio. Attraversa via Farini e si trova a passare di fronte a un fioraio. Osserva un mazzo di fiori recisi. Emanano una fragranza avvolgente. Ma è un inganno. Hanno la morte attaccata addosso. Non dureranno a lungo. Sono come pesci fuori dall'acqua.

Pensa al fiore blu trovato sulla scena del crimine. Pensa alla storia che potrebbe raccontare. La storia di una vittima e del suo assassino.

Non riesce a spiegarsi come Viola conosca quei particolari sugli omicidi. Si ripete che deve essere una coincidenza. Non può di certo chiedere un mandato di perquisizione, Grifo gli riderebbe in faccia. Viola negherebbe ogni dichiarazione. Lui si beccherebbe una denuncia per abuso di potere. Tutto quello che può fare è tenerla d'occhio.

Ma c'è un pensiero sommerso di cui, dopo averla incontrata, non riesce a liberarsi. L'impressione di essere finito in un incubo diventato reale.

35

Fuoco

Eva guarda fuori dal finestrino. Tra meno di una settimana sarà il suo compleanno. Procede a bassa velocità nella corsia dell'autostrada. Direzione: Ravenna. Era da un po' che non ci tornava.

Parcheggia l'auto di fronte alla villetta dei genitori. Suona il citofono.

Elisa la accoglie saltandole praticamente in braccio. «Ti ho preso un regalo, sorellona» cinguetta. «Non vedo l'ora di dartelo. Dai, entra.»

«Va bene, ma smettila di stritolarmi.»

Mamma la saluta con due baci sulle guance e la precede in soggiorno. «Tuo padre sarà a casa a momenti.»

Elisa sparisce per un attimo e torna con in mano un piccolo pacchetto rettangolare, con incollata sopra una conchiglia. Lo porge alla sorella. «Aprilo, aprilo, ti prego.»

«Ma non è ancora il mio compleanno.»

«Allora? Colui che aspetta molto, può aspettarsi poco.»

«E chi lo dice?»

«Gabriel García Márquez, il mio nuovo scrittore preferito.»

«Se lo dice lui, che ha trascorso cent'anni in solitudine…»

Elisa alza gli occhi al cielo. «Non fa ridere. Comunque, è il *mio* regalo per il tuo compleanno, e *decido io* quando dartelo.»

«Okay. Tanto non c'è storia a discutere con te. La spunti sempre tu.» Eva mette da parte la conchiglia, strappa la carta e svela una scatolina color argento.

Fire, c'è scritto in rilievo.

«Un rossetto? Lo sai che non lo metto.»

«Appunto. È ora che cominci.» Elisa adora i rossetti, le creme e tutti gli altri cosmetici. Da piccola, mamma la sgridava perché le rubava il suo, di rossetto. Se lo spalmava dappertutto: sulle labbra, sulle guance, sfumandolo con le dita, e persino sulle palpebre. Poi, tutta colorata, era capace di negare di essersi truccata. «Chanel. Hai visto? Ci ho speso un bel po' dei miei risparmi. La commessa mi ha detto che il rosso è il colore per eccellenza per le bionde. In più, è idratante.»

«Farai la pubblicitaria anche tu?» chiede Eva, divertita.

«No. Io farò la modella» risponde. «Provatelo, forza.» Si è fatta grande, Elisa.

Eva ripensa a quando era più piccola e d'estate andavano in spiaggia insieme la mattina presto, pedalando sulla pista ciclabile. C'era la bassa marea, il bagnasciuga pieno di conchiglie che brillavano, e loro fingevano di essere i primi esseri umani a sbarcare sulla luna.

«Eddai, provati il rossetto.»

Eva si posiziona di fronte allo specchio. Scorre lo stick sulle labbra. Per qualche istante resta ferma a fissare la sua immagine.

«Sei bellissima» le dice Elisa.

Eva non ribatte. Con uno scatto, lo rimuove strofinando il dorso della mano sulle labbra.

36

La soffitta

Marconi chiude lo sportellino del suo cellulare per terminare la chiamata. «Non ci posso credere.»

«Cosa?» dice Tommasi.

«Il medico legale mi ha appena detto che anche Fasano aveva un'erezione.»

«Assurdo. Sai cosa mi fa pensare? Che l'assassina potrebbe essere una prostituta.»

«Lascia stare. Non sono zone loro.»

Tommasi si stringe nelle spalle. «Anche questo è vero.»

Marconi assume un'aria pensierosa. «Dobbiamo concentrarci sull'arma del delitto.»

«Il vecchio rasoio?»

«È l'unica che abbiamo. Per gentile concessione della killer. Dove può esserselo procurato?»

«Probabilmente, nella soffitta di casa sua.»

Marconi schiocca le dita. «*La soffitta*... ma certo!»

«Non ti seguo.»

«C'è un negozio di antiquariato, in via Castiglione, che si chiama proprio così: La Soffitta.»

«Quante probabilità ci sono che l'abbia comprato proprio lì? Ci sono centinaia di negozi di antiquariato, a Bologna.»

«Esatto, Tommasi. E vuoi sapere la cosa peggiore?»

«Fammi indovinare. Dobbiamo fare il giro di tutti quanti e sperare che davvero uno dei negozianti gliel'abbia venduto e si ricordi di lei.»

«A volte mi chiedo se tu non sia telepatico. Quanto pensi di metterci a compilare una lista dei negozi di antiquariato della città?»

«Seriamente, Marconi. Ci vorranno giorni per fare tutti i sopralluoghi. E poi, potrebbe trattarsi di un cimelio di famiglia.»

«Useresti un cimelio di famiglia per uccidere qualcuno e poi abbandonarlo nel cesso di una stazione di servizio?»

«Mmm. Capisco cosa intendi.»

La porta dell'ufficio si spalanca, sulla soglia compare il commissario Frolli.

Prima che Marconi possa dire alcunché, Frolli getta sulla sua scrivania un quotidiano. Poi, senza proferire parola, gli volta le spalle e si avvia lungo il corridoio.

«Cosa gli è preso?» dice Tommasi.

Marconi sbianca nel guardare la prima pagina. «Merda.»

La killer dei tacchi a spillo colpisce ancora a otto colonne. A corredo dell'articolo, una fotografia sgranata delle gambe del cadavere di Fasano che sbucano dal lato del cassonetto.

«Com'è possibile? Nessuno ha mai parlato di donne assassine, men che meno di tacchi a spillo. Sono informazioni riservate!»

«Professione Reporter» dice Marconi alzando gli occhi al cielo.

«Chi?»

«Malaguti. Mi pare che si chiami così.»

«Ah, quello. Una vera spina nel fianco. Tu non puoi saperlo perché eri a Genova, ma...»

«Lascia stare gli aneddoti, sono già abbastanza incazzato.»

«E pure Frolli, a giudicare dal suo atteggiamento. Comunque, non mi spiego come faccia quel giornalista a sapere che la killer potrebbe essere una donna.»

«Non è abbastanza chiaro? Abbiamo girato mezza Bologna per chiedere se qualcuno ha visto una donna aggirarsi sulle scene del crimine.»

Tommasi rimane per qualche istante in silenzio. «Caffè?» dice poi.

«E prendiamocelo, 'sto caffè.»

37

Un'opportunità

«Ho bisogno di parlare con Mariangela» dice Eva, seria.

«Ora è impegnata» risponde Roberto. «Puoi dire a me.»

«Se avessi avuto bisogno di te, sarei venuta nel tuo ufficio. Ora mi lasci passare?»

Sono fermi in corridoio, davanti alla porta chiusa dell'ufficio di Mariangela.

Roberto esita per un istante. «Eppure, proprio adesso, dovresti essere allo scanner a prepararmi le immagini che ti ho chiesto.»

Eva non ha intenzione di fare un passo indietro, non questa volta. «Prima parlerò con Mariangela e prima avrai le tue scansioni.»

«Ma senti che tono deciso.»

«Avanti.» Una voce femminile oltre la porta.

Eva la apre e attraversa la soglia dell'ufficio di Mariangela. Si ferma di fronte alla scrivania.

Mariangela la osserva incuriosita. È la prima volta che quella ragazza le chiede di essere ricevuta. Di solito è taciturna e sembra fare di tutto per non farsi notare. «Dimmi, Eva. cosa c'è di tanto urgente?» Elegantissima, abbronzata e truccata di tutto punto. Il caschetto di capelli lisci incornicia un viso spigoloso. Rughe d'espressione le circondano gli occhi e la bocca sottile, donandole un'aria severa.

«Con il dovuto rispetto, è da un anno e mezzo che lavoro in questa agenzia senza che mi sia mai stato concesso di esprimere la mia creatività. Certo, non chiedo mica un'intera campagna pubblicitaria da gestire. Chiedo soltanto una possibilità.»

«Sai benissimo che ci sono Sonia e Roberto...»

«Scusi se la interrompo. È che non voglio farle perdere tempo.»

Mariangela si limita a un cenno per chiederle di proseguire.

«Ho avuto un'altra offerta di lavoro» dice Eva. «Dalla concorrenza, intendo. Quindi, se qui non posso mettermi alla prova sarò costretta, a malincuore, ad accettare. Mi trovo bene con voi, ma voglio crescere. E non posso farlo, se devo accontentarmi sempre di mansioni secondarie.»

«Mi stai dicendo che consideri le tue mansioni degradanti?»

Eva si sente avvampare. Ma ora che ha mostrato le sue armi non può e non vuole ritirarsi. «Non è questo. Ho scelto di venire a lavorare alla Anselmi per imparare il mestiere della pubblicitaria. Un mestiere per cui credo di essere tagliata. Quello che chiedo è solo...»

«Un'occasione, ho capito.» Mariangela accenna un sorriso. «Chissà perché, sono convinta che tu ti stia riferendo a qualcosa di specifico.»

«La campagna dei telefonini. Vorrei presentare anch'io la mia proposta, poi il cliente deciderà. Se sceglierà Sonia o Roberto non avrò niente da ridire, ma mi piacerebbe poter proporre la mia idea, al pari degli altri creativi.»

«Molto bene. La tua richiesta mi sembra più che ragionevole. A patto che questo incarico non sottragga tempo alle altre attività di tua competenza.»

«Questo è scontato. Grazie per la fiducia.» Eva lascia l'ufficio con un sorriso stampato in faccia. Si è ritagliata un'opportunità, tutto quello di cui aveva bisogno.

38

La Vedova nera

«Non crederai mai chi mi ha appena contattato» dice Tommasi sventolando un foglio.

«Vuoi farmi un rebus?» dice Marconi.

«Non scherzare. L'enigmistica è una forma di cultura elevata.»

«E chi ci scherza. Allora?»

«Allora, ho ricevuto un fax dalla questura di Trieste.»

«Mi hai ufficialmente perso.»

«Il tizio della rapina, Marconi. Quello che è in coma. L'hanno identificato.»

«Stai scherzando.»

«Niente affatto. Kolja Djovic, ex mercenario attivo nella guerra in ex Jugoslavia. Fermato al confine con la Slovenia un paio di anni fa e denunciato per detenzione illegale di esplosivi. Ha fatto perdere le sue tracce dopo essere stato raggiunto da un decreto di espulsione.»

«Lo sapevo. Ora sappiamo che Fabrizio Farina era entrato in contatto con un esperto di esplosivi.»

«Non siamo ancora riusciti a identificare la Killer dai tacchi a spillo, ma almeno il cerchio si stringe intorno alla banda della rapina alle poste.»

«Ora ti ci metti anche tu a chiamarla così?»

«E come dovrei chiamarla?»

«Non so. La Vedova nera?»

«Non sei mai stato bravo con i nomi, Marconi. Credi che mi sia dimenticato che il tuo cane di quando eri ragazzino l'avevi chiamato Alfredo?»

«Touché. Tornando alla rapina… I colleghi stanno continuando a sorvegliare quella ragazza che lavora all'ufficio postale?»

«Gloria Zanardi?» dice Tommasi. «A quanto mi hanno riferito, si comporta in modo strano. L'hanno vista uscire spesso in piena notte e rientrare dopo pochi minuti. Secondo loro, fa uso di droga.»

«Questo la renderebbe ricattabile. Se era lei la basista della rapina, potrebbe essere ancora in contatto con il resto della banda. Forse è il momento di affrontarla per capire se sa dove si trova Fabrizio Farina.»

39

Tracce

«Quante volte te l'ho detto?» Nunzio la guarda con biasimo. «Non voglio che indossi la mia roba, lo capisci o no?»

«Scusami» mugola Viola, infagottata nel maglione di due taglie più grande.

«Ti serve un maglione? Ti do i soldi e te lo compri. Ma non voglio che prendi le mie cose.»

«Ma scusa, cosa c'è di male?»

«Mi dà fastidio, ok? L'altro giorno i calzini, oggi il maglione. Non sopporto che vai attorno al mio armadio.»

Viola abbassa lo sguardo. «Devo aprirlo per forza per mettere via le tue camicie dopo averle stirate.»

«Sai che c'è? Dato che non vuoi capire, d'ora in poi lavi le mie cose, le stiri e le lasci sulla sedia in camera. Ma dalle mie cose devi stare alla larga, sono stato chiaro?»

«Non capisco quale sia il problema. Questo maglione è anche vecchio, non lo indossi più. E poi è nero e tu il nero non lo port...»

Lui fa uno scatto in avanti come se volesse travolgerla. «Vuoi il mio maglione del cazzo? Tieniti il maglione del cazzo. Mi fa schifo.» La afferra per la manica e inizia a strattonarla. «E mi fai schifo tu, con 'sta roba addosso. E allora tienitelo.

Basta che non ti avvicini al mio armadio. Non voglio ripetertelo più.»

Le ha detto che fa schifo. Ha sentito bene, Viola. Le ha detto proprio così, che fa schifo, proprio come quel maglione sformato. Un maglione vecchio, con qualche filo tirato e i segni dell'usura.

Nunzio lascia la presa, le volta le spalle e va a sedersi sul divano. Accende la tv e alza il volume al massimo.

Viola non ribatte, mentre nella testa le martellano un'infinità di parole che non riesce a dire. Urlano dentro di lei, ma la bocca è sigillata.

Mi manchi, Nunzio.

È per questo che vado nel tuo armadio e cerco tra i tuoi indumenti. Guardo se c'è rimasto dentro un frammento di te. Qualcosa che conservi una traccia del tuo profumo. Di com'eri, quando ancora riuscivamo a sorridere, insieme.

40

Farina

Marconi e Tommasi si guardano intorno. Sul pavimento della sala c'è un tappeto zebrato con un tavolino pieno di cianfrusaglie. Un enorme televisore acceso trasmette immagini senza suono. Dal cucinotto proviene un odore di bruciato, che si mescola a quello del fumo stantio del resto della sala.

«Allora? Che volete?» Gloria Zanardi armeggia con le maniche della sua maglia, tirandole dai polsini come se volesse allungarle.

«Si sente bene? Sembra nervosa» dice Marconi.

«Sto benissimo, grazie.»

«Lei lavora all'ufficio postale di viale Pietramellara, giusto?»

«Lo sa bene che ci lavoro.»

«Ha notato qualcosa di strano nei giorni che hanno preceduto la rapina?»

«Ancora con la rapina? Ho già detto quello che sapevo al magistrato.»

«E adesso, se non le dispiace, le chiedo di rispondere alle mie domande. Allora? Ha notato qualcosa di insolito?»

«Definisca "insolito".»

«Dei clienti con un atteggiamento sospetto, per esempio. È probabile che i rapinatori abbiano fatto dei sopralluoghi per studiare il posto, prima di agire.»

«Ho già il mio da fare allo sportello, non posso mica far caso a come si comportano i clienti.»

Marconi sospira. «E va bene. Conosce un certo Fabrizio Farina?»

È solo un istante, ma gli occhi di Gloria corrono verso la porta in fondo alla sala. «Mai sentito.»

«Ha mai fatto uso di droghe, signorina Zanardi?» dice Tommasi.

Gloria lo guarda con una certa ostilità. «Come si permette? Devo chiedervi di andarvene.»

«Solo un momento» dice Marconi. «Posso usare il bagno?»

La donna gli si piazza davanti e incrocia le braccia al petto. «Fuori, ho detto.»

Marconi la ignora. Con ampie falcate, raggiunge la porta in fondo alla sala. Ma prima che possa impugnare la maniglia, questa si spalanca come se fosse animata di vita propria. Qualcosa di solido lo colpisce in piena faccia. L'urto è così forte da fargli perdere l'equilibrio. Sente la tempia impattare contro la parete, prima di stramazzare a terra. Con la coda dell'occhio vede le gambe di qualcuno in fuga verso la sala.

«Fermo!» sente gridare a Tommasi.

Il rumore di qualcosa che si infrange.

Marconi si rialza, raggiunge il collega.

Lo trova a ridosso di Fabrizio Farina, che ha la nuca ficcata dentro il televisore.

Gloria è in piedi, in un angolo, con uno sguardo atterrito.

Tommasi solleva Farina per il colletto della camicia come se fosse privo di peso. «Sei in un mare di guai, coglione.»

41

Faccia da sorcio

«Forza, così. Porta su quella gamba. Ruota il bacino! Bene.»

Franco guarda Eva soddisfatto. È la sua allieva più promettente. In un paio di mesi ha fatto progressi impressionanti. È raro, a quell'età. Ha un talento naturale.

È un'autentica leonessa.

Franco è avaro di complimenti. Ha paura che poi lei si monti la testa e la smetta di darci dentro. Quella ragazza gli piace davvero. È diversa dalle altre. Ha grinta e non ama mettersi in mostra. Eva è schiva e pensa solo a migliorare la sua tecnica. Persino alcuni veterani sono intimiditi da lei.

È l'unica che fa gli esercizi con il secco con le orecchie a sventola. Quel ragazzino, Patrick, è proprio negato. Manca di coordinazione e capita che faccia male a qualcuno durante gli esercizi con i pao. È stata Eva a non permettergli di ritirarsi.

«Ce la puoi fare, ci vuole solo un po' di pazienza in più» gli dice spesso per spronarlo. «Un giorno, avrai la tua rivincita.» Quando Eva gli parla così, lui la guarda con l'espressione di chi cerca di assorbire ogni parola.

Patrick vorrebbe cambiare la sua vita. Detesta Stefano, un ragazzo di quinta che lo bullizza. Lo detesta perché lo prende in giro nei corridoi, gli ruba i soldi, lo spintona per le scale. Più di una volta l'ha fatto cadere. La scorsa settimana l'ha trattenuto per la giacca e gli ha fatto perdere l'autobus. Una mattina gli ha persino buttato il diario nel cesso del secondo piano.

Ma soprattutto, lo detesta perché Stefano offende sua madre.

Dice che lei deve aver scopato con un sorcio per fare un figlio così brutto.

La chiama con quella parola orribile che comincia con la T e Patrick non può neanche pensarla, quella parola, accanto al nome di sua mamma.

In quei momenti, vorrebbe tappargli la bocca, a Stefano, perché nessuno deve toccarla, sua madre. Nessuno deve mancarle di rispetto. Devono lasciarla riposare in pace. Ha già sofferto tanto quando era in vita.

È stato proprio quando Stefano l'ha nominata per la prima volta, che Patrick ha tentato di ribellarsi, e le ha prese di brutto.

Patrick va spesso a trovarla, al cimitero, sua madre. Lei gli sorride dalla fotografia sulla lapide. Ogni volta le promette che sarà forte.

Un giorno gliela farò pagare a quello, pensa Patrick mentre colpisce il sacco.

Gli tapperò la bocca e tu sarai orgogliosa di me, da lassù.

Franco lo guarda per un attimo, poi la sua attenzione si sposta su Eva. «Tu, con me.» E infila i guantoni.

42

Il terzo uomo

«Ha detto qualcosa durante l'interrogatorio con il PM?» dice Tommasi.

«Scena muta.» Marconi lo precede all'uscita del tribunale.

«Farina si è messo in testa di fare il duro.»

«Non lo so. Ho l'impressione che abbia paura.»

«E di chi? Il mercenario è in coma.»

«C'è un terzo membro della banda che è ancora a piede libero.»

«Già. Quello con i capelli impomatati.»

Marconi annuisce. «Durante la perquisizione a casa di Gloria Zanardi, hanno trovato quasi mezzo chilo di cocaina.»

«Lo dicevo che era una tossica» dice Tommasi.

«Non è questo il punto» dice Marconi. «Qui non parliamo di uso personale. È Boliviana purissima, non ancora tagliata. Comincio a pensare che la rapina servisse per finanziare l'acquisto di una grossa partita da smerciare sulle piazze della città.»

«Con i quasi centomila euro che ha fruttato la rapina, ce ne sarà parecchia di quella merda, in giro» dice Tommasi.

«Che ora è probabilmente nelle mani del terzo uomo.»

«Fossi in lui, me ne starei tranquillo per un po', in attesa che si calmino le acque.»

«È quello che penso anch'io, ma non significa che dobbiamo abbassare la guardia» dice Marconi. «Comunque, la faccenda è passata ai colleghi dell'antidroga.»

«Non vorrai tornare ai sopralluoghi nei negozi di antiquariato, vero?»

«Perché? Hai preso altri impegni per la giornata?»

43

Bologna com'era

Il tintinnio del campanello anticipa l'ingresso di Marconi e Tommasi nel negozio dal nome inequivocabile: *Bologna com'era*.

L'ambiente è illuminato da una luce soffusa, l'aria intrisa di un delicato profumo di resina.

Le pareti sono occupate da quadri e specchi dalle cornici intarsiate. Sui tavolini dalle linee incurvate sono riposti orologi dalla foggia insolita, statuine di metallo, e innumerevoli altri piccoli oggetti provenienti da un altro tempo.

Marconi si sofferma a guardare in una vetrinetta chiusa con un lucchetto che contiene una serie di tagliacarte dall'impugnatura elaborata, forbici dalle lame ricche di incisioni e un vecchio rasoio dall'impugnatura di avorio.

«Cercate qualcosa di particolare?» dice l'antiquaria. Ha un'elegante crocchia di capelli bianchi. Indossa un abito scuro con un colletto vittoriano su cui spicca una collana di perle.

«In un certo senso, sì. Sono l'ispettore Marconi, lui è un mio collega, il sovrintendente Tommasi.»

Tommasi alza una mano in cenno di saluto.

«Come posso aiutarvi?» dice lei.

Marconi estrae dalla tasca interna del giubbotto la foto del rasoio rinvenuto sulla scena del crimine. «Ha mai trattato qualcosa del genere?»

L'antiquaria inforca un paio di occhiali e osserva la fotografia per qualche istante. Assume un'aria pensierosa. «Di solito è mio marito che si occupa di oggetti di quel tipo. Ma quel rasoio me lo ricordo bene. Sono stata io a venderlo.»

I due poliziotti si scambiano un'occhiata incredula. Hanno fatto sopralluoghi in così tanti negozi di antiquariato che stavano perdendo le speranze che quella pista potesse portare a qualcosa di concreto.

«Ne è sicura?» dice Marconi.

«Sicurissima. È per via dell'incisione sulla lama con il marchio del costruttore, quel piccolo scudo con il grifone. E poi, be', non capita spesso di trovare una cliente così risoluta. Di solito, chi passa di qui guarda a lungo prima di decidersi. Spesso, torna dopo qualche giorno, dopo averci pensato su. Un negozio di antiquariato non è come un negozio di abbigliamento, in cui puoi entrare per cercare qualcosa di cui hai bisogno, come una camicia o un paio di pantaloni. Questi sono oggetti che ti possono arricchire per la storia che si portano dentro. Lei, invece, ha dato un'occhiata veloce a quella vetrina e l'ha comprato. Si figuri che non mi ha neanche chiesto il prezzo.»

«*Una* cliente, ha detto?»

«Sì. Era una ragazza. Non molto loquace, a dire la verità.»

«Saprebbe descriverla? Altezza, lineamenti, colore dei capelli.»

«Non esageriamo, ora» dice l'antiquaria con un sorriso. «Quello che mi ricordo di lei è l'impressione generale. Era gentile. Aveva i capelli chiari.»

44

Le occasioni si creano

«Eccoci arrivate» dice Giulia. «Ho pensato di offrirti l'aperitivo, così apri il tuo regalo.»

Eva dà un'occhiata ai tavolini sistemati fuori dal portico di piazza della Mercanzia, sotto i gazebo. Sono tutti occupati, così si infila all'interno del bar, seguita a un passo dall'altra.

Le pareti sono dipinte di arancione, con grandi foto in bianco e nero che ritraggono scorci della città.

«Cosa desiderate?» chiede il barista.

«Due calici di bianco» dice Giulia appoggiandosi al bancone. «La mia amica compie gli anni.»

«E allora auguri. Vi preparo anche degli stuzzichini. Offre la casa, naturalmente.» Il barista si allontana.

«Mica male, il fanciullo» commenta Giulia.

«Potevi evitare di dire che compio gli anni» dice Eva, sedendosi sullo sgabello accanto a due tipe che non smettono di confabulare. Il locale è pieno. Gli sgabelli alla parete opposta sono occupati da una compagnia di ragazzi che di tanto in tanto fanno brindisi chiassosi.

«Dai, non fare la solita musona. La vita ti sorride se sai sorriderle, o qualcosa del genere.»

«Ecco qui», dice il barista. «Il tramezzino con il sombrero è per la festeggiata. C'è una salsa che ho inventato io.»

«Grazie» farfuglia Eva.

«Ehi, non fare la civetta» sbotta Giulia, assumendo un'aria imbronciata. «Giù le mani, l'ho visto prima io.» Fa tintinnare il calice con quello di Eva e beve un sorso di vino. Poi fa un gran sorriso. «Auguriii!» strilla, e le porge una busta con i manici tenuti chiusi da un fiocco. I clienti in sala smettono di parlare e si voltano all'unisono. Giulia si copre la bocca come per dire: non l'ho fatto apposta, mi è solo scappata la voce.

«Non dovevi.»

«E aprilo, no?»

Eva estrae il pacco dalla busta e inizia grattare via lo scotch, con cautela, cercando di non rompere la carta.

«Ma quanto ci metti?»

«E va bene.» Eva strappa la carta, scoprendo una scatola di cartone di una boutique blasonata. La rimira per qualche secondo prima di sollevare il coperchio. Poi, si lascia dominare dalla curiosità e lo alza di scatto. Dentro, c'è un abito lungo di tessuto lucido.

«È stupendo.» Lo ammira tenendolo con le dita per le spalline.

«Vero? Non è un incanto?»

«Mai avuto niente di simile. Grazie. Non so quante occasioni avrò per indossarlo, ma mi piace moltissimo.»

«Le occasioni si creano, cara la mia Eva.»

«Hai ragione.»

«Spero non ti dia fastidio se l'ho preso uguale anche per me.»

«Ah, sì?» Eva rimane per un attimo interdetta. «No. Certo che non mi dà fastidio» ribatte poi.

«Vedi, per non essere gelosa ho imparato un trucco. Se faccio un regalo a un'amica, lo faccio anche a me stessa, così non c'è mai problema.»

45

Sentirsi diversa

Viola è nuda davanti allo specchio, a eccezione di due file di bracciali neri che le adornano i polsi. Osserva il suo corpo. Non lo fa mai, per pudore.

I piedi affusolati appoggiano sui pantaloni della tuta, abbandonati a terra. Si sfiora le cosce con i palmi delle mani, percorrendo le sue forme. Poi, fa scivolare le dita sui fianchi e infine sul seno morbido, sodo. Le sue tette. Sono così sfacciate. Vorrebbe assomigliare un po' di più a loro. Se ne starebbe dritta come i suoi capezzoli, a sfidare il mondo. Non avrebbe più paura.

Ma lei non assomiglia per niente alle sue tette. Così, per punirle e far sì che almeno loro assomiglino un po' a lei, le addomestica in reggiseni contenitivi.

Oggi Viola vuole sentirsi diversa. Una donna sicura e sensuale, come quelle che sfilano in tv e strappano a Nunzio apprezzamenti che la mandano su tutte le furie.

Ha appoggiato sulla sedia di fianco allo specchio la sottoveste di seta, bianca. La infila. La stoffa lucida scorre sulla pelle.

Per un attimo, Viola si vede bella. Poi la vergogna riprende il sopravvento. Vorrebbe indossare il reggiseno. Mettere a tacere la sua femminilità così prorompente.

Mi fa schifo. E fai schifo te, con 'sta roba addosso.

Le parole di Nunzio le tornano alla mente. No, non vuole fargli schifo come un vecchio maglione che lui aveva dimenticato in fondo all'armadio, pensa.

E allora afferra la confezione delle calze autoreggenti. Sono nuove, appena comprate al supermercato. Le infila lentamente, senza smettere di guardarsi allo specchio.

Infine, le scarpe coi tacchi. A spillo, di vernice nera.

Sono capaci di trasformarla, quelle scarpe, ma non le indossa praticamente mai perché altrimenti sarebbe più alta di Nunzio.

Viola cammina decisa verso il bagno e si passa il mascara sulle ciglia, poi l'ombretto verde. Lancia un'occhiata alla parrucca bionda. Gliel'ha regalata Nunzio, ma non ha mai voluto metterla.

«Voglio che fai l'amore con me, non con un'altra donna» gli aveva detto quel giorno.

«Ma che sciocchezze, sei sempre tu» aveva risposto lui. «Solo diversa dal solito.»

Oggi, Viola vuole essere diversa.

Indossa la parrucca. Non saprebbe dire se sta meglio, sicuramente non sembra più lei.

Manca solo un ultimo dettaglio. Due spruzzate di profumo sul collo.

Lo mette raramente. Le piace l'odore naturale della pelle.

La porta di casa si apre. Ha un sussulto.

46

Chi è la vittima

Marconi rivolge un'occhiata al diagramma tracciato sul cartoncino appeso alla parete dell'ufficio. Dalle fotografie delle vittime partono linee di pennarello collegate a una serie di post-it su cui ha annotato le caratteristiche di ogni omicidio, le istantanee del quartiere in cui sono stati rinvenuti i cadaveri e quelle scattate dalla scientifica sulle scene del crimine.

Strappa un foglietto dal blocco di carta e comincia a scrivere. Poi, con una puntina, lo posiziona al centro del diagramma.

Tommasi si avvicina e legge: *Chi è la vittima?* «Non è ovvio?» dice poi.

«Cosa?» dice Marconi.

«Chi sono le vittime. Cagnotto e Fasano.»

«Non è quello che intendevo. Da un'analisi sommaria delle due scene, potrebbe sembrare che la killer abbia ucciso due persone scelte a caso.»

«Ma tu non la pensi così, giusto?» dice Tommasi.

Marconi si passa una mano tra i capelli, scompigliandoli. «Be', diciamo che ci ho riflettuto su. Due uomini violenti con le donne. Entrambi con un'erezione, un istante prima di essere aggrediti. Insomma, non solo si sentono tranquilli, ma sono eccitati. E se fossero stati loro, in realtà, gli aggressori?»

«Scusa, non ti seguo.»

«Pensaci. L'assassina fa credere di essere sola e indifesa. Il suo assalitore pensa di dettare le regole, di poterla sopraffare. Invece ...»

«Sta cadendo in una trappola» dice Tommasi.

«Esatto. Una vittima che si rifiuta di esserlo.»

«Ne hai parlato con Frolli?»

«Figurati. Lui non crede nemmeno che i due delitti siano collegati. Ma io sono convinto che ci troviamo di fronte a una predatrice astuta che, per colpire, di notte si traveste da preda.»

47

Il gusto del sangue

Viola è riversa sul letto come una bambola scomposta. La sottoveste tirata su fino alla vita. Il mascara colato e impastato di lacrime. La parrucca bionda abbandonata accanto a lei.

«Sei bella. Non sembri neanche tu» le ha detto Nunzio, fissandola con uno sguardo strano. Poi le è balzato addosso, cominciando a frugare sotto il tessuto.

Perché, come sono io?

«Non così» ha provato a dirgli Viola. «Piano.»

Lui si è liberato dei pantaloni. L'ha baciata avidamente e l'ha gettata sul letto.

Perché questa donna seducente non potrei essere io, mentre la ragazza in tuta e senza trucco una parte che recito di tanto in tanto?

Le ha scostato le mutandine. Non si è nemmeno disturbato a sfilargliele. È entrato con brutalità. Nessun preliminare. Nessuna carezza.

Chi ha deciso tutto per me? Come mi sono ritrovata così? Imprigionata in un personaggio che io stessa trovo odioso?

Bruciava dentro, come la sua barba incolta che sfregava sul viso. Puzzava di sudore e tabacco, come sempre prima di fare la doccia.

Sì, sono odiosa, nella mia insicurezza, nella mia paura. Mi odio.

Ha finito presto, Nunzio. Troppo presto per trasformare il dolore in qualcosa che assomigliasse al piacere.

Ma le donne godono quando scopano?

Nelle riviste dicono che è possibile, ma Viola non ci crede più.

È una bugia. Una delle tante che scrivono. Come "sorprendilo e sarà tuo per sempre" oppure "conquistalo in cucina".

Viola sente l'acqua della doccia che scorre nel bagno. Nunzio canticchia un brano di Gigi D'Alessio.

Lei resta in ascolto. Dai rumori che provengono dal bagno, prova a indovinare se Nunzio si sta facendo la barba, il momento in cui comincia a pettinarsi o a profumarsi.

Cerca la carne sotto le unghie.

Quando sentirò il gusto del sangue mi fermerò.

Nunzio entra in camera senza guardarla. Apre l'armadio e inizia a vestirsi con movimenti automatici.

Non vuole incrociare il mio sguardo. Non vuole problemi. Non sopporta che gli chieda di restare a casa. Non vuole rimanere con me, nemmeno una dannata sera.

Come dargli torto?

«È stato bello» dice Nunzio senza voltarsi. «Tu eri così sexy. Dobbiamo farlo così più spesso.»

Viola vorrebbe alzarsi, ma non trova le forze nemmeno per muoversi. Vorrebbe dire qualcosa, ma le parole si sono fermate in mezzo alla gola. Il ventre pulsa. Fa male.

«Buonanotte, eh?» dice Nunzio. Viola lo sente spostarsi in corridoio, afferrare la chiavi di casa e uscire.

Ha cercato un'altra donna tra i miei lineamenti, questa sera.

Ma poi ha visto i miei occhi, sotto tutto quel trucco.

Non posso sfuggire a me stessa.

48

Gli occhi delle donne

Marconi osserva la pioggia che batte incessante sulla finestra della cucina. In salotto, dal giradischi si diffondono nell'appartamento le note di una canzone di Lucio Dalla.

Non sa neanche per quale motivo, ma si ritrova a pensare alla ragazza dai capelli rossi. Ai suoi occhi azzurri intrisi di malinconia. A ciò che quegli occhi possono aver visto. Uno di questi giorni dovrò chiamarla, si ripromette. Ma per dire cosa, poi? «Ho telefonato per sapere se hai fatto qualche sogno, ultimamente.» Come no.

Per associazione inconscia, Marconi pensa a ciò che gli occhi di sua madre possono aver visto. Occhi grigi che non ha saputo leggere. Era poco più un bambino, dopotutto. E un bambino non sa cosa significhi riempire un vuoto. Un bambino vede a un palmo dal suo naso. Un bambino non vede oltre i propri bisogni.

Quel bambino l'aveva vista per l'ultima volta seduta accanto alla finestra della cucina, un mercoledì d'estate, con indosso il suo vestito a fiori. Il cielo era una coltre biancastra.

Marconi non ha mai dimenticato lo sguardo che aveva. Spesso torna a perseguitarlo, durante le notti insonni.

Perché non ho saputo indovinare cosa celavano i suoi occhi?

Se l'è domandato tante volte, senza riuscire a darsi una risposta sensata.

Si è chiesto se avrebbe potuto dire qualcosa, o fare qualcosa, per cambiare quello che era successo dopo. Forse, se le avesse detto che le voleva bene, o l'avesse abbracciata, lei non avrebbe deciso di farla finita.

La verità è che non le ha mai capite, le donne.

Pensa all'assassina: una donna. Cosa deve aver pensato chi se l'è trovata davanti, l'attimo prima di morire?

Decide di annegare i pensieri con una doccia bollente. Quando esce, guarda la sua immagine allo specchio. Ha la barba di una settimana. È dura la sua barba, e ogni volta vorrebbe aspettare che la schiuma gliela ammorbidisca per non rischiare di tagliarsi, ma poi non lo fa mai. Finito di distribuirla sul viso, impugna la lametta e comincia a radersi. Ogni volta si provoca dei piccoli tagli. Lo fa anche adesso.

Si asciuga la faccia e spande sulle guance qualche goccia di dopobarba, che gli strappa una smorfia per il bruciore.

Quando rientra in sala, si accorge di aver perso una chiamata di Tommasi.

Compone il numero del collega. Ascolta la voce dall'altro capo della linea.

«Merda. Arrivo subito.»

Afferra le chiavi della macchina ed esce di casa.

Dopo aver parcheggiato, percorre di corsa i portici che conducono al torresotto di via Castiglione. Attraversa l'arco che la collega a via Cartoleria, imbocca vicolo delle Dame. Su un muro è appeso il manifesto di una serata in un locale chiamato Zombie.

C'è un capannello di poliziotti radunati nel fondo del vicolo. Tommasi si distacca e lo raggiunge, riparandosi sotto un ombrello.

«Al telefono mi hai parlato di due morti.»

Tommasi fa un cenno in direzione dei corpi stesi sull'asfalto. Un agente con la cerata blu sta misurando la distanza tra i due cadaveri. Un altro sta armeggiando con una pinza per riporre qualcosa in una bustina di plastica.

Marconi e Tommasi si avvicinano alla scena.

«Freddati a colpi di pistola. Guarda questo. In piena fronte.»

Marconi osserva il corpo steso in posizione supina, disarticolato come un manichino gettato dal tetto del palazzo. Indossa una pelliccia sintetica aperta sul petto su cui si distende una grossa catena d'oro.

Tommasi indica il secondo corpo. «Questo, invece, è stato raggiunto da un proiettile al collo. La ferita non ha leso organi vitali. Come vedi, non è il colpo di pistola ad averlo finito.» L'occhio sinistro del cadavere è un piccolo cratere scavato nella carne, da cui si diramano rivoli di sangue rappreso mescolati alla pioggia e alla materia cerebrale. «Dopo che è stato colpito, deve essersi trascinato sul marciapiede per un po'. Un goffo tentativo di scappare.»

«Ma che cazzo» dice Marconi.

«Infilzato con un corpo contundente, al momento non identificato. Però abbiamo trovato qualcosa.»

«Sarebbe?»

Tommasi attira l'attenzione di uno dei tecnici della scientifica e gli chiede di mostrare a Marconi il contenuto della bustina trasparente.

«È una pietruzza. Sembra un piccolo rubino. Era incastonato dentro l'occhio.»

Marconi si guarda brevemente intorno, fa un ampio respiro per non lasciarsi sopraffare.

«I bossoli?»

«Li stanno cercando.»

Marconi si china per esaminare il primo cadavere. «Dal foro di entrata si direbbe un'arma di piccolo calibro.»

«Probabilmente, ha sparato a distanza ravvicinata. Con questo buio e questo tempaccio, neanche un tiratore professionista avrebbe potuto fare un colpo alla testa da lontano. Questo è un vicolo cieco. Sembra che l'assassino si trovasse con le spalle al muro di fondo.»

Con le spalle al muro, si ripete mentalmente Marconi. Almeno, in apparenza. «Chi ha rinvenuto i cadaveri?»

«Un ragazzo che è uscito da un locale per vomitare.»

«Lo Zombie?»

«Be', di certo non doveva essere ridotto tanto bene, se doveva vomitare.»

«Intendevo il locale. Si chiama Zombie, no? Ho visto un manifesto attaccato al muro, là in fondo.»

Tommasi si schermisce con una mano. «Ma certo. Però, quando siamo arrivati era chiuso. Secondo me, quando hanno sentito la sirena della prima volante, il locale si è svuotato.»

«Perché? Ha qualcosa di equivoco?»

«Non saprei. I colleghi mi hanno detto che in passato ci sono state diverse segnalazioni per disturbo della quiete pubblica. Per la musica ad alto volume, più che altro.»

Marconi annuisce distrattamente.

«Credi che si tratti ancora di lei?» dice Tommasi.

«Perché? Tu hai dei dubbi?»

Marconi pensa all'assassina. Rastrella le strade della città alla ricerca dei peggiori predatori. Li attira nella sua rete. E li annienta.

Cosa possono aver visto, i suoi occhi?

49

Giallo o verde

«Eva, è arrivato il cliente. Ci aspettano in sala riunioni» dice Roberto. «Ti do un consiglio. Non farti troppe aspettative. È la tua prima presentazione e ti confronti con un peso massimo.» Punta l'indice verso se stesso. «Tu cosa sarai? Cinquanta chili al massimo.» Ride della sua battuta, si aggiusta il nodo della cravatta verde acido e le fa segno di seguirlo.

Eva non dice una parola. Ha il cuore che le martella in gola. Lo segue attraverso il corridoio fino a una sala dall'arredamento minimale. Al centro c'è un lungo tavolo di cristallo, a cui siedono Mariangela e Antonio Guidetti, un uomo sulla cinquantina in completo nero e camicia ecru.

Roberto gli stringe la mano: «Carissimo. Che piacere rivederla. Quanto è passato… un anno?»

«Qualcosa di più. Se la memoria non m'inganna, è stato in occasione della campagna di lancio dei prodotti natalizi, due anni fa.»

«È sempre un piacere.»

Eva si avvicina a sua volta. Quando Guidetti si accorge della sua presenza, le stringe la mano in modo sbrigativo.

Eva e Roberto prendono posto di fronte ai due.

«Possiamo cominciare» annuncia Mariangela. «Oggi, la

nostra Sonia non è presente. È impegnata in un altro progetto. In compenso, Eva non vede l'ora di mettersi alla prova. È lei ad aver firmato una delle due proposte che le presentiamo quest'oggi.» Si schiarisce la voce. «L'altra, invece, è del nostro *creative senior*, Roberto, che ha già avuto modo di vedere all'opera.» Abbassa il tono della voce, prima di aggiungere: «Non temo di essere smentita nel dire che è sempre una garanzia.»

Eva accenna un sorriso di circostanza. Lo immaginava, che Sonia sarebbe stata estromessa dal progetto. A Roberto non piace avere troppi concorrenti tra i piedi quando deve aggiudicarsi una campagna importante.

«Da quanto tempo lavora in agenzia, signorina?» le chiede Guidetti.

«Due anni.»

«C'è tanto da imparare, in questo settore, eh?»

«Credo che sia così in tutti gli ambienti di lavoro. L'esperienza non è mai abbastanza.»

«Che verità» interviene Roberto. «Se penso che lavoro qui da sei anni, ormai... Eppure, nonostante le tante campagne di successo, mi ritengo un convinto allievo della scuola di Socrate.» Una pausa a effetto. «È saggio colui che sa di non sapere.»

Nessuno ribatte, e Mariangela indica le due cartelline appoggiate sul tavolo.

Su quella gialla è scritto il nome di Eva, su quella verde di Roberto. Eva non può fare a meno di notare che, sarà un caso, ma è intonata alla sua cravatta.

Mariangela afferra la cartellina gialla e ne mostra il contenuto a Guidetti senza che gli altri presenti possano sbirciarvi dentro. Comincia a parlare fitto con lui, che annuisce a più riprese. Poi prende in mano l'altra e di nuovo parla con il cliente a voce bassa. Lui, di nuovo, annuisce.

«Preferisco la seconda proposta» dice infine Guidetti.

Mariangela sorride con un eccesso di convinzione. «Sì. Lo capisco. È più immediata, più fresca, spiritosa. Adatta ai giovani e alla prossima campagna estiva.»

Guidetti fa un cenno affermativo. «Chi è il creativo?»

«Naturalmente Roberto» risponde Mariangela.

«Be', mi dispiace per questa giovane, volenterosa ragazza. Ma, come mi ha fatto notare Mariangela poc'anzi, l'idea della fanciulla nell'idromassaggio che parla al telefonino è stravista.»

Di colpo, lo sguardo di Roberto si incupisce. Fa uno scatto impercettibile, come se la sedia scottasse. Guarda Eva con un'espressione che riesce a essere disorientata e minacciosa allo stesso tempo.

Eva non si scompone.

Non aprire bocca. Non provarci nemmeno, sembra dire lui con il pensiero.

Eva alza la mano e si schiarisce la voce. «Scusate, ma ci dev'essere stato un errore nel classificare le proposte.»

Mariangela inarca un sopracciglio. «Come?»

«Controllate voi stessi. Sul retro della proposta con il telefonino in snowboard che supera i vecchi modelli c'è la mia firma. Non so come possa essere successo, ma sono state scambiate le cartelline.» Curva le labbra in un sorriso. «A questo punto, grazie per l'entusiasmo.»

Mariangela non ribatte, sembra una statua di sale. Non c'è spazio di manovra per ritrattare.

Eva si alza. «Con permesso» dice sistemandosi accanto al cliente. Comincia a esporre in dettaglio la sua idea.

La campagna pubblicitaria è sua. Tra pochi mesi vedrà i suoi cartelloni per Bologna.

Sapeva che Mariangela non avrebbe avuto il tempo di controllare le due proposte, prima della riunione. Così come sapeva che avrebbe fatto pressione per promuovere quella di Roberto, cercando di influenzare il cliente.

Così, Eva ha pensato che scambiare i contenuti delle due cartelline fosse la scelta migliore. Un piccolo gesto per far sì che la sua idea fosse presa sul serio quanto quella del creative senior.

Il suo grande sogno, ora, non le sembra più così distante.

50

Colpo di grazia

Grifo alza gli occhi dalla tastiera del computer. «Si sieda, Marconi.»

La figura del sostituto procuratore si staglia contro la luce proveniente dalla finestra alle sue spalle. Accanto alla scrivania sono appese le fotografie delle più alte cariche dello Stato. Uno schedario grigio occupa quasi interamente una parete dell'ufficio.

«Frolli non è ancora arrivato?» dice Marconi.

«Siamo solo io e lei, stamattina» dice Grifo. «Come saprà, nel pomeriggio si terrà la prima conferenza stampa ufficiale sul caso della cosiddetta "Killer dai tacchi a spillo".»

Marconi scuote leggermente la testa. «Preferirei non usare questa definizione.»

«Purtroppo, non dipende da me. La gente ha bisogno di dare un nome alle proprie paure.»

«È solo che... sembra il titolo di un film degli anni Settanta.»

Grifo abbozza un sorriso. «Un gran brutto film, dal mio punto di vista. Comunque, Frolli sostiene che l'escalation di violenza sia dovuta a una grossa partita di cocaina che ha invaso le strade della città, e che sta scatenando una guerra tra bande rivali.»

«Ognuno ha diritto alle proprie opinioni.»

Grifo si accarezza la barba sul mento. «Lei mi piace, Marconi. Non ha paura di dire quello che pensa.»

«Immagino sia per questo che sono qui.»

«Proprio così. Mi interessa sentire la sua, di opinione, riguardo agli omicidi dello scorso venerdì notte, senza l'interferenza – se mi passa il termine – di un suo diretto superiore. Da quanto risulta dai verbali, le vittime erano due spacciatori.»

«È vero. Ed è vero che in città sta scorrendo una quantità di cocaina di una purezza senza precedenti. Ma credo che quella sia tutta un'altra storia.»

«Lei è convinto che la pista della droga non abbia niente a che fare con gli omicidi, giusto?»

Marconi allarga le braccia, conciliante. «Come avrà letto nel rapporto sull'arresto di Fabrizio Farina, la mia teoria è che la rapina alle poste sia servita per l'acquisto di una partita di cocaina, che lui e i suoi complici intendevano smerciare sulle piazze di spaccio e nei locali notturni.»

«Ma quel caso non è ancora chiuso. Farina si rifiuta di collaborare. La ragazza che era con lui, Gloria Zanardi, sostiene di non conoscere il terzo membro della banda della rapina alle poste.»

«Non so che dirle. Dopo che io e il sovrintendente Tommasi abbiamo arrestato Farina, quel caso è passato all'antidroga.»

Grifo preleva un grosso faldone dal lato della scrivania. Lo apre e comincia a sfogliarlo.

«Kamal Khadraoui, di anni ventotto. Sergio Proietti, di anni ventiquattro. Entrambi portavano con sé un certo quantitativo di cocaina, già divisa in bustine da due grammi. Lo stesso tipo di sostanza rinvenuta a casa di Farina. Entrambi avevano diverse denunce pendenti per spaccio. Proietti, addirittura, si trovava agli arresti domiciliari.»

«Ne sono al corrente.»

«Ciononostante, continua a sostenere che la loro morte non abbia niente a che fare con l'ambiente della droga.»

«Abbiamo diversi informatori in città. Nessuno di loro sostiene che sia in atto una guerra per il controllo delle piazze di spaccio. Non abbiamo niente che faccia pensare che Cagnotto o Fasano fossero invischiati nel traffico di droga. Al contrario, ci sono indizi piuttosto convincenti che tutti gli omicidi siano imputabili a un'unica colpevole.»

«Eppure, il modus operandi della sua presunta assassina non è mai lo stesso.»

«Però ci sono diversi elementi in comune. La ferocia, innanzitutto. E non possiamo ignorare che in ognuna delle scene degli omicidi abbiamo rinvenuto un oggetto di qualche tipo. Proietti aveva un rubino ficcato in un occhio.»

«Un proiettile in testa assomiglia a un'esecuzione, però.»

«Sono esecuzioni, sì, ma non di stampo malavitoso. Quella donna uccide uomini pericolosi, uomini che disprezza.»

«Non mi pare che abbia una predilezione per le armi da fuoco.»

«I bossoli non sono stati trovati, ma dall'analisi dei proiettili estratti dai cadaveri, l'arma risulta una calibro 6.35, popolare qualche decina di anni fa come pistola da borsetta. Oggi è sostanzialmente in disuso.»

«Continui.»

«Secondo la scientifica, si tratta di un'arma che non ha sparato da parecchio tempo. Forse un esemplare da collezione. Possiamo definirla una pistola di antiquariato.»

«Come il rasoio del caso Cagnotto, insomma.»

«*Letteralmente* acquistato in un negozio di antiquariato» dice Marconi. «E non è tutto. Pensiamo a Sergio Proietti. Non è morto subito, credo sia per una precisa volontà della killer. Il colpo di grazia, se così vogliamo chiamarlo, è stato sferrato con un'arma impropria. Dall'analisi della ferita, si tratta di un'asta di rame appuntita, con cui ha infilzato il bulbo oculare e trapassato il cervello.»

«Capisco.»

«Non è tutto. Quando era minorenne, Proietti è stato accusato di stupro da una sua coetanea. Al processo, lui se la cavò perché la vittima indossava i jeans... se riesce a crederci.»

«D'accordo, d'accordo. Ma come farebbe questa ipotetica assassina a conoscere i precedenti delle sue vittime? Vuole suggerire che si tratti di una funzionaria di polizia?»

Marconi si guarda brevemente intorno, come per soppesare la risposta. «No di certo» dice, infine. «Io credo che ci troviamo sulle scene di... potenziali aggressioni di carattere sessuale che sono finite male. La barista della stazione di servizio l'ha definita "una specie di femme fatale". Ecco, è così che me la immagino. Una ragazza che va in giro da sola, di notte, per la città, vestita in modo che definiremmo appariscente. Magari ci spera, di non trovare dei malintenzionati. Ma, ogni volta, li trova. E allora fa credere di essere indifesa. Li attira nella sua rete. E poi li uccide.»

Grifo resta per alcuni istanti in silenzio. «È senza dubbio una teoria affascinante. Che, per il momento, ho intenzione di tenere per me. La stampa sta già ricamando fin troppo sulla vicenda.»

«C'è un'ultima cosa» dice Marconi. «Proprio mentre stiamo parlando, Tommasi si trova presso la gioielleria in via Cartoleria, a poche centinaia di metri dal luogo del duplice omicidio, per farsi consegnare le registrazioni della telecamera di sorveglianza montata sull'esterno. Con un po' di fortuna, potremmo finalmente dare un volto all'assassina.»

51

Rimmel

«D'accordo. Ci vediamo tra mezz'ora.» Viola appoggia il cellulare sul tavolo. Fa un ampio respiro. Guarda fuori dalla finestra. Il sole splende ancora. Le giornate si stanno allungando. Presto esploderà la bella stagione.

Percorre la stanza scalza, si ferma di fronte all'armadio. Apre un cassetto e afferra un dolcevita nero. Poi un paio di jeans dal ripiano. Si sposta allo specchio, rivolge un'occhiata alla sua immagine. «No, non ci siamo» sbuffa. La maglia è troppo stretta e mette in risalto il seno. Enorme.

Detesta le sue tette, Viola. Sono troppo grosse, troppo appariscenti. È come se volessero attirare gli sguardi degli uomini, strillando: «Guardami, sono una femmina.»

E non le piace, quella parola. *Femmina.*

Suona di sesso. Come fare sesso. Ogni giorno.

Viola fa sesso ogni giorno. Durante il ciclo non vorrebbe, ma Nunzio dice che gli piace, che profuma di femmina quando sanguina.

Viola si sfila il dolcevita e apre l'armadio di Nunzio. Prende dall'appendiabiti una camicia a quadrettoni. Non importa se lui le ha detto di lasciar stare le sue cose. Starà attenta quando la ripone. Nunzio non se ne accorgerà.

Studia lo smalto sulle dita delle mani: è rovinato, tutto smangiucchiato, decisamente abbinato alle sue minuscole unghie. Corre in bagno, prende l'acetone e inizia a rimuovere i residui. Poi, con lentezza e precisione, stende il colore nero con il pennellino. Controlla l'orario. È ora di andare.

Il bar in fondo alla strada ha un bancone affusolato. Di fronte ci sono tre tavolini rotondi. In un angolo, due macchinette da videopoker. Sono sempre occupate, per lo più da pensionati.

Marconi è seduto accanto alla vetrina, con la tazza di caffè vuota. Quando la vede entrare, si alza.

«Buongiorno» farfuglia Viola.

«Beve qualcosa?»

«No, grazie.» Viola scosta la sedia e si accomoda. Per un attimo, percepisce l'odore di Nunzio attraverso il tessuto della camicia. Non è possibile, lui non la indossa da un pezzo. Di certo è uno scherzo della mente.

«Oggi fa caldo.» Marconi si spettina i capelli con un gesto della mano.

«Sì. Anche troppo.»

«A me non dispiace.»

«Di cosa mi voleva parlare?» chiede Viola.

Per qualche istante, lui sembra soppesare la risposta. «Le sembrerà assurdo. Ci ho messo un po' a decidermi a chiamarla perché non so neanche io come prenderla, questa… cosa. Sono una persona estremamente razionale, ma, insomma, non posso negare che le sue visioni abbiano un riscontro… materiale. E c'è una parte di me che non riesce proprio a lasciar perdere.»

«Non la seguo.»

«Non posso crederci che lo sto dicendo davvero. Ma volevo chiederle se ha sognato qualcos'altro.»

Viola si schermisce con una mano. «Ora lo prenderei proprio, un caffè.»

Marconi si alza, raggiunge il bancone.

Viola solleva il colletto della camicia e fa un respiro profondo. L'odore di Nunzio è cucito al tessuto ed è come se non si potesse lavare via.

Solo adesso, si accorge che la tasca della camicia è rigonfia. C'è qualcosa, all'interno. Infila le dita e l'oggetto misterioso scricchiola al tocco. Vorrebbe controllare di cosa si tratta, ma Marconi è subito di ritorno.

«Il suo caffè.»

«Grazie.» Viola versa una bustina di zucchero e comincia a mescolare. Si tira su le maniche della camicia in un gesto automatico.

«Si è fatta male?» chiede Marconi.

Lei corruga la fronte, disorientata.

Lui indica il cerotto sull'avambraccio.

Viola si affretta a tirare il tessuto fino al polso. «No, niente. Mi sono scottata con una padella.» Ha l'impressione che la ferita stia pulsando, ma forse è per effetto del caldo.

«Tornando ai sogni, le è successo ancora?» La mente la riporta al sogno che ha fatto per cinque notti di seguito, per poi interrompersi bruscamente venerdì scorso.

Una goccia di sangue sgorgava da un taglio sul braccio, scivolando lungo la pelle.

La goccia diventava una piccola pietra rossa. Lei la prendeva tra le dita.

Era allora che si accorgeva che un uomo era disteso ai suoi piedi. Non riusciva a distinguere la faccia, era come una maschera di plastica posizionata male.

Le sue stesse dita gli ficcavano la pietra in un occhio. In quel momento, si svegliava.

«Allora?» incalza Marconi.

Viola scuote la testa. «Non ho sognato più. Meglio così, no?»

Marconi abbassa lo sguardo, sospira. Poi, torna a posare gli occhi su di lei. «Ne è proprio sicura?»

Viola apre la bocca per rispondere, poi serra le labbra, come se fosse incapace di articolare una frase compiuta. Cosa si aspetta quel poliziotto, da lei? Cosa vuole, davvero?

Si rende conto di aver commesso un terribile errore nel parlare con lui la prima volta. Nunzio ha ragione, quelli portano solo guai.

Eppure, non riesce a trattenersi. «Io non sapevo che sarebbero morte, tutte quelle persone. Sapevo solo che qualcosa di brutto stava per succedere. E alla fine li ho letti, i giornali. So che c'è una killer che uccide. Il fatto è che...» Si interrompe.

Il problema è che qualcosa è cambiato. Un tempo, i sogni riguardavano le persone vicino a lei. Come suo padre, per esempio. Erano frammenti a cui era difficile dare un senso compiuto. Adesso, si ritrova a sognare qualcosa che coinvolge persone che non ha mai incontrato, con cui non ha mai avuto niente a che fare. Persone che sono state ammazzate.

È come se si fosse stabilito un collegamento con la misteriosa killer di cui parlano i giornali, e non sa spiegarsi il motivo.

Beve il caffè. Per un attimo, guarda sul fondo della tazzina, come per cercare un segno del destino. «Ciò che fa quella donna, a volte, ho desiderato di farlo anch'io» dice con un filo di voce. «Avrò avuto quattordici anni e, all'uscita di scuola, dei ragazzi più grandi mi hanno accerchiata e hanno cominciato a palparmi. Mi frugavano sotto i vestiti, nonostante li implorassi di smettere. Sono riuscita a divincolarmi, sono scappata via. Mi sono sentita sporca per settimane. Mi sono sviluppata presto... c'era un amico di famiglia che mi guardava... *in quel modo*. Cercava sempre di rimanere da solo con me. E, quando ci riusciva, mi faceva domande insinuanti.»

Marconi annuisce. «Sono cose orribili da subire. Mi dispiace. Davvero. E capisco che, insomma, non si possano controllare i pensieri. Tutti abbiamo una parte oscura. Però sono un poliziotto, e non posso mica fare finta di niente. Si rende conto che con quello che mi ha detto potrebbe essere in cima alla lista dei sospettati?»

«Glielo ripeto. I sogni sono andati via così com'erano venuti.»

Marconi si schiarisce la voce. «Ha detto che le capita sin da bambina.»

Viola abbassa lo sguardo. «Una sera, mio padre non è tornato a casa dal lavoro. Da giorni facevo lo stesso sogno. La strada bagnata. L'abitacolo di un'auto. Un pacco che scivolava avanti e indietro.» La sua voce si incrina. «Era la mia settimana speciale. La settimana del mio compleanno. Conservo ancora la bambola di pezza che aveva comprato per me e che era in macchina al momento dell'incidente.»

«Mi dispiace.» Marconi si guarda brevemente intorno. «Anch'io ho perso mia madre da piccolo. Avevo tredici anni e fa ancora male. Ci sono così tante cose che vorrei dirle. È terribile sapere di non poterlo fare.» Sul suo viso compare il sorriso più triste che Viola abbia mai visto.

Dagli altoparlanti del locale si diffondono le prime note di *Rimmel* di De Gregori.

Restano entrambi in ascolto senza dirsi nulla, come rispettando un accordo segreto.

«Adoro questa canzone» commenta poi lei. «Anche se parla di un amore finito.»

Lui fa un cenno di assenso. «Tutto bene con il suo compagno?»

«Ci sono alti e bassi.»

Marconi non ribatte.

«È normale, no? Certo, una volta eravamo più in sintonia. Stavamo così bene, insieme. Ho mollato tutto, per Nunzio. Adesso mi sembra di non avere più niente. Neanche lui.»

«I rapporti sono complicati.»

Viola si accarezza il taschino della camicia. «Forse sono io» dice sovrappensiero. «Ho troppo tempo per rimuginare. Dovrei trovarmi un lavoro.»

«Ho visto che alla gelateria di via Ugo Bassi cercano una commessa.»

Viola annuisce, ma adesso sta solo pensando a cosa nasconde la tasca della camicia di Nunzio. «Mi scusi. Devo proprio andare.»

Marconi la osserva mentre si avvia fuori dal locale. Poi esce a sua volta, si ficca le mani in tasca e si incammina verso la questura. Non può fare a meno di ripensare che c'è qualcosa, in fondo agli occhi di Viola, che gli ricorda lo sguardo di sua madre. Quell'esitazione che assomiglia a una resa.

Non ha saputo cogliere il disagio negli occhi della madre e non se l'è mai perdonato. Ma è un errore che non è disposto a ripetere.

52

Fotogrammi da un omicidio

«L'abbiamo beccata» dice Tommasi.

Marconi lo guarda, fa un gran sorriso e lo abbraccia. «Me lo sentivo che eravamo a una svolta.»

Tommasi gli consegna una stampa in bianco e nero, sgranata. «Questo è un fotogramma delle riprese della gioielleria.»

Marconi prende in mano il foglio, lo osserva. Si distinguono le arcate del portico, l'acciottolato bagnato di pioggia. La sagoma di una ragazza dai capelli chiari con indosso un impermeabile nero e un paio di scarpe alte.

«È lei.»

In scia, a qualche metro di distanza, si notano due sagome che dall'abbigliamento e la corporatura sembrerebbero proprio le due vittime.

«Già. Peccato che non si veda in faccia» dice Tommasi.

Marconi appoggia la stampa sulla scrivania. «Non ne abbiamo una migliore?»

«Purtroppo no. Ha tenuto la testa voltata dall'altra parte per tutto il tempo in cui era inquadrata.»

«Sapeva della telecamera.» Marconi pensa ad alta voce. «Non perde mai il controllo. Ci ha fatto vedere solo quello che voleva che vedessimo.»

Tommasi rivolge un'ultima occhiata alla stampa. «Comunque, è meglio di niente. Abbiamo la conferma che avevi ragione. Si tratta di una donna, ed è maledettamente pericolosa.»

«Venerdì prossimo si va allo Zombie» dice Marconi. «Probabilmente, quei due e la loro assassina si sono incontrati in quel locale. Se davvero sembra una specie di femme fatale, qualcuno *deve* averla notata.»

53

Confessioni

«Ma dov'è Marites, oggi?»

«Dico, sei scema? Che ti frega della domestica.»

«Volevo chiederle se mi fa un origami per mia sorella. Il prossimo weekend sono a cena dai miei, e vorrei regalargliene uno.»

«Il martedì è il suo giorno libero.» Giulia è ferma davanti all'armadio e guarda Eva con un piccolo broncio, dipinto sulle labbra. «Dimmi la verità, trovi che io sia ingrassata?»

«Ma che dici? Stai benissimo.»

Giulia sorride. Apre l'anta e preleva un abitino dai toni pastello.

«Come ti sembra?»

«Non mi convince.»

«Infatti fa schifo» sbotta Giulia. «Volevo solo mettere alla prova la tua onestà. Se mi avessi consigliato di indossarlo, avrei pensato che sei gelosa di me e che cerchi di darmi i consigli sbagliati.» Lo ripone al suo posto. «Oppure che non mi dai l'attenzione che merito. Che a pensarci sarebbe ancora peggio, visto che la gelosia è una forma di adulazione.»

«Cosa significa che volevi mettermi alla prova? Non sarai un po' paranoica?»

«Non parlare come mia madre, adesso.» Giulia aggrotta la fronte. Gli occhi diventano due fessure e, per un attimo, sembrano attraversati da un riflesso di rabbia. «Fanculo alla paranoia. Fanculo al dottor Francesconi. E fanculo anche a mia madre. E al bipolarismo. È comodo incolpare una condizione mentale, quando sono loro che non riescono a capirmi.» La sua mano scorre velocemente tra gli abiti appesi. Poi si ferma. «Scusami. Non dovevo reagire così. Forse ha ragione mamma, non dovevo smettere di prendere le medicine. A parte lo Xanax, naturalmente. A quello non potrei rinunciare.»

«Psicofarmaci?»

«Ma sì, ormai li prescrivono anche ai bambini. E ai gatti, ci crederesti? Magari potresti prendere in considerazione di moderare l'esuberanza di Miew.»

«Lasciala in pace» scandisce Eva.

«Ok, ok» alza le mai, come in segno di resa. «Quando ho cominciato a prenderli, ero conciata male. Se mi avessi vista...»

«Mi dispiace.»

«Mi hanno imbottita di Leponex, solo perché ho tentato un paio di volte il suicidio.»

«Non ne avevo idea» Eva cerca gli occhi di Giulia. «Vuoi parlarne?»

«Non c'è molto da dire, se non che mi sentivo soffocare. Ne avevo abbastanza di essere trattata come un problema da risolvere.» Giulia scuote leggermente la testa. «O come un fallimento totale. Dire che i miei genitori sono benestanti è un eufemismo. Credi che siano orgogliosi di una figlia che lavora in un'agenzia pubblicitaria?»

«Ci lavoro anch'io, ricordi? E lo considero un buon lavoro. Creativo.»

«Non a casa mia. Si aspettavano che seguissi le orme di papà e facessi il notaio.»

«E invece stai lasciando le tue, di orme. Senza seguire quelle di qualcun altro.»

«Le mie orme... all'agenzia di un amico di mio padre? Bel modo per crearmi un percorso.» Giulia torna a frugare tra i vestiti schierati nell'armadio. «Credo... anzi, sono praticamente sicura che mio padre abbia chiesto ad Anselmi di assumermi come favore personale. Un contentino, ecco. Per tenere impegnata per un po' la figlia problematica.» Estrae dall'armadio un abito rosso. «Cosa ne dici?»

Eva vorrebbe dirle tante cose e invece si limita a rispondere: «Sarai una favola».

«Lo spero.» Giulia allarga le braccia. «Non volevo morire per davvero. In fondo ho solo ingoiato una manciata di pillole. Sai come funzionano queste cose.» Una pausa. «Era una richiesta d'aiuto.»

«Io non sono mai riuscita a chiedere aiuto» dice Eva come riflettendo ad alta voce. «Comunque, se dovessi farlo, spero di trovare un modo meno drammatico.»

Scoppiano a ridere e, per istante, Eva pensa che non sono poi così diverse, lei e Giulia.

Restano per qualche istante in silenzio. Poi, come catturata da un altro pensiero, Eva fa uno scatto indietro. «Oh, cavolo. Ho dimenticato lo zainetto in sala.»

«Vai, vai. Io intanto mi vesto.»

Eva percorre il corridoio dalle pareti fitte di quadri. Ce n'è uno che la inquieta: il ritratto di una donna dai lineamenti austeri e lo sguardo cupo. «A cosa pensi?» chiede senza attendere risposta. *Forse a un modo per andartene da qui.*

54

Negati e farà il primo passo

Viola soppesa la bustina tra le dita. Contiene alcuni grammi di polvere bianca. Da quando una settimana fa, l'ha trovata nel taschino della camicia di Nunzio è diventata la sua ossessione.

La camicia l'ha rimessa a posto nell'armadio, ci ha pure spruzzato un po' del profumo di Nunzio per non destare sospetti. Lo ha sorvegliato per alcuni giorni, per assicurarsi che non tornasse a prenderla. E alla fine si è convinta che lui si sia dimenticato di averla lasciata lì. In fondo, quella camicia non la indossa più da chissà quanto.

Di certo non ha pensato di chiedergli spiegazioni. L'ultimo schiaffo le brucia ancora.

Viola si rifiuta di credere che Nunzio sia diventato dipendente dalla cocaina. Quello che sa è che adesso quella bustina deve farla sparire. Eppure, non riesce a liberarsene.

Si sposta in cucina e la nasconde nel pacco di crackers integrali, quelli che a lui non piacciono.

«No» si dice, poi. Quando Nunzio rientra, la notte, ha sempre fame. Potrebbe ignorare il fatto che non sono i suoi preferiti.

Torna in camera e apre il cassetto dell'intimo.

No. E se mi regalasse un nuovo completino e andasse a nasconderlo lì, per farmi una sorpresa?

Entra in salotto. Vorrebbe nascondere la bustina in mezzo alle pagine di un libro. Quelli, Nunzio, non li apre mai. Ma non fa in tempo a raggiungere la libreria.

Dall'ingresso proviene il clic della serratura. La porta si spalanca.

Viola scosta il collo della maglietta e fa appena in tempo a infilare la bustina nel reggiseno.

«Cosa fai, lì impalata?»

«Niente. Ero indecisa se leggere un po' prima di preparare la cena, ma non sapevo scegliere.»

«Per forza. Li hai già letti tutti, quei libri.» Nunzio la scruta per un lungo istante. Dall'espressione, non si direbbe convinto della risposta. «Non è che mi nascondi qualcosa?»

«Certo che no.» Viola lo raggiunge e gli stampa un bacio sulle labbra.

«Sei strana.»

«È solo che... ho mal di testa, ecco.»

«Mal di testa, eh? E volevi leggere un libro?» Nunzio si sposta di fronte al frigorifero, ne estrae un cartone di latte e ne beve un sorso. Poi torna con lo sguardo su di lei. «Sai cos'è il mal di testa? Una scusa vecchia come il mondo.»

«Ma che dici» si schermisce lei. «E poi, perché dovrei inventare una scusa?»

«Cosa hai fatto, oggi?»

«Le solite cose.» Viola abbozza un sorriso.

«Andiamo a farci la doccia insieme?» chiede Nunzio.

«L'ho appena fatta. E poi, te l'ho detto. Ho mal di testa. Vai tu.» Gli volta le spalle.

Nunzio la raggiunge e la afferra per un polso. «Lo sai che sei più sexy quando fai la preziosa?»

Viola lo scansa e spalanca il frigo. Si china, apre il cassetto in fondo. Prende un cespo di insalata. Si posiziona al lavello, apre il rubinetto. La vasca si riempie d'acqua. Lei divide nervosamente le foglie e comincia a lavarle con cura, una per una. E intanto pensa a quella bustina che ha nascosto nel reggiseno, e che Nunzio non può assolutamente scoprire che ha trovato. Ne avverte la consistenza a contatto con la sua pelle.

Per favore, lasciami in pace. Ti scongiuro.

Lui si posiziona accanto a lei, le scosta i capelli e le mordicchia un orecchio. La afferra per i fianchi, la fa voltare di scatto, premendole la schiena contro il metallo del piano cottura.

«No, davvero. Non sto bene» si lamenta Viola.

Nunzio respira affannosamente. Cerca le sue labbra.

«Non adesso, dai.»

Nunzio le afferra un polso e le immobilizza un braccio dietro alla schiena. Con l'altra mano si mette a frugare il seno con movimenti sgarbati.

La bustina. Se me la trova addosso mi ammazza.

«Nunzio, no. Ti ho detto di no.» Viola si divincola dalla presa.

Nunzio fa un passo indietro. Sorride, inclinando leggermente la testa. Gli occhi brillano per l'eccitazione.

Negati e lui farà il primo passo. Viola lo ha letto qualche giorno fa in una rivista. Per una volta un consiglio si rivela attendibile ed è tutto quello che lei non vorrebbe.

Nunzio si protende in avanti e afferra l'elastico dei pantaloni della tuta di Viola. Cerca di trascinarli giù. Lei oppone resistenza, ma lui è più forte e ha la meglio. La prende per le spalle, la fa voltare come fosse una bambola. Viola si ritrova con il ventre sul ripiano e la fronte contro il pensile.

Lo sente armeggiare con la zip dei pantaloni. Sul collo, il respiro di Nunzio è un ansito febbrile.

«Smettila, ti prego» mugola.

Lui le abbassa le mutandine con uno strattone. La penetra. Lei sente le forze abbandonarla.

Dura poco. Nunzio emette un gemito rauco.

Si stacca da lei e va verso il frigo. Preleva una lattina di birra. La stappa, ne beve un avido sorso.

«Be', vado a farmi una doccia» dice.

55

Zombie

All'ingresso dello Zombie c'è un serpente di persone vestite in modo eccentrico. Due buttafuori selezionano i partecipanti seguendo le indicazioni di una ragazza con occhiali da vista dalla montatura spessa.

Dopo una lunga attesa, Marconi e Tommasi si trovano in testa. La ragazza fa no con la testa. Marconi rivolge uno sguardo eloquente a uno dei buttafuori. Nonostante sia in borghese, al gorilla ci vuole mezzo secondo per lanciare uno sguardo ai suoi anfibi d'ordinanza e scostare il cordone di velluto rosso.

Superata la soglia, i due scendono una ripida scalinata. Sbucano in un corridoio dalle arcate in pietra e proseguono fino alla postazione della cassa.

«Due ingressi, grazie.» Appoggia sul tavolo una banconota da venti euro.

La cassiera indossa una parrucca nera in stile Cleopatra e lenti a contatto bianche. «Ma chi vi ha fatto passare? Non avete visto il dress code di stasera?»

Marconi si stringe nelle spalle. «Oggi in ufficio era la giornata casual.»

La tipa fa una piccola smorfia e gli consegna i biglietti.

I due superano il guardaroba e si inoltrano nel locale.

La console del dj è installata su una specie di altare adornato con drappi viola, occupata da un vichingo dai dreadlocks rossicci. Si affaccia sulla pista in cui si muovono una ventina di persone. Una ragazza con un abito in latex e stivali di vernice saltella accanto a uno spilungone dai pantaloni larghi pieni di cerniere.

«Non mi aspettavo tutta questa attenzione all'abbigliamento» dice Tommasi.

«Nemmeno io. Pensavo che la camicia nera che ho messo al funerale di mio zio Luigi fosse abbastanza appropriata per una serata con questo nome.»

«Comunque sia, non credo che abbiano approvato nemmeno la mia felpa dei Mötley Crüe.»

Marconi abbozza un sorriso. «Dividiamoci, magari diamo meno nell'occhio. Cerca di attaccare bottone con qualcuno dei ragazzi. Se la killer è stata qui venerdì scorso, magari qualcuno l'ha notata.»

«Okay.»

«Mi raccomando, discrezione. Se capiscono che siamo sbirri questi si chiudono a riccio. Ah, e occhio ai tossici. Possono essere preziosi per ottenere qualche informazione sui due spacciatori. Potrebbero averli visti uscire con *lei*.»

«Perfetto.»

«Ci vediamo alle due al guardaroba per fare il punto.»

Tommasi annuisce. Si distacca e si infila in un corridoio in fondo alla sala.

Marconi entra nel bagno degli uomini.

Alla postazione dell'orinatoio, c'è un tipo grande e grosso, rasato, con le orecchie piene di allargamenti, che sembra un orco.

Marconi si affianca, abbassa la cerniera dei jeans e si concentra. Non gli viene. Con la coda dell'occhio nota il tatuaggio sul polso dell'orco e d'istinto vira lo sguardo in basso. Un serpente attorcigliato a una spada gli percorrono l'avambraccio, con intorno dei demoni dalla bocca spalancata.

Per qualche motivo, Marconi pensa sia una buona idea attaccare bottone. «Vieni qui spesso?» dice.

«E a te che ti frega?» dice l'orco. «Sei fortunato che stai pisciando e non vorrei sporcarmi gli stivali. Ma tu prova a guardarmelo un'altra volta e sei carne morta.»

Marconi evita di ribattere, lasciando che l'altro rientri nel locale. Poi cerca di sciacquarsi le mani, ma dal rubinetto non esce neanche una goccia d'acqua.

Esce a sua volta, si dirige verso un divanetto, dove siede una tipa fasciata da un abito nero di pizzo col reggicalze in bella vista.

Le sorride.

La ragazza lo squadra con un'occhiata indecifrabile.

«Come ti chiami?»

«Shadow» dice lei, allungandogli la mano piena di anelli.

Marconi non se la sente di stringergliela. «Scusa, ho le mani bagnate. Shadow, hai detto?»

Lei si limita ad alzare gli occhi al cielo.

«Ti diverti?»

«Io non mi diverto mai.»

«Ottimo.»

Segue un silenzio imbarazzante, rotto dalle pulsazioni della musica.

«Bel vestito, comunque.»

«Mi stai prendendo per il culo?» Shadow si alza e si allontana.

La pista comincia a ripopolarsi e Marconi si trova a pensare che sembrano tutti vestiti per un eccentrico funerale. Il pensiero lo riporta a zio Luigi. Al suo funerale, ha sentito qualcuno che diceva che sereno com'era, sembrava dormire. Lui non ne era mica convinto. Non era neanche l'ombra dell'uomo che era stato, vitale e con una risata contagiosa. La moglie del defunto l'aveva preso in disparte e gli aveva detto: «È così che finiremo tutti.»

Si accorge che l'orco è circondato da gruppetto, tutti con panciotto di pelle e stivali da motociclista. Parla gesticolando e lo indica.

Marconi si volta di scatto e si dirige con sicurezza verso il bancone del bar.

Ordina una birra media e piazza una banconota da dieci euro sul bancone. «Deve essere duro, il tuo lavoro.»

«Come dici, scusa?» Il barista ha la camicia aperta e il petto depilato, su cui spuntano due piercing ai capezzoli.

«Dicevo. Non dev'essere semplice il tuo lavoro. Essere sempre gentile, anche con chi non lo se lo merita. E poi le nuove generazioni sono sempre peggio, non trovi?» Marconi immagina che faccia leva, sui reduci degli anni Ottanta, denigrare le nuove generazioni.

«Non me ne parlare. Per fortuna, ogni tanto si conoscono persone interessanti.» Sorride.

«È la prima volta che vengo. Mi aspettavo più gente.»

Il barista comincia a spinare la birra. «È presto. Non è neanche mezzanotte. Peccato che la gente che frequenta questo locale non sia il massimo. Preferisco il Cassero.»

«È molto che lavori qui?»

«Un anno. Conosco bene il titolare e la musica non è malaccio. Questa sera è il top. C'è Don Diego.»

Marconi beve un sorso di birra. «Mi ha parlato di questo locale un'amica. È venuta per la prima volta venerdì scorso.»

«Un'amica? Magari la conosco.»

«Be', bionda, alta più o meno così.» Ripensa alle parole della barista dell'area di servizio. «Attraente. Tipo una femme fatale di quelle dei film.»

«Mmm. Femme fatale bionda, hai detto?»

«Sì.»

«C'era una così, venerdì scorso. Una mai vista. Ha praticamente monopolizzato la pista.»

Quasi sobbalza, Marconi. Si protende in avanti per assicurarsi di non perdere una parola.

«Molto *fashion*, se capisci cosa intendo. Pelle bianca come una bambola, rossetto rosso, gran bella ragazza. Una pericolosa, oserei dire. Non è la tua ragazza, vero?»

Pericolosa, pensa Marconi. *Non sai quanto*. «No, figurati. È solo un'amica.»

«Te lo dico perché non sono l'unico ad averla notata. Qui girano sempre le stesse facce. Alla prima novità, sono tutti avvoltoi.»

«Immagino abbia rimorchiato.»

«Beccato. Lo vedi che sei geloso?»

«Ma quale geloso.» Marconi si guarda brevemente intorno, solo per controllare che il tizio del bagno e i suoi compari non lo stiano tenendo d'occhio.

«Non te la prendere.»

«Figurati. Non mi arrabbio dal 1988.»

«Sei simpatico, sai?»

«Dici?»

Il barista sorride. «Shottino? Offre la casa.»

«Perché no.»

Il barista versa due dita di rum in due bicchierini. Ne consegna uno a Marconi e trangugia il suo in un sorso. Marconi lo imita, fa una smorfia e beve un sorso di birra per spegnere quello che gli sembra un incendio scoppiato in gola.

Il barista si appoggia con i gomiti sul bancone e si protende leggermente in avanti. «La vedi quella ragazza mora, con i capelli lunghi, seduta laggiù? È Samantha e si presenta ogni volta con una tipa diversa. Be', lei e la tua amica si sono date un gran da fare, venerdì scorso. Capisci cosa intendo?»

56

Kanzashi

Samantha indossa un abito a sirena in lurex, con un generoso spacco laterale. Si alza, lascia il divanetto per portarsi a lato della pista e inizia a muoversi dolcemente.

Marconi le si avvicina. «Samantha?»

Lei lo guarda come se lui fosse l'ultimo esemplare di una specie in estinzione. Gli volta le spalle senza rispondere.

Dalla sua postazione, il dj alza un braccio e comincia a urlare parole indistinguibili con la solennità di una predica.

«Senti, non ci voglio mica provare» dice Marconi. «È solo che la settimana scorsa, tu e la mia ragazza...» Una pausa. «Insomma, avrei bisogno di un chiarimento.»

Samantha aggrotta le sopracciglia. «Guarda che io non ti conosco.»

«Lo so che non sono affari tuoi, ma spero tu possa capirmi. Ti chiedo solo cinque minuti.»

La ragazza fa un passo di lato. Dalle casse risuonano le note tetre e seducenti di una *Sweet Dreams* riarrangiata e distorta. Lei muove il bacino a tempo, si accarezza i fianchi e flette le ginocchia, abbassandosi e rialzandosi a ritmo.

Marconi le sfiora una spalla. «Sono molto innamorato» dice. «Sto con Marta da un anno, ma lei mi tradisce. Lo vengo a sapere ogni volta, ma non riesco a lasciarla.»

Samantha inclina la testa di scatto, seguendo le battute della canzone, prima a destra e poi a sinistra, frustando l'aria con i capelli.

Marconi fa un sospiro, le volta le spalle. Si sente afferrare per la manica della camicia.

«Aspetta» dice Samantha. Lo scruta per un lungo istante. «E va bene. Parliamo.»

Lo prende per mano e lo guida dietro una colonna, invitandolo a sedersi su un divanetto. «Anche il mio ragazzo mi tradiva. Non ci ha messo un secondo a scaricarmi, quello stronzo.»

«Ragazzo? Pensavo che...»

«Allora. Cos'è che volevi sapere?» Samantha sfila da un pacchetto una gomma da masticare.

«Solo la verità.»

Samantha infila la gomma in bocca, trattenendola tra pollice e indice. «Ne vuoi una?»

Marconi fa cenno di no con la testa. Ingoia l'ultimo sorso di birra ormai calda e appoggia il bicchiere vuoto su un tavolino.

«Non c'è molto da dire. L'ho incontrata in pista. Mi lanciava delle occhiate, ho ricambiato. Abbiamo ballato un po'. Poi lei si è avvicinata. Io l'ho lasciata fare.»

«Okay.»

«Ehi, mica lo sapevo, che era fidanzata.»

«Certo, non potevi saperlo.»

Samantha fa un sorrisetto. «Bacia molto bene, la tua ragazza. Ci siamo imboscate proprio qui, sai?»

Marconi abbassa lo sguardo senza ribattere.

Samantha fa un gesto plateale per coprirsi la bocca. «Oddio... scusa! Penserai che sono una stronza. Non volevo accanirmi.»

«Non ti preoccupare.»

«Lo sanno tutti, qui, che questo è il mio angolo privato. Il mio piccolo regno personale. Quando stavo con Don Diego ho dato una mano per la scelta dell'arredamento. Studio Belle Arti.»

«E com'è andata a finire?» dice Marconi.

«È andata a finire che Diego mi ha tradita con una stronzetta del Dams. Comunque, me ne sono fatta una ragione. Siamo rimasti amici.»

«Intendevo con Marta.»

Samantha aggrotta le sopracciglia. «Che domande. L'abbiamo fatto.»

«Qui?» dice Marconi, allibito.

«Ti sembra così strano? Be', più che altro è stata lei a *farlo* a me. Credo sia una a cui piace mantenere il controllo.» Samantha spinge in avanti la gomma con la lingua. Stringendola tra i denti, la preleva tra pollice e indice. Poi la lancia verso il tavolino e fa canestro nel bicchiere di Marconi. «Il suo vestito... era assolutamente favoloso.»

Marconi si schiarisce la voce. «Gliel'ho regalato io per San Valentino.»

«Davvero? Hai buon gusto. Anch'io adoro i vestiti all'orientale.» Samantha muove le mani su di sé, seguendo la linea dei fianchi. «Lungo. Raso nero con ricami floreali rossi. Ti svelo un segreto: toccare il raso mi manda in estasi.»

«Che ingenuo sono stato, a innamorarmi di una così» dice Marconi. «La prima cosa che ho notato di lei sono stati gli occhi» dice Marconi cercando di sembrare disinvolto. Pensa che la ragazza descritta dalla barista della stazione di servizio indossava occhiali scuri. Se davvero è la stessa persona, forse potrà ottenere qualche dettaglio in più per il suo identikit mentale.

«Occhi di cristallo celeste che sembrano scrutarti l'anima» dice Samantha. «A dire la verità, mi piace tutto di lei.»

«I suoi capelli biondi…»

Samantha annuisce. «E quel meraviglioso fermaglio con cui li aveva acconciati. Io presto molta importanza ai dettagli, sai?»

«Non credo di averlo mai visto» dice Marconi.

«Sul serio? Guarda, è bellissimo. Sembra quasi un oggetto cerimoniale. Una specie di kanzashi, hai presente?»

«Kan… che?»

«Uno spillone intarsiato, con due rubini incastonati in cima.»

Marconi quasi sobbalza. Con l'occhio della mente rivede la piccola gemma rossa contenuta nella busta di plastica trasparente sulla scena del duplice omicidio. «Tipo, uno stiletto?»

«Se preferisci chiamarlo così. Era davvero particolare. Ho visto qualcosa di simile al mercatino della Montagnola. Ma non era paragonabile a quello della tua ragazza.»

«Chissà chi glielo avrà regalato.» Marconi scuote la testa. Non può fare a meno di pensare che, forse, proprio quel fermacapelli è l'arma con cui l'assassina ha infilzato l'occhio di una delle sue vittime.

Tommasi compare accanto alla colonna, l'aria concitata. «Marconi! Eccoti, finalmente!»

Marconi lo guarda disorientato. «Tutto bene?» Poi si accorge dell'orco e dei suoi compari che si aggirano per la sala come se avessero puntato una preda.

«Ti spiego più tardi» dice Tommasi. «Ora è meglio che andiamo.»

57

Tutto okay

«Ciao Patrick, come va?»

Patrick sfugge lo sguardo di Eva.

«Ehi. Che ti prende?»

Patrick scuote la testa. «Lo so. Per convenzione dovrei dire che è tutto okay. Il problema è che non è tutto okay.»

Eva cerca un tono rassicurante. «Cos'è successo?»

Lui non ribatte. Sembra pentito di essersi lasciato andare.

«È un periodaccio anche per me» aggiunge lei. «Al lavoro è sempre una lotta. Sono l'ultima arrivata e mi devo guadagnare ogni gradino a morsi.» In realtà, dopo aver ottenuto la campagna per i telefonini, Eva è entrata a pieno titolo nello staff creativo. Ma non ha di certo intenzione di vantarsi dei suoi successi, vuole solo consolare Patrick.

E funziona, perché finalmente lui la guarda. «Lo so. È difficile farsi prendere sul serio.»

«A volte mi sento invisibile. E quando si accorgono di me è persino peggio. Pensa che ieri, mentre ero in pausa alla macchinetta del caffè, ho sentito un collega che sparlava di me con la titolare.» In un immaginario duello, l'arma preferita di Roberto sarebbe la calunnia, pensa.

«Davvero?»

Eva si stringe le fasce di protezione ai polsi. «Faccio del mio meglio, ma non è semplice.»

«Non credevo che certe cose potessero capitare a una come te.»

«Una come me?»

«Una… forte.»

Eva fa spallucce.

«Si comincia» annuncia Franco dalla sua postazione. «Basta con le chiacchiere. Un po' di corsa attorno al perimetro. Via, via, via.»

Patrick ed Eva si mettono a correre affiancati in coda agli altri allievi.

«A scuola va tutto storto. C'è uno in particolare che…»

«È sempre *uno in particolare* che ti rovina la vita. È la storia di tutti.»

«Non credo "di tutti"» dice Patrick. «Nella vita ci sono i vincenti e i perdenti. E non c'è dubbio a quale delle due categorie io appartenga.»

«È la storia della gente come noi» ribatte Eva. «Quelli che stanno per i fatti loro a cercare di vivere la propria vita in pace senza rompere le scatole a nessuno.»

Franco li fulmina con un'occhiataccia. «Vi voglio concentrati. Concentrazione e determinazione. Allineatevi di fronte allo specchio, tutti quanti. Saltelli sul posto.»

Patrick aspetta che l'allenatore si volti e le chiede: «Allora perché anche gli altri non si fanno la loro, di vita?»

«Forse perché è troppo patetica e gli risulta più facile impicciarsi di quella degli altri.»

Franco esclama: «Flessioni. Uno, due…». Tre serie che sembrano infinite, con trenta secondi di pausa tra una e l'altra. Poi: «Esercizi in coppia. Sinistro, destro. Dieci ripetizioni.»

Eva infila i pao e assume la posizione in guardia di fronte a Patrick. Lo invita a farsi avanti. Lui colpisce con rabbia, ma è scoordinato. Filtra con un diretto che manca il mento di Eva per un soffio.

«Sequenze di ganci. Via!»

Patrick prende un attimo fiato. «Quello di cui ti parlavo prima, a scuola...» Compie un movimento di braccio troppo largo e il pugno si infrange debole sull'imbottitura del cuscinetto. «Non è un grande problema quando offende me. Ma non sopporto quando se la prende con una persona a cui voglio molto bene.»

«Il pugno deve partire dal bacino» lo incalza Eva.

«Non riesco più a sopportarlo» dice lui.

«Sai cosa penso? Che presto arriverà il giorno della tua rivincita.»

«Pagherei per farlo smettere. Quando comincia a offenderla in quel modo, io...» Patrick lascia cadere le braccia. Gli occhi si inumidiscono.

«Calci medi. Avanti!» li richiama la voce di Franco.

«Vorrei che non la nominasse mai più, mia madre. Mai più.» Il volto di Patrick è arrossato. Alza la gamba per vibrare un calcio e quasi perde l'equilibrio.

«Bilanciati col torace» dice Eva.

Franco sorveglia il gruppo dalla sua postazione. «Cambio!»

Eva infila i guantoni. Tutti gli allievi, ormai, la conoscono come la Leonessa. Franco le ha già annunciato che tra qualche settimana la passerà al corso avanzato, che non ha più senso tenerla con i principianti.

Eva infila una sequenza pulita di pugni sulle protezioni di Patrick. Il ragazzino indietreggia sotto i suoi colpi. «Hai ragione, Patrick. Tu non puoi fare nulla.»

Franco urla: «Ganci.»

Eva colpisce con precisione. «Intendo che come studente non puoi farci nulla. Se gli mettessi le mani addosso rischieresti l'espulsione, no?»

Patrick la squadra, smarrito. Forse immagina di mettere le mani addosso a Stefano e di schiacciarlo come quel bullo fa con lui e si sta convincendo che è per non essere espulso che non reagisce.

«Che liceo frequenti?» incalza Eva.

Franco si avvicina ai due. «E basta con le chiacchiere. Ma che vi prende oggi?»

«Scusa, colpa mia.» Eva si asciuga la fronte con il guantone.

«Il Galvani. Perché?»

«Così, per sapere.»

«Eva, con Lara. Patrick, con Massimo» sbotta Franco. «Dio santo, mi tocca dividervi come all'asilo.»

58

Colpa di Alfredo

«Ora ti decidi a dirmi cosa è successo ieri sera con quei tipi?» dice Marconi.

Tommasi si stringe nelle spalle. «È andata così. Ho attaccato discorso con uno di loro. Quando gli ho chiesto se conosceva Proietti o Khadraoui, è diventato nervoso. Mi ha detto che ero in cerca di problemi, e dopo poco me li sono trovati tutti intorno.»

«Ti conosco, collega. E so che ci vuole ben altro per intimidirti.»

«Ho pensato che non era il caso di scatenare una rissa mentre eravamo in incognito.»

«Hai pensato bene» dice Marconi.

Il mercatino della Montagnola è così affollato che i due faticano a procedere allineati.

«E tu, vuoi spiegarmi cosa ci facciamo qui?»

«Una ragazza allo Zombie mi ha parlato di una bancarella che vende degli spilloni per capelli.»

«Non ti facevo interessato alle mode.»

«Potrebbe essere un fermacapelli, l'arma con cui è stato ucciso Proietti.»

Tommasi si massaggia il mento. «Già immagino i titoli dei quotidiani: "La killer del fermacapelli colpisce ancora".»

«Faccio finta di non aver sentito» dice Marconi. Mal sopporta l'odore di incenso e c'è decisamente troppa gente. Di tanto in tanto, getta un'occhiata agli accessori per capelli, ma nessuno assomiglia alla descrizione di Samantha. E poi, le bancarelle gli sembrano tutte uguali.

Non gli sfugge il movimento del punkabbestia che fa finta di stringere la mano a un compare mentre, in realtà, gli sta allungando del fumo. Nota il tizio con la faccia da dodicenne che cammina troppo vicino alla ragazza con lo zainetto a pois per farsi spazio nella zip ogni volta che lei rallenta l'andatura.

Marconi decide di fermarsi a una bancarella piena di accessori, quantomeno perché lì la folla si è diradata. «Non ne hai di metallo?»

«Sono più belli di legno» dice il venditore. «Più pregiati.»

«Potresti dirmi se c'è qualcuno che li vende di metallo?»

L'altro allarga le braccia.

Un grido: «La mia borsa!»

Un istante dopo, qualcuno urta violentemente la spalla di Marconi per poi scomparire tra la folla. Marconi riesce appena a vedere che indossa una felpa verde.

Reagisce d'istinto. Si lancia all'inseguimento, facendosi spazio nella calca. Tommasi lo imita, ma finisce risucchiato in un ingorgo e deve rallentare.

Marconi pensa a quando era in seconda liceo. Corsa campestre di fine anno: il fiato stava a zero e Antonio era davanti a lui. Solo e sicuro di confermare la vittoria dell'anno precedente. A peggiorare le cose, Antonio era il bullo che l'aveva vessato per mesi. Per Marconi era una questione di orgoglio. Si era messo in testa che, se avesse perso, poi avrebbe perso per il resto vita. Aveva accelerato a un chilometro dalla fine. Aveva raggiunto Antonio e l'aveva superato a pochi passi dal traguardo. Poi era crollato a terra e aveva pensato di morire, ma quella era un'altra storia.

Adesso, ha due decadi in più sulle spalle, ma si dice che ce la può fare anche stavolta. Pensa che gli porterà sfiga, se non riuscirà ad acciuffare lo scippatore con la felpa verde che sfreccia davanti a lui. Così, nonostante abbia i polmoni in fiamme, aumenta l'andatura. Cerca di non perderlo di vista e di anticipare i movimenti della folla per non finire addosso a qualcuno.

La milza brucia. Trae un ampio respiro e si concentra sull'asfalto sotto i suoi piedi. Corre e si ripete che perdere questa sfida gli porterà male. No, ce la farà, come quella volta in seconda liceo.

Felpa Verde sbuca in strada, si immette in via Irnerio, svolta l'angolo con via Capo di Lucca.

Marconi aumenta il passo. Ce la può fare. Svolta anche lui, aggrappandosi al muro. Nessuna traccia di Felpa Verde.

E adesso si ritrova a pensare che si è tirato addosso una montagna di sfiga con le sue stesse mani. Si ferma, piegato in due dalla fatica. Il respiro spezzato, il fegato che sembra sul punto di esplodere, i legamenti del ginocchio che gridano.

«Che ci fai qui?» Una voce femminile.

Stivali sopra il ginocchio, maglietta scollata e minigonna di pelle. Marconi alza lo sguardo. «Samantha?» È proprio lei, la ragazza dello Zombie, in compagnia di due tipe dai capelli dalle tinte accese che sembrano vampire in libera uscita alla luce del giorno.

«Ma che succede? Sei stravolto», chiede Samantha.

Le sue due amiche sembrano guardarlo con una punta di compassione.

«C-colpa di Alfredo» dice Marconi, ansimando.

«Alfredo?»

Marconi cerca di ritrovare una postura eretta. «Sì. Il mio cane.»

Samantha scoppia a ridere, subito imitata dalle due vampire.

«Ce l'avevo al guinzaglio... ha dato uno strattone... è scappato... l'ho rincorso ma... troppo veloce.»

«Che ansia! Prendi fiato, dai.»

«Facile da dirsi.»

«Vuoi una mano per ritrovare Alfredo?»

Marconi improvvisa: «No, torna sempre a casa da solo.»

Di nuovo, le tre scoppiano a ridere.

«Ora che ci penso. Non mi hai neanche detto il tuo nome, ieri sera.»

Marconi ripensa al poster di quel vecchio film. *Roma a mano armata*, con Maurizio Merli che impugna la Beretta d'ordinanza.

«Maurizio.»

«Non sai la bella notizia» dice Samantha. «Un vero colpo di fortuna.»

«Ah, sì?»

«Prova a indovinare.» Samantha fa un gran sorriso. «L'ho trovato.»

«Che cosa, scusa?»

Lei china leggermente la testa e indica l'acconciatura. «Il fermacapelli» dice con enfasi. «Identico a quello della tua ex. Almeno, *spero* che sia diventata la tua ex, e che tu l'abbia lasciata, dopo che si è comportata così.»

59

A pelle

Samantha si congeda dalle amiche e prende Marconi a braccetto.

Marconi si volta indietro, sperando che Tommasi compaia nel campo visivo. Ma, del collega, nessuna traccia.

Lei lo strattona, continuando a camminare spedita in direzione di via Indipendenza. «È un vero artista, sai?»

«Un artista del fermacapelli?»

«Ah, ah! Ma lo sai che sei proprio una sagoma? Comunque, la sua bancarella è al Decomela, il mercatino di artigianato artistico che fanno in via San Giuseppe.»

«E… posso vederlo?»

«Forse. Ma poi mi offri da bere, eh?»

«Volentieri.»

«Certo che sei strano. Non capisco questa tua fissazione per il fermacapelli della tua ex. Se hai deciso di togliertela dalla testa, dovresti farlo e basta.»

«Forse è una metafora.»

«E di che?»

«Di tutto quello che Marta mi ha tenuto nascosto.» Marconi si sente come un arrampicatore di specchi professionista. Cerca nel repertorio mentale delle frasi fatte quella che può venirgli utile. «A volte, per dimenticare qualcuno, è necessario conoscere tutta la verità.» Lo dice con una certa convinzione, poi si sorprende delle sue stesse parole. In realtà, nella sua vita, è successo l'esatto contrario. Non ha mai fatto scenate a Beatrice, non le ha chiesto alcuna spiegazione. Ha lasciato spegnere la loro storia tra le parole di un messaggio inviato tramite cellulare.

Non sono più innamorata di te.

Non aveva indagato oltre quella frase laconica. Cos'altro c'era da sapere? Si era limitato a non cercarla più. E, per quanto fatichi ad ammetterlo anche a sé stesso, era stato soprattutto per dimenticare Beatrice che aveva chiesto il trasferimento nella sua città natale. Ma il pensiero di lei non ha mai smesso di seguirlo come un'ombra.

Una volta, Beatrice gli aveva detto che lui non era capace di lasciarsi andare. Che aveva paura di innamorarsi sul serio. Marconi è convinto che l'unico modo per non soffrire, nella vita, sia pensare con il cervello, non con il cuore.

Il profumo di Samantha lo avvolge di note seducenti. Sembra una pantera che sfida la foresta metropolitana su tacchi a spillo e abbigliamento provocante.

Lei lo guarda negli occhi e gli dice: «Sei silenzioso.»

«Pensavo che sei molto bella.» Marconi abbozza un sorriso.

«E dire che ormai mi ero arresa all'evidenza» Samantha si posiziona di fronte a lui e si ferma.

«Arresa?»

«Al fatto di non piacerti.»

Marconi fa un sospiro. «Posso?» dice poi, indicando il fermacapelli che addomestica la chioma di Samantha.

«Certo.»

Marconi lo sfila con delicatezza e lo osserva. È uno spillone argentato lungo una quindicina di centimetri. In cima è saldata una foglia ricamata con arabeschi, in cui sono incapsulate due piccole pietre di vetro rosse.

«Ti sta bene.»

«Grazie.» Samantha glielo sfila di mano, sfiorandogli il palmo con le unghie laccate di rosso.

«Un attimo. Il cellulare.» Marconi si allontana di un passo. È Tommasi. «No. Non l'ho preso, lo scippatore» dice sottovoce. «Senti. Non posso parlare adesso. Okay, a più tardi.»

«Coraggio, siamo quasi arrivati» dice Samantha. Si intrufola in una stradina laterale fiancheggiata da svariate bancarelle di artigianato. Ne oltrepassa una con appese diverse maschere di cuoio, accosta in corrispondenza di una che espone bigiotteria. Poi indica un banco a qualche metro di distanza. «Eccolo là. Ti dispiace se io ti aspetto qui? Ho visto degli orecchini favolosi.»

Lui annuisce. Raggiunge il venditore di fermacapelli, un uomo dalla barba lunga con una casacca di lino. «Ci vorrebbe il porto d'armi per indossarli» dice Marconi.

Il venditore tira una specie di sorriso.

«La mia ragazza ne ha appena comprato uno.» Marconi fa un cenno in direzione di Samantha. Afferra un fermacapelli e ne vaglia la consistenza. «Posso chiederti una cosa?»

«Chiaro.»

«Riconosci questa?» Estrae dalla tasca una foto ingrandita della pietra rinvenuta nell'occhio del cadavere di vicolo delle Dame.

Il venditore osserva l'immagine. Poi annuisce. «Le mie pietre sono come delle figlie. La riconoscerei in mezzo a cento.»

«Ti ricordi chi ha comprato il fermacapelli con questa pietra?»

«Sbirro, eh?»

Marconi non fa in tempo a ribattere.

«E non perdere tempo a inventare una scusa» dice il venditore. «Ti rispondo per tre motivi: il primo è che la "tua ragazza" è molto simpatica e ha comprato un paio di mie creazioni in un giorno di magra. Il secondo è che non posso dire altrettanto della tipa che ha comprato il fermacapelli con quella pietra.»

«E il terzo?»

«Quando ti avrò dato l'informazione, ne comprerai uno anche tu.»

«Non ho i capelli un po' troppo corti?» Marconi abbozza un sorriso senza essere ricambiato. «Okay. Affare fatto.»

«Una bionda un po', come dire, slavata. Carina, ma tutto sommato anonima. Poco più bassa della tua ragazza. Occhi chiari.»

Slavata, anonima, si ripete mentalmente Marconi. Alla faccia della femme fatale. Possibile che nessuno riesca a mettersi d'accordo sulla descrizione di questa donna?

«Non vorrei sembrarti polemico» dice poi. «Ma come fai a ricordarti così bene di lei? Hai detto tu stesso che era una tipa un po' anonima. E non vorrai farmi credere che ti ricordi ogni cliente.»

«Non ricordo ogni cliente. Ma, come ti ho detto, ricordo ogni pietra.» Il venditore fa una pausa. «Mi ricorderò della "tua ragazza", per esempio, dei suoi occhi da gatta e quel corpo favoloso. Con rispetto parlando, eh? E mi ricordo della biondina. Non per l'aspetto fisico. Ma perché ho provato subito antipatia.»

«Una prepotente?»

«Macché. Era una fighetta con la puzza sotto il naso.»

Samantha raggiunge Marconi, raggiante. Indossa un paio di pendenti in filigrana con al centro, una pietra d'agata. «Come sto?»

«Sei un incanto» risponde il venditore. «Con rispetto parlando, eh.»

60

Ironia di famiglia

Gli studenti si riversano sul piazzale della scuola. Parlano e schiamazzano, camminando sotto il peso degli zaini. Già dall'andatura e dal modo di gesticolare si distinguono i più spensierati da quelli che hanno già conosciuto le difficoltà della vita, le teste calde e le veline di domani. Patrick procede spedito, con la testa bassa, come per sfuggire da qualcosa. O meglio, da qualcuno. Che non tarda ad arrivare.

«Ehi, merdina!» Stefano, maniche della t-shirt arrotolate sulle spalle muscolose e sorriso ebete stampato sulle labbra, comincia a tamburellare sul dorso della sua cartellina da disegno. «Dico a te. Ti fermi o ti faccio fermare io, faccia di sorcio?»

Patrick si paralizza. Lo guarda per un istante, poi i suoi occhi si fissano sul marciapiede.

«Ehi, stronzetto» interviene una voce femminile. «Lascialo stare.»

Stefano si volta, attonito. Una ragazza esile in jeans e felpa con il cappuccio calato sul viso sta camminando verso di lui.

«Fatti i cazzi tuoi» sbotta, mentre un capannello di curiosi si raduna nelle vicinanze.

Eva accelera il passo. «Lo farò, se tu chiedi scusa a mio fratello.»

«Ah, allora anche tu sei figlia di quella...»

Eva non gli lascia il tempo di finire la frase. «Pensaci bene, alle tue prossime parole.»

«Eva, no.» La voce di Patrick.

«Ecco. Ascolta quello scemo di tuo fratello, che a quanto pare è più intelligente di te.»

In tutta risposta, Eva gli strappa di mano la cartellina. «Guarda e impara, stronzetto.»

Eva si avvicina a Patrick e gli sussurra: «Come all'allenamento.» Poi, a voce alta: «*High kick*!» E alza la cartellina per proteggersi la spalla.

Patrick ha una breve esitazione. Poi ruota il torace e sferra un calcio che colpisce la cartellina.

«*Middle kick!*» Eva posiziona la cartellina su un fianco. Patrick colpisce con forza e precisione. Per una volta, è coordinato. Continuano così. I calci sono colpi precisi, ogni impatto risuona fragoroso sul dorso della cartellina. Che presto si sfalda, facendo svolazzare nei dintorni i fogli da disegno.

Eva getta la cartellina sull'asfalto e cerca gli occhi di Stefano. Lui ha la mascella contratta e un'espressione di incredulità dipinta sul viso.

«Ora che ho la tua attenzione, ascoltami bene. Mio fratello è un combattente, ma non si è mai messo contro di te solo per non rischiare di farti male.» Gli preme l'indice sul petto. «Si dà il caso, però, che la sua pazienza sia finita. E anche la mia.»

Stefano indietreggia di un passo. «Stavo solo scherzando» bofonchia, ricambiando gli sguardi curiosi degli altri studenti radunati intorno.

«Sai com'è. In famiglia non amiamo l'ironia» sibila Eva.

«Quindi, attento a quello che fai e a quello che dici, stronzetto. La prossima volta non ti andrà così bene.»

Raggiunge Patrick, lo prende sottobraccio e insieme si allontanano tra gli sguardi dei presenti.

61

Il primo non si scorda mai

Guarda il soffitto bianco. Anche ieri notte ha sognato rosso.

La prima volta che aveva sognato rosso, la più grande quantità di sangue che avesse mai visto, era stato quando si era sbucciata un ginocchio davanti a casa. Era caduta scendendo dalla sua bicicletta perché era troppo alta. Le piaceva, quella bici, la faceva sentire più grande. Non ricorda quanti anni avesse. Ricorda che era verde smeraldo con cromature argentate.

La ferita bruciava, lei non piangeva. Osservava la pelle scorticata. Osservava i sassolini che sporcavano l'escoriazione e che sua madre cercava di estrarre con una pinzetta.

«Tranquilla. Faccio presto» le aveva detto sua madre disinfettando la ferita. «E non guardare che ti impressioni.»

Viola aveva guardato. Il sangue le macchiava i calzini bianchi. Ne era rimasta affascinata. E, dopo, tremava un po'. La madre aveva creduto che fosse per lo spavento e le aveva preparato una camomilla calda con tanto miele. Ma era per la sottile eccitazione da cui era pervasa.

Quella notte, sognò per la prima volta rosso.

Una strada. Una chiazza di sangue. Non le serve chiudere gli occhi per ricordarla, adesso. Accanto alla chiazza c'era un corpo sventrato. L'immagine è così nitida da rivederla con l'occhio della mente.

Il sangue non era rosso come quello del suo ginocchio. Era marrone e denso.

Viola si era svegliata gridando. Sua madre le aveva accarezzato la fronte imperlata di sudore. Aveva parlato a bassa voce per farla riaddormentare. Le aveva raccontato la storia di una bambina troppo piccola per vivere nel mondo degli adulti. Così piccola che rischiava sempre di essere calpestata. «Povera bambina, così piccina» canticchiava la madre. Infine, Viola aveva ceduto al sonno.

La mattina seguente aveva fatto colazione come tutti gli altri giorni. Era uscita con sua madre per andare a scuola, come tutti gli altri giorni. Poi, qualcosa aveva reso quella giornata diversa da tutte le altre.

Salendo in macchina avevano sentito delle grida.

«Aspettami qui» aveva detto sua madre, avviandosi verso il fondo della strada. Quando era tornata alla macchina, le aveva detto: «Adesso facciamo un gioco. Io mi metto al volante e tu chiudi gli occhi e non li riapri fino a quando non te lo dico io. Ma mi raccomando, qualsiasi cosa tu possa sentire…».

Adesso, Viola scandisce tra le labbra: «… non guardare».

Seduta composta sul sedile del passeggero, la piccola Viola si era coperta gli occhi con le manine, ma poi sua madre aveva rallentato e lei aveva sentito le voci concitate. Era stato allora che aveva guardato.

La carcassa di Tom, il cane dei Piscitelli, giaceva sull'incrocio, in una pozza di sangue. Rosso.

Era sempre libero, Tom, e i bambini del quartiere avevano l'abitudine di giocare con lui. Tutti gli volevano bene. Era stato investito da un'auto di passaggio.

Per giorni aveva rivisto quell'immagine, Viola. Il corpicino sventrato in mezzo a tutto quel sangue. Come nel suo sogno. Quel giorno aveva scoperto che gli incubi possono diventare reali.

Fissa il soffitto bianco, adesso. Anche ieri notte ha sognato rosso.

Sangue. Tingeva ogni cosa. Bagnava i petali delle rose. Le sembrava quasi di poterne sentire l'odore. Dolce, di fiori sbocciati. E di sangue.

Sente una voce nella testa che la chiama. Di continuo.

Non lo posso più sopportare. Ho bisogno di silenzio.

Un po' di silenzio. Viola sa come ottenerlo.

62

Il risveglio

«Hai saputo la novità?» Tommasi, al posto di guida, lancia uno sguardo di sottecchi a Marconi.

«Che novità?» dice Marconi.

«Djovic, l'esperto di esplosivi. Quello della rapina all'ufficio postale.»

«Si è svegliato dal coma?»

«In un certo senso sì.»

«Cosa significa in un certo senso? Possiamo interrogarlo?»

«È morto.»

Marconi fa uno scatto indietro, come colpito da un proiettile invisibile. «Cazzo.»

«Cazzo!» Tommasi sterza bruscamente.

«Attento!» Marconi schiaccia il tappetino con un piede come se avesse un freno d'emergenza.

Tommasi inchioda, l'abitacolo ha un sobbalzo e il motore ammutolisce. Un ragazzetto col cappellino dalla visiera al contrario appoggia la mano sul cofano e guizza via, sfrecciando sullo skateboard, per poi scomparire in una traversa.

«Ma lo hai visto, quello? È sbucato all'improvviso. Sembrava che volesse buttarsi sotto.» Tommasi respira concitato, con le mani ancora aggrappate al volante e il piede in affondo.

«Tu guarda 'sto stronzo» dice Marconi.

Una sinfonia di clacson parte alle loro spalle. Marconi abbassa il finestrino. Sventola il tesserino, poi aggancia il lampeggiante sul tetto dell'auto. Si guarda intorno.

Un uomo con un giubbotto di pelle scamosciata è fermo a qualche metro di distanza. Respira affannosamente come se avesse corso. I loro occhi si incrociano per un istante. Marconi lo riconosce al volo, ma è solo un attimo. Mentre Tommasi riparte con una sgommata, l'uomo ficca le mani in tasca e si incammina verso il portico.

63

Surf sull'asfalto

Se lo stronzetto pensa di fregarmi si sbaglia di grosso, pensa Nunzio, seduto al posto di guida della sua Audi parcheggiata a lato della strada.

Me li sono cresciuti io, quei bambocci. Gliel'ho rollata io, la prima canna.

Dovrebbe mandarli tutti affanculo. Guarda che riconoscenza: appena possono cercano di fotterti. Fabietto si sentirà un aspirante Scarface sulla tavola da skate. Crede che io non sappia contare? Che non mi sia accorto che mancavano ottocento euro nel suo ultimo pagamento?

Ora lo sistemo io. Gli passerà la voglia di fare il furbo.

Nunzio serra la mandibola. Scende dall'auto, attraversa la strada ed entra nella sala giochi affollata di ragazzini. Ed eccolo lì, Fabietto. Sta cazzeggiando con una tipa sulla pedana di un gioco di ballo. Saltella a tempo con il suo stupido cappellino con la visiera al contrario.

Come se avesse percepito un cambiamento nell'aria, Fabietto si volta. Sgrana gli occhi. Afferra la sua tavola da skate e si sta già facendo strada verso l'uscita del locale, scartando i presenti. Nunzio lo segue a ruota. Fabietto prende la porta laterale. Getta la tavola sull'asfalto e ci monta sopra, prende velocità sospingendosi con un piede.

Nunzio scatta fuori, urta un uomo con un soprabito chiaro.
«E spostati, coglione!»

Fabietto sfreccia spedito attraverso piazza VIII Agosto, schivando i passanti come un'anguilla.

«Fermati!» Nunzio si mette a correre. Si aggrappa alla pensilina all'ingresso del parcheggio per non prendere in pieno un signore in uscita.

«Deficiente» si sente gridare dietro.

Fabietto si tuffa in via Maroncelli. Sguscia in via Alessandrini. In un attimo, è in via Irnerio, ma deve rallentare per non perdere l'equilibrio sul dislivello del marciapiede.

Nunzio corre seguendo la sua scia. Guadagna terreno e ha l'impressione di poter percepire l'odore della paura di Fabietto mescolarsi a quello del suo sudore.

Fabietto saetta un'occhiata all'indietro. Ritrova il volto tirato di Nunzio, gli occhi voraci, i pugni serrati. Un attimo di disattenzione e si trova in traiettoria una donna con due grosse buste della spesa.

È tutto come in un videogioco, pensa Fabietto. I pericoli si materializzano all'istante. I passanti sono mostri da evitare. Ma è come se fosse al massimo livello di difficoltà, la velocità è raddoppiata. Sterza d'istinto, scarta la donna. Nunzio è a pochi passi di distanza. È come un boss di fine livello. Il più feroce, quello che ci vuole tecnica per sconfiggerlo.

Fabietto fa sterzare la tavola e si butta in mezzo alla strada. Una macchina gli inchioda quasi addosso. Il guidatore si sbraccia all'interno dell'abitacolo. Stridore di freni. Dalle auto in coda esplodono colpi di clacson. Fabietto picchia sul cofano per riprendere velocità e attraversa la strada, per poi sparire in una traversa.

Dall'auto si sporge un uomo con il tesserino in mano. Aggancia sul tettuccio un lampeggiante blu.

Nunzio si immobilizza. Lo riconosce. È proprio lui, l'infame che si è trovato in casa a parlare con Viola. Il suo istinto non si era sbagliato.

Ma cosa poteva volere un poliziotto da Viola? Possibile che gli sbirri avessero cominciato a sospettare qualcosa?

I due si guardano per un istante. Nunzio si volta di scatto e si incammina spedito verso il portico.

Reprime un gesto di stizza. Speriamo che non mi abbia riconosciuto, pensa. Certo che è proprio una giornata di merda. «Quando inizia di merda, finisce di merda» borbotta tra sé. Con la coda dell'occhio, controlla che l'auto degli sbirri sia ripartita.

64

Il serpente bianco

Viola trattiene con le dita la bustina con la polvere bianca. È come se scottasse. Si sente in colpa solo a tenerla in mano, ma ha bisogno di mettere a tacere i pensieri e cancellare le visioni che la perseguitano.

L'ha visto fare decine di volte dalle sue amiche, quando stava a Caserta e aveva ancora una vita sociale. Dopo il primo giro di aperitivi, si spostavano in bagno e si dividevano la roba. A volte coca, spesso erba o pastiglie di ecstasy. Lei non ha mai voluto provare alcun tipo di sostanza.

Non dev'essere mica difficile. Ci vuole solo un po' di coraggio.

Viola strappa un'estremità della bustina tra i denti. Annusa il contenuto. Brucia leggermente le narici e la fa lacrimare.

Rovescia un po' di polvere sul comodino. Con un segnalibro forma una striscia. Un serpente di neve che striscia verso l'oblio.

Lo osserva in silenzio e poi decide di cavalcarlo, quel serpente. Si tappa una narice e con l'altra aspira con forza.

65

È solo un attimo

Miew guarda fuori dalla finestra. Il buio avvolge le sagome dei palazzi di fronte. Manca poco, al ritorno della sua coinquilina. È così che conta il tempo, la gatta. Per lei, è scandito dalla mancanza.

Quando Eva esce di casa, al mattino, la vita rimane sospesa.

Ricomincia la sera, quando rientra.

Durante il giorno, i mutamenti della luce sono come i rintocchi di un orologio. È strano, come a volte la vita scorra monotona. Ci sei dentro, senza renderti conto che sei tu a viverla. Poi, in un attimo, cambia ogni cosa.

Eva cammina veloce sotto i portici di via Indipendenza. Taglia per via Monte Grappa per infilarsi in via Ugo Bassi, e poi in via San Felice.

Si ritrova a pensare che gli archi rubino i ricordi. Li trasformano, li stirano: linee rette che diventano volte.

Lo ha pensato per la prima volta quando, da bambina, era venuta in gita a Bologna con la scuola ed era stato amore a prima vista, con la città degli archi.

Non smette di camminare, con la testa bassa, le mani ficcate nelle tasche della felpa nera, il cappuccio calato da cui fuoriescono ciocche ribelli. Oggi, all'allenamento, Franco le ha detto che se lo desidera è pronta per salire sul ring. Forse si è deciso dopo quel piccolo incidente con uno dei veterani. Eva l'ha colpito con un calcio così potente da farlo crollare a terra. Gli altri hanno smesso di allenarsi per guardarla.

Eva punta gli occhi ai suoi anfibi, sono come ormeggi che la tengono con i piedi per terra. Ne ha sempre avuto bisogno, altrimenti fantasticava troppo. Ora ne ha bisogno, per non farsi portare via quando il vento di tempesta è troppo forte.

Si sente come se fosse invecchiata, prima di essere diventata adulta.

Una bambina vecchia, sì. Partorita con un difetto di fabbrica che le impedisce di elaborare le emozioni.

Però, sente che c'è qualcosa di nuovo, in fondo alla mente.

Un pensiero che germoglia. La sensazione di essere davvero pronta a ricominciare.

66

Un pezzo da museo

«Cos'è quella?» dice Marconi.

«La lista dei possessori di un'arma compatibile con quella dei delitti di vicolo delle Dame. Sono a buon punto con le convocazioni in questura per l'ispezione.»

«E come mai il proprietario di quella Beretta 418 ha un pallino a fianco?»

«Il notaio Montanarini è un amico intimo del prefetto. Grifo ha preferito occuparsi della faccenda di persona. Per non creare imbarazzo, pare.»

Marconi scuote la testa. «Stai scherzando.»

«Niente affatto. Grifo ha detto che lo incontrerà a una cena del Rotary nel fine settimana. Da quel che ho capito, quella pistola è un pezzo da museo che sta dentro una vetrina da anni. Pare che Montanarini sia un collezionista di armi antiche.»

«Ma per favore» dice Marconi con un gesto di stizza. «Grifo sarà pure il sostituto procuratore incaricato, ma queste cose mi fanno davvero incazzare.»

«L'hai letto il rapporto dello psicologo forense che è arrivato da Roma?» dice Tommasi per cambiare discorso.

«Certo. Anche se non ho la più pallida idea di come ci potrebbe tornare utile.»

«Frolli è convinto che è determinante per restringere la cerchia dei sospettati.»

«Che, al momento, è l'intera popolazione femminile della città, e qualcosa di più.» Marconi rivolge lo sguardo al diagramma appeso alla parete, che negli ultimi giorni si è arricchito con le istantanee provenienti dalla telecamera di sorveglianza della gioielleria e un identikit sommario tracciato sulla base delle testimonianze raccolte finora. Non serve un fisionomista per ammettere che il viso ritratto potrebbe appartenere a chiunque.

Prende il fascicolo del caso, lo sfoglia. Infine, sfila un dattiloscritto e comincia a leggerne il contenuto.

«Il soggetto in esame è una donna tra i venticinque e i trent'anni. Ha trascorso un'infanzia turbolenta. Probabilmente è stato vittima di attenzioni di carattere sessuale da parte di un uomo vicino al nucleo familiare. Potrebbe trattarsi del padre. In conseguenza al trauma subito, ha sviluppato un odio verso la figura paterna e per gli uomini in generale, che giudica ostili. Si tratta di una persona con gravi carenze emotive e incapacità di relazionarsi con gli altri, sfociate in vera e propria sociopatia. È incapace di provare empatia.»

Tommasi si stringe nelle spalle. «Ti ci riconosci?»

Marconi riesce a ridere. «E piantala.»

«Be', a me non sembrano sciocchezze.»

«Io credo nella vecchia scuola.»

«Però anche tu ti sei fatto un'idea di che tipo di persona sia questa Killer dai tacchi a spillo.»

«La smettiamo di chiamarla così? Mi sembra di glorificarla» dice Marconi, contrariato. «Comunque, sì. Ma non bisognava mica scomodare Roma per arrivarci. Io la chiamerei una cacciatrice, anzi, una vigilante. Si veste in modo appariscente per attirare i malintenzionati. Forse, in cuor suo, spera di non incontrarne. Ma quando qualcuno tenta di aggredirla, lei gli lascia credere di avere il controllo della situazione e poi, quando meno se l'aspetta, lo colpisce a morte. La sua è una *difesa premeditata.*»

«Ora sei tu che sembri glorificarla. Si direbbe quasi che la ammiri.»

«Sto solo cercando di capirla.»

Tommasi alza le braccia in segno di resa. «E tu non montarti la testa solo perché sei diventato una star.»

«Ma di che parli?»

«Del servizio al tg regionale di ieri sera. In un paio di inquadrature ti si riconosce benissimo.»

67

Il sangue e le rose

Viola inumidisce l'indice sulla lingua e lo passa all'interno della bustina vuota, alla ricerca di un po' di polvere bianca. Ma la cocaina è finita da giorni e quell'involucro non si riempirà da solo come per magia. Dovrà decidersi a gettarlo.

Cerca di afferrare con i denti un'unghia. La aiuterebbe a calmarsi, forse. Non trova niente a cui attaccarsi. Si guarda le mani. Le unghie sono rosicchiate, piccoli frammenti in mezzo alla carne viva.

Si alza di scatto e si precipita in bagno. Preleva lo smalto dal cassetto. Abbassa il coperchio del wc e si siede. Comincia a stendere la vernice su quel poco di unghie rimaste. «È l'ultima volta» dice tra sé. «Da oggi le farò ricrescere. Non le mangerò mai più. Promesso.»

Rose bagnate nel sangue.

Le immagini del sogno continuano a tormentarla anche da sveglia.

Le sue mani stringono uno stelo, le spine le si conficcano nella carne, ma non prova dolore.

C'è un uomo senza volto di fronte a lei. Potrebbe essere chiunque. Forse non è nessuno, un fantasma partorito dalla sua paura.

Sa che vuole farle del male.

L'uomo si avvicina, sorride. Al posto della bocca ha un buco nero che potrebbe divorarla. No, non glielo permetterà.

Stringe lo stelo e lo cala sull'uomo, ma non è uno stelo a penetrare il suo petto, bensì un lungo coltello da cucina.

L'ambiente sfuma nel rosso di una chiazza che si allarga.

L'odore dolciastro di rose e sangue satura l'aria.

Viola si inginocchia e solleva di scatto la tavoletta. Rovescia nella tazza una boccata di succhi gastrici. Si sposta al lavandino, apre il rubinetto. Si sciacqua la bocca, si lava il viso con l'acqua fredda.

«Non sopporto che vai attorno al mio armadio.» E ancora: «Basta che non ti avvicini al mio armadio. Non voglio più ripetertelo.» Le parole di Nunzio le rimbombano nella testa.

Il suo armadio.

Corre in camera. Inizia a rovistare tra le t-shirt e tra i pantaloni impilati sui ripiani. Fruga nelle tasche. Tasta ogni angolo dell'armadio alla ricerca di altra cocaina. Ha bisogno di un piccolo aiuto per cancellare dalla mente quelle immagini o impazzirà, ne è certa. Procede come in trance senza preoccuparsi di risistemare i vestiti.

Niente.

Poi alza lo sguardo e lo vede. C'è un borsone nero appoggiato sull'ultimo scaffale. Si alza in punta dei piedi, ma è troppo in alto per riuscire a raggiungerlo.

Prende una sedia. Non basta.

Pensa, Viola. In casa non ci sono scalette, potrebbe chiedere aiuto a un vicino ma preferisce arrangiarsi. Dardeggia un'occhiata al mobile a cassettoni. È più alto della sedia e dovrebbe bastare. È pesante e spostarlo le costa fatica.

Qualche minuto dopo, è riuscita a posizionarlo di fronte all'armadio. Poi, ci sale sopra e afferra un angolo del borsone. Lo tira a sé. È così pesante che le scivola dalle mani e cade sul pavimento con un tonfo.

Viola ha il respiro corto. Con le dita che le tremano, apre la cerniera per svelarne il contenuto. Pacchetti di polvere bianca, saranno almeno una trentina.

Una vertigine la colpisce all'improvviso.

Nunzio, in cosa diavolo ti sei cacciato?

68

Sono fotogenico

«Mi dica, signora Calamai.» Marconi prende una penna dalla scrivania e si mette a giocherellare con il cappuccio.

La signora seduta di fronte a lui si schiarisce la voce. «È cominciato tutto con questa storia del digitale terrestre. Mio figlio mi ha regalato un televisore nuovo, ma l'antenna sul tetto non era orientata bene. Non riuscivo a vedere i canali regionali.»

Marconi inarca un sopracciglio. «Vada avanti.»

«Sul tetto ci ho mandato mio marito, Anselmo. Ho dovuto insistere, sa? Da quando è in pensione, ha ancora meno voglia di prima di darsi da fare in casa, ma non potevo certo chiamare un antennista. Lo sa quanto costa, al giorno d'oggi, chiamare un tecnico?»

«Lo so, signora. La prego, però, venga al punto. Prima ha detto di aver visto una donna allontanarsi da vicolo delle Dame, la notte del duplice omicidio.»

«Ci arrivo, ci arrivo. Io e mio marito abitiamo in via Cartoleria, di fianco al teatro Duse. Deve sapere che, da quando mio figlio lavora all'estero, faccio fatica a prendere sonno, la notte. È bravissimo, mio figlio, sa? Si è laureato in ingegneria e lavora per una compagnia petrolifera che fa trivellazioni in

Medio Oriente. Ma ho sempre paura che gli capiti qualcosa di brutto. Ha sentito al telegiornale, cosa è successo in Afghanistan, vero?»

«Lo sappiamo tutti, signora, cosa è successo in Afghanistan. Vada avanti, per cortesia.»

«Per farla breve, quella notte non riuscivo proprio ad addormentarmi. A un tratto, ho sentito due rumori, come due esplosioni. Si immagini lo spavento. Dopo che sono riuscita a calmarmi, ho pensato che si trattasse dei soliti buoni a nulla che giocavano con i petardi, anche se Capodanno è passato da un pezzo.»

«Due esplosioni, dice?»

«Sì, una dopo l'altra. Ravvicinate. *Bum, bum!* Ne ho parlato con Anselmo e lui, come al solito, mi ha consigliato di lasciar perdere. Ma io ho voluto affacciarmi alla finestra lo stesso. Volevo dirgliene quattro, a quei villani. Si immagini la mia sorpresa quando ho visto sbucare dal vicolo una ragazza con un così bel portamento.»

«L'ha vista in faccia, quella ragazza?»

«Non è che io ci veda tanto bene, senza occhiali. Dopo una certa età la vista comincia a calare. Posso dirle che indossava un impermeabile scuro. Sembrava Ingrid Bergman in Casablanca.»

«Ingrid Bergman» dice Marconi con un sospiro. Lancia un'occhiata all'identikit appeso alla parete.

«Sì, sembrava proprio uscita da un film. Aveva una figura slanciata, era veloce nell'incedere, portamento elegante.»

«Posso chiederle come mai non si è fatta viva prima?»

«È stato mio marito a consigliarmi di non farmi coinvolgere. A dire la verità, si è raccomandato di non parlarne con nessuno. "Chissà cos'hai visto" mi ha detto. Sa, alle persone anziane capita di non essere prese sul serio.»

Marconi rimette il cappuccio alla penna e comincia a rigirarsela tra le dita. «E cosa le ha fatto cambiare idea?»

«Come le dicevo, non c'era verso di vedere i canali regionali.»

Marconi alza gli occhi al cielo. «Ma che c'entra, scusi.»

«L'altro ieri, quando finalmente Anselmo ha messo a posto l'antenna, la prima trasmissione che ho visto è stato lo speciale sulla Killer dai tacchi a spillo. E devo ammettere che lei è piuttosto telegenico, ispettore.»

Marconi è così allibito che non riesce a ribattere.

«Così, mi sono decisa a venire in questura.» La signora assume uno sguardo orgoglioso. «Per fare il mio dovere di cittadina.»

Il telefono sulla scrivania comincia a squillare. «Mi scusi» dice Marconi. Solleva la cornetta. «Marconi, Squadra Mobile.»

Dall'altro capo della linea, una voce femminile. «Ciao, belloccio.»

Marconi serra la mandibola. «Un momento.» Copre la cornetta con la mano. «La ringrazio, signora. Il suo dovere di cittadina l'ha fatto senz'altro. Se le viene in mente qualcos'altro, sono a disposizione.»

«Lei è proprio il bravo ragazzo che sembrava dalla televisione.» La signora Calamai fa un cenno con il capo ed esce dall'ufficio.

Marconi scopre la cornetta. «Ma chi parla?»

«Non mi riconosci? Guarda che potrei arrabbiarmi.»

«Mi perdoni. Qui chiama un sacco di gente.»

«Samantha. E non provarci *mai più* a darmi del lei.»

«Come hai avuto questo numero?» È la prima cosa che a Marconi viene in mente di dire.

«Ho visto lo speciale sulla Killer dai tacchi a spillo. Sai che vieni piuttosto bene, in tv?»

«Me lo hanno detto.»

«Sei proprio un attore nato, ispettore Marconi. Ti sei calato perfettamente nella parte del fidanzato tradito.»

«Non potevo certo...»

«Non ti giustificare. Non lo sopporto.»

«Senti. Non era niente di personale, okay?»

«Non me la sono mica presa. Ma non prendermi più in giro. Posso diventare pericolosa.»

«E va bene. Be', se è tutto...»

«Vacci piano, poliziotto. Ti ho chiamato per darti una mano per la tua indagine. Anche se non te lo meriti.»

«Dimmi.»

«Martedì prossimo c'è una serata interessante.»

«In che senso?»

«Innanzitutto, è molto promossa nell'ambiente underground. E poi, se è vero che la donna che ha ucciso quei due brutti ceffi fuori dallo Zombie è la stessa che poche ore prima è stata con me, io, la sua faccia, ce l'ho ben stampata nella mente.» Una pausa. «Se devo dirla tutta, ho ancora il suo sapore in bocca.» Ride.

«E quindi?»

«Potremmo andare insieme alla serata. Se anche lei sarà presente, te la consegnerò su un piatto d'argento.»

«Non vedo perché un'assassina debba rischiare a farsi vedere in un locale del tutto simile a quello collegato a due omicidi.»

«E perché no? È una temeraria, l'hanno detto anche in tv. Non pensi, piuttosto, che una che uccide degli uomini molesti ne possa trovare tanti, a una serata dove alcol e droga circolano liberamente?»

Marconi si passa una mano tra i capelli. «Non lo so, Samantha.»

«Fammi finire. Quella sera, per lei, sarà *molto facile* mimetizzarsi.»

«Spiegati.»

«*Marilyn superstar is not dead*» dice Samantha. «Serata a tema. Ingresso gratuito per le bionde e per le ragazze che si presentano con una parrucca platinata. Non ti suona nessun campanello?»

69

Eva contro Eva

«Scusami un attimo, Giulia. Devo andare in bagno.»

«Certo, Eva. Non devi neanche chiedere. Vai in quello che ti pare. Ormai sei di casa.» Giulia è vestita di tutto punto, sprofondata sul divano che sembra fluttuare sul pavimento di terracotta. Il televisore rimanda le immagini di *Bella in rosa*, il suo film preferito. Un sottofondo prima di uscire.

Eva si alza e si avvia verso il corridoio. Si ferma dopo aver attraversato la soglia della tavernetta, sentendo la suoneria del telefonino di Giulia.

«Pronto? Ciao Andrea. No, stasera non posso. Sto con Eva. Sì, è ancora depressa.» Giulia abbassa il tono della voce. «Non ha nessuno, a parte me. Mi fa un po' pena. Lo so, ho un cuore d'oro. Recupereremo più avanti.»

Eva si allontana dalla porta e si avvia lungo la scalinata. Sosta un istante davanti al quadro della donna dai lineamenti austeri, come ogni volta.

In realtà, Eva è tutt'altro che depressa. Sembra rifiorita. Grazie ai mesi dedicati al potenziamento del corpo ha raddrizzato la postura. Affronta le giornate con la schiena diritta e la testa alta. Al lavoro risponde per le rime a Roberto e da settimane lui preferisce evitarla. Ha persino ottenuto un premio produzione da Mariangela. Così, si è fatta accompagnare da Giulia in una concessionaria per scegliere la macchina nuova. Ora guida una fiammante Mini decappottabile.

Giulia ha assistito alla trasformazione dell'amica e talvolta si pente di essersi presentata a casa sua, quel giorno lontano, per incoraggiarla a rimettersi in piedi e riprendere in mano la propria vita, di aver insistito perché si iscrivesse in palestra, e di tutte le volte in cui l'ha trascinata fuori casa invece che lasciarla abbrutire tra le quattro pareti del suo monolocale.

Sì, perché Giulia, al contrario, si sente come se la sua vita si fosse arenata. Una vita dorata, forse, ma vuota.

Giulia prende il telecomando e alza il volume. Si accorge che le mani le tremano leggermente. Prende il portapillole e posiziona sulla lingua due capsule. Le inghiotte con la saliva. Si sforza di respirare profondamente.

Poi, ravvia i capelli. Le scendono lisci e sottili, fin sopra le spalle. Come vorrebbe che fossero corposi come quelli di Eva.

A dire la verità, talvolta Giulia è sorpresa da un pensiero che emerge indisciplinato dai recessi della mente.

Vorrei essere Eva.

70

La conversazione

Il portone si apre. Dalla penombra emerge la figura sinuosa di Samantha.

Marconi, dall'interno dell'auto, le apre lo sportello.

Samantha getta il soprabito sul sedile posteriore e si accomoda al posto del passeggero, diffondendo nell'abitacolo la fragranza floreale del suo profumo. Indossa un abito in lurex dorato che la fascia come una seconda pelle, da cui sbucano i ganci che sostengono un paio di calze nere, velate, con riga dietro. Décolleté di vernice nera dal tacco vertiginoso. Sul capo ha calcato una parrucca bionda in stile Marylin Monroe.

«Aspetti da molto?» dice chiudendo la portiera.

«Dieci minuti.»

«Andiamo. Sarò il tuo secondo pilota.»

Marconi avvia l'accensione. Ingrana la marcia, parte.

«Di là» dice Samantha indicando la strada. «Ti piace il tuo lavoro?»

Marconi annuisce.

«Come mi vedresti come poliziotta? Minigonna e distintivo, che dici?»

«Spiacente di deluderti, ma le colleghe non se vanno in giro in minigonna.»

«Cos'hai contro le minigonne?»

«È una questione di comodità, immagino. E di decoro.»

«Che ne sai tu di comodità? E del decoro, poi!» Samantha alza gli occhi al cielo. «Ma che mi aspettavo, poi?»

«Sono solo le regole, Samantha.»

«E tu sei solo uno sciocco, sciocco poliziotto.»

Il semaforo diventa arancione. Marconi ferma la macchina e si volta verso di lei. «Stammi a sentire. È stata una giornataccia, ho staccato da meno di mezz'ora, non ho neanche cenato. Ora vuoi dirmi dove stiamo andando?»

Samantha incrocia le braccia sul petto. «Cercavo solo di fare un po' di conversazione.»

Semaforo verde. Marconi riparte. «Se i miei superiori scoprissero che sto coinvolgendo una civile in un'indagine, finirei sotto inchiesta. Spero solo che tu non mi abbia raccontato delle favole, e che stasera ci sia una concreta possibilità di incontrare...»

«...la Killer dai tacchi a spillo.»

«E piantatela, con questo soprannome del cazzo. Un'assassina è un'assassina. Non è una rockstar o il personaggio di un fottutissimo film.»

Samantha stringe gli occhi. «Non ti facevo così suscettibile. Quasi ti preferivo in versione fidanzato tradito. Comunque, stiamo andando alla Salara.»

«Spero solo di non pentirmi di averti dato retta» dice Marconi.

«Non te ne pentirai. Ho una buona memoria fotografica, io.» Poi si sbraccia, indicando la telecamera sulla strada. «Ma che fai? Gira a destra! Così passi per il varco del Sirio.»

«È un'auto di ordinanza» dice Marconi. «Posso attraversare

il varco tutte le volte che serve. Comunque, puoi risparmiarti di darmi indicazioni, lo so dov'è la Salara.»

«È proprio vero quello che si dice.»

«Cosa "si dice"?»

«Che gli uomini insicuri trattano male le donne da cui sono attratti.»

«Cosa ti fa pensare che io sia attratto da te?»

«Tante cose.»

Marconi sbuffa. «Certo che voi donne credete sempre di sapere tutto. Dite che siete istintive, ma siete solo impulsive. Sparate sentenze come se fossero verità conclamate.»

«Prendi la prima a sinistra.»

«Cosa?»

«La prima a sinistra. Ho detto di voltare.»

«Cazzo.» Marconi sterza e la macchina reagisce con stridore di pneumatici.

Samantha si lascia andare a una risatina. «Quindi era tutto inventato. La tua ragazza non ti ha lasciato per davvero.»

«Sì. Te l'ho detto per ottenere informazioni.»

«So che Maurizio non è il tuo vero nome.» Samantha si sistema l'orlo dell'abito. «E comunque credo che ci fosse qualcosa di vero. Da qualche parte, c'è una ragazza che ti ha fatto soffrire. Era di lei che parlavi, no? Quando hai detto che "noi donne" crediamo di sapere tutto e bla, bla, bla.»

Marconi non ribatte. Rallenta, parcheggia in coda a un serpentone di macchine.

«E comunque, a un poliziotto carino come te le avrei date lo stesso, le informazioni. O, magari… potevi estorcermele.» Lo guarda intensamente. «Con la tortura.»

71

La bisbetica indomita

«Possiamo andare». La voce di Eva dalla soglia.

«Ce ne hai messo di tempo.» Giulia spegne il televisore quasi con stizza.

«Scusa. Lo sai che mi perdo nella tua reggia.»

«Per la cronaca, stasera siamo al cinema e poi a bere qualcosa al Pratello. Okay?»

«Certo. Sono sempre con te. Esci con Andrea?»

«No, con Marcello. Non credo di avertene mai parlato. Ci frequentavamo lo scorso anno, poi ci siamo persi di vista. Si è rifatto vivo e ho deciso di dargli un'altra possibilità.» Fa un sorrisetto. «Mica sono come te, che hai scelto la castità. Dico, te ne stai in casa a guardare vecchi film con la sola compagnia di una gatta bisbetica.»

Eva la gela con uno sguardo. «Miew non è bisbetica.»

«A quanto pare, l'unico modo per ottenere una reazione da parte tua è parlar male della tua gatta. Va be', contenta tu.»

Si avviano in corridoio.

«Lasciatelo dire, oggi sei proprio acida» dice Eva. «Non so se hai dei pensieri, ma non dovresti prendertela con gli altri.»

«Sto benissimo.»

«Sei strana in questo periodo.»

«È solo che... ho chiesto a mio padre un piccolo regalo. Dato che non è un buon momento per me, mi avrebbe aiutato. Ma lui non ne vuole sapere. Questa volta, non so proprio come convincerlo.»

«Sei tu che mi hai parlato delle prove d'amore... le prove di forza, insomma. Mi hai detto che alla fine riesci sempre a ottenere quello che vuoi.»

«Mah. Ultimamente, papà è piuttosto nervoso. La vedo dura.» Giulia si ferma di colpo. «Allora mi ascolti davvero quando parlo!» Le stampa un bacio sulla guancia, lasciandole la traccia del rossetto.

Eva si irrigidisce.

Sono arrivate nell'atrio, quando Giulia si schiarisce la voce. «C'è una cosa che voglio dirti e spero che tu non la prenda male. Il regalo che ho chiesto a mio padre è una Mini decappottabile identica alla tua.» Abbassa lo sguardo. «Lo so. Suona strano, considerando che l'hai comprata da poco. Ma in realtà è da un pezzo che mi piace. Quando ti ho accompagnata a sceglierla, ho capito che sarebbe stata perfetta anche per me.»

Lo squillo del cellulare di Eva. Risponde. Alza un dito e si allontana di qualche passo. Giulia la osserva parlare. L'espressione è quella di chi si sforza di mantenere la calma, ma Eva sembra turbata.

Immagina che al cellulare sia un uomo. Forse Eva ha trovato un fidanzato e non si è nemmeno disturbata di informarla. Il solo pensiero le provoca una fitta al petto.

72

Propositi di evasione

Viola infila il piede destro nella calza e srotola il tessuto fino alla coscia, poi ripete l'operazione con la gamba sinistra. Si posiziona davanti allo specchio. Allaccia il corpetto. Stringe i laccetti trattenendo il respiro. Aggancia gli elastici al reggicalze e fa scivolare i piedi nelle scarpe col tacco. Si osserva. Manca qualcosa.

La sicurezza in me stessa.

Ci prova, a rivolgere alla sua immagine un'espressione determinata. Ma ciò che le esce è una smorfia insulsa. Quella di chi ha bisogno di chiedere il permesso anche solo per respirare.

Raggiunge il mobile all'ingresso e apre il secondo cassetto. Allunga la mano fino all'angolo sinistro in fondo, ma le sue dita non trovano il contatto con il manico del coltello a serramanico. Allora inizia a frugare tra le penne, cacciaviti e la flotta di oggetti che trovano un utilizzo, quando va bene, una volta all'anno. Ma del coltello nessuna traccia. Il cuore perde un balzo.

Viola estrae il cassetto e ne rovescia il contenuto sul pavimento. Il serramanico non ricompare.

Getta tutto dentro alla rinfusa e rimette a posto il cassetto.

Ultimamente, ripensa sempre più spesso al borsone che ha

trovato nell'armadio di Nunzio. Ha persino contemplato l'idea di prendere uno dei pacchetti di coca.

Poi, ogni volta, il panico ha il sopravvento. Se dovesse di nuovo incontrare l'ispettore Marconi, riuscirebbe a far finta di niente?

No, non lo incontrerà mai più. Di questo, almeno, è sicura.

Come è sicura del motivo per cui Nunzio ha smesso di lavorare da zio Carmine. Ora sa come si guadagna da vivere e perché esce tutte le sere.

Viola si copre il viso con le mani.

Nunzio è uno spacciatore, dunque? Ma come può essersi procurato una quantità simile di droga? Dev'essersi invischiato con la camorra e quella è gente che non scherza.

Quante volte Viola ha pensato di affrontare l'argomento per poi scacciare l'idea? Nunzio non tollera che lei ficchi il naso nei suoi affari, o nelle sue scelte.

Quando lei gli ha detto che Fabrizio era una cattiva compagnia, Nunzio è sbottato così forte che si è spaventata a morte. Quantomeno, in quell'occasione non le ha messo le mani addosso. Ma Viola ha sentito che avrebbe potuto farlo.

Dovrei andarmene via. Scappare. Ma dove?

Viola non ha amici a Bologna. A Caserta non ha più nessuno che la aspetta. Scegliendo di stare con Nunzio contro il parere di tutti, ha dovuto tagliare i ponti persino con la sua famiglia. E poi, tornare a casa riaprirebbe la ferita della perdita di suo padre.

Che fare, dunque? Non bastava essere perseguitata dalle visioni? Ormai sono così vivide che, talvolta, rischia di confondere la realtà con l'immaginazione.

Se per mettere a tacere la voce che la tormenta non può

usare la droga, deve tornare alla vecchia maniera. Quella che conosce meglio.

Dolore fisico per compensare il dolore dell'anima. Sangue versato, per placare le immagini di sangue.

Entra in cucina. Dal cassetto preleva un coltello, il più affilato, il più maneggevole.

La lama riflette distorta la sua immagine. Ora, lo sguardo di Viola è diverso. Finalmente, determinato.

Accende un fornello e passa la lama sulla fiamma con cura per disinfettarla. È pronta a compiere il suo rito.

73

Marilyn superstar (is not dead)

Alla parete, un poster con la scritta *Marilyn superstar is not dead* e le figure ritagliate di eccentrici ed eccentriche aspiranti sosia della Monroe. Alla cassa, una ragazza con la parrucca bionda e un paio di occhialoni dalla montatura fucsia squadra Marconi da capo a piedi. «Avete la tessera?»

Samantha estrae una carta plastificata dalla borsetta e gliela mostra.

«Che cazzo. Non ce l'ho la tessera» dice Marconi.

«Se non hai la tessera, ti devi associare al circolo» dice la cassiera. «Puoi andare nella saletta, là in fondo, di fianco al totem con gli opuscoli.»

«Ma non verrò mai più in vita mia in questo posto.»

«Senti, bello. O fai la tessera o non posso farti entrare.»

Samantha soffoca una risata e mormora qualcosa all'orecchio della cassiera.

«E va bene, Sam» dice quest'ultima. «Ma, fossi in te, non frequenterei certa gente. Toglimelo dalla vista, che il piacere me lo fai tu.»

«Cosa le hai detto?» dice Marconi.

Samantha non risponde. Lo prende a braccetto e insieme scendono una scalinata. Si imbattono in una Marilyn, che assomiglia piuttosto a una giovane Mara Venier. Si infilano in una porta laterale e attraverso un corridoio sbucano in una sala affollata, dal soffitto ad arcate sostenuto da colonne in pietra. Sul muro campeggia un enorme quadro che raffigura una donna distesa su un giaciglio d'erba, con intorno dei fauni danzanti.

Un suono martellante proviene da enormi casse appese a cavi d'acciaio.

«Mi prendi qualcosa da bere?» Samantha indica la coda alla cassa del bar.

Pur se riluttante, Marconi si mette in fila. Si accorge che poco più avanti c'è un energumeno dai capelli rasati, con diversi allargamenti alle orecchie e tatuaggi sul braccio. Lo riconosce al volo, è l'orco dello Zombie. Evita di incrociare il suo sguardo mentre il tizio si allontana dalla cassa con lo scontrino. Quando arriva il suo turno, Marconi ordina due gin lemon.

La barista, al bancone, lo serve con il pilota automatico.

Marconi si guarda intorno alla ricerca di Samantha. Sta chiacchierando fitto con una ragazza. Lui si avvicina, mentre gli sciamano intorno tizi e tizie con la parrucca platinata.

«Il tuo cocktail.»

«Lei è Nikki, una PR del locale» dice Samantha. «Questa festa è stata un'idea sua.»

Marconi non fa in tempo a presentarsi che Nikki gli ha già stretto la mano e ripreso contatto visivo con Samantha. Le due fanno un brindisi.

Samantha comincia a bere dalla cannuccia.

«Ne hai ancora per molto?» dice Marconi.

«Scusa. Il tempo di salutarla e sono tutta tua.» Samantha

accarezza la nuca di Nikki e le stampa un bacio sulle labbra. «Eccomi qua.»

«Non dovremmo dare un'occhiata in giro?»

Samantha fa spallucce.

Marconi fende la folla fino ad arrivare al bordo della pista. In console c'è una ragazza con indosso un paio di pantaloncini fluo, reggiseno di vinile e parrucca ossigenata. Sugli auricolari delle cuffie è disegnato un teschio.

«Mi sento molto "testimone in pericolo"» dice Samantha.

«Come, scusa?» dice Marconi cercando di superare la musica con la voce.

«Che mi sento...» si interrompe di colpo. «Cazzo! È lei!»

«Dove?»

Samantha indica un punto indefinito dall'altro lato della pista. Poi, afferra Marconi per un polso e lo guida attraverso la calca in movimento.

«Non capisco. Era proprio qui, un attimo fa.»

«Com'è vestita?»

«Non ci ho fatto caso.»

«Sul serio?» Marconi continua a pensare che sta perdendo tempo. La tentazione di piantarla lì e andare a casa per riposare almeno qualche ora è forte. Ma decide di dare una possibilità alla sua testimone improvvisata.

«Andiamo.» Samantha lo trascina avanti e indietro per il locale, facendosi strada tra le Marilyn e i Marilyn che sembrano volerli inghiottire.

«Niente da fare» dice poi. «Non la trovo più.»

«C'è troppo casino. Ma almeno sappiamo che è qui, giusto?»

«Certo! Spero solo che non mi abbia vista. Mi è sembrato che mi guardasse.»

«Magari ti avesse vista» dice Marconi. «Avrebbe potuto tornare sul discorso della scorsa settimana. Speriamo piuttosto che non abbia visto me, considerando che mi hanno sbattuto in tv.»

Samantha si immobilizza. «Ho paura.»

«Non hai niente da temere, no? Uccide gli uomini.» Lo dice senza pensare, ma poi soppesa quelle parole. Per quel che ne sa, ha a che fare con una giustiziera di uomini violenti. Quanto dolore e quanta solitudine deve aver provato, quanta sfiducia nelle autorità e nel genere umano possono averla spinta ad arrivare a diventarlo?

«Devo fare la pipì. Mi accompagneresti alla toilette?» Samantha non attende la risposta e si avvia verso la porta di vetro che conduce a un cortile.

Fuori, ci sono quattro bagni chimici. Samantha si accoda dietro a una Marilyn con la barba incolta.

Marconi resta al centro del cortile. «Scusa» si sente dire da una ragazza dagli occhi cerchiati di nero e una sigaretta tra le labbra. «Mi fai accendere?»

«Non ho l'accendino.» Richiama l'attenzione di un ragazzo che sta fumando. «Mi presti il tuo accendino?»

La tipa si lascia accendere la sigaretta. «Che bell'accento hai. Non sei di qui, vero?»

Marconi si infila in tasca l'accendino senza pensarci. «Sono nato a Bologna, ma ho lavorato per dieci anni a Genova. Devo avere una parlata terribile.»

«Al contrario.» La ragazza fa un gran sorriso. «Che facevi a Genova?»

Marconi esita prima di rispondere. «Lavoravo… in uno studio legale.»

«E come mai sei tornato?»
«Storia lunga.»
«Io ho tutta la sera, e tu?»
«Be', non proprio.» Marconi si guarda intorno.
«Il mio accendino?» Il ragazzo che fumava gli tende la mano.
«Giusto. L'ho messo in tasca senza pensarci.» Lo consegna al proprietario. «Come ti chiami?» dice poi alla ragazza.
«Cassandra.»
«È il tuo vero nome?»
«Sì, ma l'ho scelto io. Non qualcun altro.» Aspira una boccata di fumo. «E tu, come ti chiami? Aspetta, però. Non il nome che ti hanno imposto.»
Marconi ci riflette su per qualche istante. «Renegade.»
Cassandra scoppia a ridere. «Ma per favore. Quella serie tv la guarda mio fratellino di otto anni!»
«Ho improvvisato.»
«Il nome che ti scegli dovrebbe riflettere la tua interiorità.»
«Cosa devo dirti, sarò un tipo superficiale. E poi, guardami bene, non assomiglio in modo incredibile a Lorenzo Lamas?»
«Per fortuna, no!»
«Toc toc.»
Marconi si sente picchiettare la spalla. «Samantha. Eccoti qua.»
«Stronzo.»
«In che senso?»
«Letterale. Devo sempre cavarti le parole di bocca o faresti scena muta. Mi allontano un attimo e fai il cascamorto con la prima che passa.»
«Non stava "passando". Cassandra era ferma proprio qui. Mi ha solo chiesto di accendere.»

Samantha gli lancia un'occhiataccia e si avvia verso la sala principale.

«Aspetta!»

Ma lei è già sprofondata nella ressa del locale.

74

Anarchy in Bologna

Fabietto, zaino calcato nella schiena e cappellino da baseball con la visiera al contrario, è seduto sulla scalinata della Montagnola, insieme a Omar e Isabella. Quello è il loro luogo di raduno sin dai tempi delle scuole medie. Una decina di gradini larghi e bassi, gelidi d'inverno e bollenti d'estate, ma familiari e in posizione strategica. Piazza VIII Agosto di fronte e la statua del Popolano alle loro spalle. Zona di vita, di mercato, di via vai di turisti e residenti. La sua zona di spaccio, da qualche settimana a questa parte.

È notte. Via Irnerio è quasi deserta eccetto qualche macchina, di tanto in tanto.

Fabietto tamburella con le dita sullo skateboard. Ci ha attaccato un adesivo nuovo, stasera, prima di uscire di casa. *Anarchy*, c'è scritto.

Si accende una sigaretta e volge lo sguardo a Isabella. Ma lei è troppo presa nell'ascoltare Omar per farci caso. Omar gesticola mentre parla di un film horror che ha appena visto in dvd, *Freddy vs Jason*. Da almeno un quarto d'ora si è lanciato in un'elencazione dei punti di forza dell'uno o dell'altro.

Fabietto ha smesso di ascoltarlo dal momento in cui «... Freddy uccide all'interno dei sogni, basta non dormire mai per sconfiggerlo.» Come se fosse semplice. Se lui non dorme almeno otto ore, poi diventa uno zombi.

Isabella controlla l'orologio da polso. «Cazzo! Sono le tre passate. Dovevo essere a casa all'una! È la volta buona che mia madre mi ammazza.»

«Ti accompagno io in motorino» dice Omar.

I due lanciano un'occhiata a Fabietto all'unisono. Come a chiedere il permesso. La situazione si è fatta strana da quando Isabella, con cui è stato insieme per quasi un anno, si è messa con Omar, il suo migliore amico.

«Io mi fumo l'ultima» taglia corto Fabietto. «Ci vediamo domani.»

Li osserva mentre si allontanano. Si tengono leggermente a distanza, ma lui sa bene che non appena gireranno l'angolo si prenderanno per mano, e poi in motorino lei lo stringerà forte, in vita. Proprio come faceva con lui, un tempo.

Forse per questo, da quando tra loro due è finita, Fabietto gira soltanto in skate. Il motorino gli ricorda troppo i baci rubati davanti a casa di Isabella.

Schiaccia il mozzicone sul marmo del gradino su cui è seduto.

«E così sono riuscito finalmente a beccarti da solo.»

Fabietto si volta di scatto. «Nunzio.»

Non esita. Getta a terra lo skate e fa per montarci sopra, ma Nunzio gli è già addosso. Lo skate scivola giù per i gradini, fino alla strada. Un'auto di passaggio lo investe e lo spezza in due. Neanche rallenta.

Nunzio prende Fabietto per il collo e lo strascina su, verso il monumento, lontano dalla strada. «Sono giorni che cerco di parlarti» ringhia. «E dire che sarei stato più gentile. Ma visto che mi hai fatto perdere un sacco di tempo per tenerti d'occhio, ora lo sarò molto meno.» Lo colpisce con uno schiaffo che lo proietta a terra.

Fabietto rotola di lato. Si rialza con un colpo di reni e si mette a correre.

«Ma che cazzo» Nunzio lo segue in scia. «E fermati, stronzo!»

Sente il cuore che gli martella, Fabietto, ma non rallenta. Avverte i passi pesanti di Nunzio, dietro di lui, che guadagnano terreno. Quando viaggia in skate si sente intoccabile, come se surfasse sulla schiuma dei problemi del mondo, come se niente potesse toccarlo. Senza skate è soltanto un ragazzino troppo magro che ha fatto il furbo con la persona sbagliata.

Corre e spera che prima o poi incrocerà un altro passante, che troverà un bar aperto, ma è come fosse finito dentro un dannato film dell'orrore, in cui la città si è svuotata di colpo, proprio mentre il mostro ti sta inseguendo.

Nei pressi di Piazza dei Martiri, attraversa la rotonda e si mette a correre verso via Don Minzoni.

È solo un attimo. Si volta indietro per controllare la posizione del suo inseguitore.

Inciampa su un cordolo. La caviglia si piega. Fabietto rotola in avanti e finisce con la schiena contro un'aiuola.

Nunzio lo raggiunge.

«Senti, Nunzio» ansima Fabietto. «Scusami, scusami! Non credevo...»

«Cosa, non credevi?» ringhia Nunzio. «Non credevi che mi incazzavo come una bestia, non appena mi accorgevo che stavi facendo la cresta? Tu non hai la più pallida idea di con chi hai a che fare, piezz e merd!» Estrae dalla tasca un coltello a serramanico.

«Non farlo. Non devi farlo.»

Nunzio lo stringe per il collo. Con l'altra mano fa guizzare fuori la lama.

«È meglio che stai zitto, piccolo bastardo. Voi ragazzini non riuscite a ragionare. Avete troppa merda nel cervello.»

Fabietto sgrana gli occhi. I mostri non ti assalgono solo nei sogni, pensa.

75

Vertigini

Marconi cerca Samantha in mezzo a una moltitudine di Marilyn, senza riuscirci. Il tempo sembra essersi dilatato. La musica è assordante. La luce artificiale pulsa al ritmo delle strobo.

Ma che ci faccio, qui?, si dice. Rimane solo una cosa sensata da fare, ora: tornarsene a casa e mettersi a dormire. Domani, ricomincerà a indagare alla vecchia maniera, lasciando perdere le farneticazioni di una tizia convinta di essersi appartata con la killer in persona.

A ripensarci, la sola idea gli sembra ridicola. Probabilmente, Samantha è solo un'egocentrica in cerca di attenzioni. E lui ha *voluto* crederle. Un po' per ingenuità e un po' per disperazione. La verità? Aveva bisogno di una traccia da seguire per togliere l'indagine dal pantano in cui si era arenata. A tutti i costi.

«Scusami per prima. Ho esagerato.»

Marconi si volta.

Samantha ha due bicchieri colmi tra le mani. «Non avevo nessun diritto di farti una scenata. Chissà cosa avrai pensato di me.» Gli consegna un bicchiere.

Marconi beve un lungo sorso. Ha la gola secca e hanno iniziato a piangergli gli occhi per via di tutto quel fumo. Sarebbe ora che lo vietassero nei locali, pensa.

Un sorso e un altro ancora.

«Non c'è problema. Grazie per il cocktail, ma penso che possiamo chiuderla qui.»

«E perché? La notte è appena nata. E poi, lei potrebbe essere ancora da queste parti.»

«Sempre che tu l'abbia vista davvero.»

«Non penserai che mi sono inventata tutto?» Samantha indietreggia fino al bancone e si siede. Picchietta con la mano sullo sgabello accanto al suo guardando intensamente Marconi.

«E va bene. Finisco il cocktail e me ne vado.»

Samantha continua a fissarlo, in silenzio. Sembra in attesa di qualcosa.

Marconi ha un giramento di testa, breve ma intenso. È costretto ad appoggiarsi al bancone per non perdere l'equilibrio. Si siede. Quel cocktail è più pesante di quanto avesse immaginato. Appoggia il bicchiere, anche se ormai è praticamente vuoto.

Samantha si avvicina fino a sfiorargli l'orecchio con le labbra. «*Lei* è qui.»

Marconi tenta di mettere a fuoco. Ma… è strano. L'ambiente gli gira intorno. Si sente come su una zattera in mezzo alle onde dell'oceano.

«D-dove?»

Ma Samantha non è più lì.

«E che cazzo» Marconi prova ad alzarsi. Una vertigine lo fa quasi cadere.

Devo andarmene da qui.

La nausea gli monta in gola. Marconi avanza malfermo e si ritrova in mezzo alla pista da ballo. I volti delle persone sono sfumati, come macchie di Rorschach in movimento.

Ogni passo gli costa fatica. Gli sembra di soffocare. Deve

andarsene. All'aria aperta potrà ricominciare a respirare. Ma non ricorda nemmeno da che parte è l'uscita.

Si guarda intorno. Quello che vede è una percezione irreale. Il pulsare ipnotico della musica lo disorienta. Accanto a lui, un ragazzo a torso nudo si sta facendo frustare da una drag queen.

Le gambe lo sostengono a malapena, ma va avanti, Marconi. Il vortice di corpi lo trascina, lo sospinge, lo urta. Arranca fino al lato della pista. Si sente annegare. Cade a terra.

Qualcuno lo aiuta a rialzarsi. Lui barcolla.

Si ritrova al punto di partenza, alla postazione del bancone senza capire come ci è arrivato. Oppure non si è mai mosso di lì?

Una ragazza nuda dal corpo dipinto e piume di pavone a coprirle l'inguine si avvicina a lui e senza dire una parola segna con l'indice verso un punto indefinito della sala. Il suo viso non è umano.

Marconi si gira nella direzione che gli ha indicato. I flash delle strobo gli schiaffeggiano i sensi. Vede un ammasso di figure che vorticano e di volti tracciati nell'ombra.

La ragazza gli dà le spalle, mostrando una lunga coda ricoperta di squame.

Lui arranca fino a una colonna. Respira affannosamente. Sudore freddo gli imperla la fronte.

«Stai bene?» Una voce bassa, gentile.

Una ragazza bionda, vestita di nero si erge di fronte a lui. I lineamenti sono indistinti, ma ne percepisce il profumo. Ambrato.

«N-non lo so.»

È dolce e allo stesso tempo speziato. «Ti aiuto a uscire di qui.» Lo prende per mano e comincia a guidarlo nella sala.

Marconi la segue, arrendevole. Lei procede con il suo incedere regale, fendendo la folla che sembra aprirsi al suo passaggio.

Camminare sulla scia del suo profumo è come andare verso la guarigione, dopo un lungo periodo di malattia. Marconi ritrova il dipinto con la donna circondata dai fauni. Sembrano voler uscire dalla tela per afferrarlo. Significa che è quasi all'uscita.

Nella confusione della sua mente, pensa che non si sente pronto a lasciare andare quelle dita esili che tengono salda la sua mano. Si sente come un bambino che ha appena trovato conforto nel buio, mentre i mostri che vivono sotto il letto sono usciti allo scoperto.

«Sei reale?» dice.

Lei gli sorride. «Solo se decidi che io lo sia.»

Marconi si rende conto di essere fuori. Inghiotte una boccata d'ossigeno e guarda in alto, cercando la luna nel cielo nero.

Non la trova. O forse la luna è lassù a sorvegliarlo, ma lui è incapace di distinguerla.

Si accorge che le dita sono libere dalla presa. Il profumo della misteriosa ragazza si è dissolto. Il calore che gli scaldava la mano si è spento.

Marconi si volta, muovendosi a rilento. C'è qualcun altro, accanto a lui.

«Samantha?»

«Vieni con me» è l'ultima frase che sente.

76

Tacchi a spillo

Il corpo di Fabietto sguscia dalla presa di Nunzio, fino a distendersi sull'erba in una posizione scomposta. Gli occhi sono sgranati, come increduli. Emette un gemito, sembra quasi che voglia dire qualcosa. Poi, lo sguardo si spegne. Continuando a guardare avanti, ma senza più vedere niente.

«Cazzo, no.» Nunzio lo scuote, come se potesse riavviare un meccanismo che ormai si è rotto nel corpo del ragazzo.

Compie un passo indietro, fissando la lama insanguinata che stringe nel pugno.

«No, cazzo. Io… non volevo.»

Forse non lo sa nemmeno Nunzio, cosa voleva davvero. Se voleva spaventarlo, si può dire che sia riuscito nel suo intento. Lo ha spaventato. A morte.

Nunzio mormora qualcosa che si perde nella notte. Sfrega la lama del coltello sulla t-shirt di Fabietto per pulirla. Con la coda dell'occhio, ha l'impressione di percepire una figura immobile, sotto il portico.

Si volta di scatto brandendo il coltello.

A pochi metri da lui, c'è una ragazza bionda con un soprabito nero.

«Merda» grugnisce Nunzio.

Stringe gli occhi, come per mettere a fuoco, ma non riesce a distinguerne il volto. È coperto dall'ombra di un'arcata.
«Che cazzo ci fai, lì?» grida.
La ragazza rimane immobile.
«Brutta troia! Fatti vedere, se hai il coraggio.»
Scatta in avanti. Comincia a correre verso di lei.
La ragazza si sfila le scarpe e si mette a correre a sua volta.
In lontananza, si scorge la sagoma della Salara. C'è gente accalcata nel piazzale.
Non può rischiare di essere visto, Nunzio. E non può rischiare di lasciare testimoni. Accelera il passo.
La ragazza è veloce, ma lui riesce a guadagnare terreno.
Le è quasi addosso. La prende per un braccio. La strattona. Lei si bilancia per non perdere l'equilibrio. Una scarpa le scivola di mano. Il rumore del tacco a spillo che impatta sul marmo della pavimentazione.
«Ti ho preso, stronza!» Nunzio la afferra per il bavero del soprabito, le sbatte la schiena contro la colonna.
La ragazza non oppone resistenza. Si limita ad alzare il mento, puntando gli occhi su di lui come in segno di sfida.
«Ma guarda che bel faccino che hai. Mi spiace dovertelo rovinare, ma dovevi farti i cazzi tuoi.»
Lei ha la pelle chiara come una bambola di porcellana.
Nunzio le sfiora una guancia con la lama. «Lo sai cosa gli faccio io, a quelle come te?»
La Bambola non risponde. Abbozza un sorriso.
«Che cazzo hai da ridere?»
È l'ultima cosa che dice, Nunzio.
Con la visione periferica, coglie appena il movimento della mano destra della Bambola.

Il tacco a spillo si conficca nel collo di Nunzio.

Lui emette un rantolo soffocato.

Il coltello cade a terra con un tintinnio.

Nunzio indietreggia barcollando, tentando goffamente di raggiungere con la mano la scarpa sprofondata nel collo.

La Bambola fa un passo in avanti senza smettere di fissarlo. Afferra la sua scarpa. La estrae con uno scatto.

Il sangue sgorga potente, esplosivo, in un fiotto rosso fulmineo e brutale che la investe in viso, mescolando il suo colore con quello del rossetto.

77

Voci di corridoio

«Complimenti per la proposta per Gioielli d'Autore. È esattamente quello che intendevo per pubblicità in movimento. Ma mi stai ascoltando, Eva?» Mariangela le sventola la mano davanti al viso.

«Sì, scusa.» Dopo una breve esitazione, Eva si schiarisce la voce. «Ho pensato che in fondo quei gioielli sono un po' come opere d'arte da portare sempre con sé. Dall'aperitivo informale alla serata galante. Persino per un colloquio di lavoro.»

«Il cliente ci tiene all'unicità dei suoi pezzi. Si è accorto di come hai saputo valorizzarli, mettendoli al centro della comunicazione. Brava.»

«Grazie, Mariangela. Anche per la fiducia che mi stai dando. Comunque, è bastato ascoltare le specifiche e l'idea si è praticamente materializzata da sola.»

«È questo che mi piace di te. La tua modestia. Ma è grazie al tuo talento che ci siamo aggiudicate un nuovo cliente.» Mariangela fa un sospiro. «Be', che ne dici di pranzare con me? Vorrei discutere una proposta per la comunicazione integrata del franchising Carpe Diem.»

«Con piacere.» Eva si avvia verso l'uscita.

«Dimenticavo» aggiunge Mariangela. «Puoi dire a Bruno che ho bisogno di lui?»

Bruno è un neolaureato pieno di entusiasmo. È stato assunto poco dopo che Roberto ha dato le dimissioni.

Eva immagina che sia andata più o meno così: Roberto ha presentato le dimissioni a Mariangela allo scopo di farle pressione e, inaspettatamente, lei le ha accettate.

A proposito di Roberto: stando alle voci di corridoio, Mariangela ha troncato ogni legame sentimentale con lui. Del resto, lei non ha mai nascosto la sua fascinazione per gli uomini di successo e, ultimamente, il suo pupillo sembrava solo in grado di fare scenate e di sfornare idee mediocri. Mariangela ha sempre sostenuto che, se deve sorbirsi le lamentele di qualcuno, ha già suo marito a casa.

Eva entra nell'open space dove sono schierate le scrivanie dei dipendenti dell'agenzia. È un'impressione o tutti la stanno guardando?

78

Venere privata

Marconi apre gli occhi. La coscienza di essere sveglio emerge al rallentatore. La testa pulsa. Sente le labbra bruciare e un gusto acido in fondo alla gola.

Tossisce. «Dove sono?» dice a fatica.

Nessuno gli risponde.

Si rende conto di essere seduto su una poltrona. Una luce soffusa tinge lo spazio di rosso. Stringe gli occhi per cercare di mettere a fuoco l'immagine di fronte a sé. C'è un letto dalle lenzuola scure. A lato c'è un armadio con le ante a specchio, che riflette distorte le immagini. Su un comodino c'è una lampada coperta da un drappo scarlatto. La finestra ha le persiane abbassate.

Un ricordo gli falcia la mente. Un corridoio buio, lui che arranca su per una scalinata che sembra non avere mai fine, le gambe di cemento. Una voce femminile.

Un capogiro. Per un attimo, si sente precipitare in avanti. D'istinto, tenta di protendere le braccia, ma quelle rimangono bloccate, come se fossero saldate alla poltrona. Si accorge che i polsi sono legati ai braccioli con del nastro adesivo. Tenta di scalciare. Anche le caviglie sono immobilizzate.

Ricorda, si dice.

La memoria è un puzzle scomposto. Sente una cantilena. Proviene da una porta socchiusa. Marconi si irrigidisce. La porta si apre, inondando la stanza di un bagliore giallastro. Una sagoma longilinea si staglia in controluce.

Marconi stringe gli occhi. La porta si chiude. Samantha è in piedi sulla soglia. Indossa la sua parrucca bionda. La pelle è coperta da una patina bianca come quella di una statua. È una venere dagli occhi sbarrati, cerchiati di nero, e piccoli denti che scintillano tra le labbra rosse.

Samantha lo osserva, immobile. Un'ingannevole creatura che finge di essere inerte, per osservarti indisturbata e animarsi al momento opportuno.

Ecco, la statua si è animata. Sta avanzando verso di lui. Inclina la testa e sorride. Indossa una sottoveste che ne rivela le forme sinuose in trasparenza. Scarpe con tacchi a spillo. La luce tenue rivela le gambe tornite che avanzando fanno danzare il tessuto. Una lama brilla da un pugno serrato.

«Sei stato cattivo» dice.

Ombre affusolate sfrecciano sulla parete. Marconi si dimena sulla poltrona, incapace di liberarsi. Samantha frusta l'aria con il coltello. Ride, ma sembra piangere.

Si immobilizza di fronte a lui. «Mi trovi bella?»

Marconi pensa che è una visione grottesca. La materializzazione di un incubo. «Sì, sei bella.»

«Bugiardo. Lo so cosa pensi.» Si china. Appoggia le mani alla poltrona. Protende il viso in avanti. Gli lecca le labbra.

Marconi si ritrae di scatto. «Cosa vuoi farmi?»

«Ti piaccio?»

«Sì, mi piaci. Ora lasciami andare o giuro che mi metto a gridare.»

Samantha si stringe nelle spalle. «Puoi farlo. Non ti sentirà nessuno.»

«Cosa hai fatto, Samantha...?»

«Ti ho drogato. Sciocco poliziotto.»

«Cosa vuoi da me?»

«Voglio fartela pagare.»

Un ricordo improvviso schiaffeggia Marconi. Il corpo di Antonio Cagnotto, i pantaloni calati, inginocchiato nel cesso di una stazione di servizio. La testa ficcata nel wc. Schizzi di sangue sulle pareti. A terra, occhi di vetro a fissare il vuoto.

Gli occhi diventano quelli di sua madre. Opachi.

Un flash lo riporta indietro nel tempo. Rivede sua madre, il vestito a fiori. «Attento a ciò che desideri» gli dice. «Potrebbe avverarsi.» Lui aveva sei anni e stava scrivendo la lettera di Natale.

Il volto della madre muta nel disegno dell'identikit della killer. *Ho desiderato così tanto di incontrarla da diventare una delle sue vittime.*

«Cosa ti ho fatto?»

«Hai sbagliato tutto» dice Samantha. «E ora ti punirò.»

Marconi comincia a strattonare il nastro adesivo con i polsi e le caviglie. Ma non ottiene che un piccolo balzo della poltrona in avanti.

«Hai paura?» La voce di Samantha gli giunge ovattata.

«Tu che ne dici?» Marconi serra la mandibola.

«Mi piace quando fai il duro. Sarà molto più divertente.»

Sì. La venere dagli occhi cerchiati di nero si è animata ed è venuta a prenderlo. Gli carezza la guancia con la lama, attenta a non tagliarlo, sfregandola sulla barba incolta.

«Sei molto sicuro di te» dice Samantha. «Ma ora sono io al comando.»

«Comandi tu. Va bene?»

«No. Non basta.»

Samantha alza una gamba e ficca il tacco della scarpa sulla coscia di Marconi. Lo schiaccia con forza. Il tessuto dei jeans si contrae. Marconi ha l'impressione che lei possa sprofondare nella sua carne. Fa una smorfia di dolore.

«Fa male?»

«Piantala. Finirai nei guai.»

«Non sei nella posizione di dirmi cosa fare. Letteralmente» dice Samantha. Preme più forte con il tacco. «Adoro i tacchi alti. Mi elevano dalla feccia.»

«Si può sapere che cazzo vuoi da me?»

«Diventare il tuo desiderio.»

A Marconi sfugge una risata nervosa. «Lo sei già. Ti desidero da quando ti ho incontrata la prima volta. E adesso togliti quella parrucca. Io voglio te. Voglio la vera Samantha.»

«Questa è la vera Samantha.» Solleva il coltello.

79

Se vuoi puoi

«Scansioni, scansioni. Che palle. È come stare alla catena di montaggio» Giulia sbuffa. «Ancora un po' e lo scanner me lo sogno anche di notte.»

«Sorridi. Oggi non puoi permetterti di essere di malumore» dice Eva, inserendo la chiavetta nella macchinetta del caffè.

«Ogni giorno è buono per essere di malumore.»

«Hai ragione anche tu… Sbaglio o in pausa pranzo incontri tuo padre?»

Giulia si lascia andare a un sorriso. Oggi si è truccata con più cura del solito. Indossa una giacca elegante su un abito grigioperla. Sfoggia un nuovo colore di capelli. Si è fatta schiarire il suo naturale biondo cenere con dei colpi di sole. Ora la sua tonalità è pressoché identica a quella di Eva. «Non sbagli. Papà mi porta in un posto di classe.»

Eva fa per schiacciare il pulsante di selezione. «Moccaccino molto zuccherato, vero?»

«Come fai a ricordartelo?» risponde Giulia. «Oggi sono così stordita che non lo so più nemmeno io, come mi piace il caffè.»

«Lo sai che mi ricordo tutto. Allora? Questo posto di classe?»

«Tanto per cominciare, ho seguito i tuoi suggerimenti. Gli

ho chiesto di incontrarci in un ambiente discreto e lontano dal suo ambiente lavorativo, in modo che non abbia distrazioni. Ci incontriamo all'una al Club delle Rose.»

«Quindi hai fatto in modo di metterlo nel giusto stato d'animo. Ti dirà di sì, vedrai.»

«Speriamo. Mi sembra di essere in una specie di limbo, in questo periodo. A cominciare dai miei rapporti sentimentali, che non fanno mai il salto di qualità.»

«Non sei tu la prima a dire che poi ti annoieresti a rinchiuderti in una relazione fissa?»

«Non lo so. Forse ho soltanto paura di mettermi in gioco. E sono così stanca di mentire a me stessa.» Giulia guarda in basso. «Alla fine, i ragazzi con cui esco non mi prendono sul serio ed è più semplice dire che mi va bene così, piuttosto che ammettere che nessuno possa innamorarsi di me, per come sono. Ma non è solo questo il problema. In agenzia mi sembra di soffocare.» Giulia cerca gli occhi di Eva. «E poi… non mi riconosco più. Non sono la ragazza che vorrei essere. Mi guardo intorno e vedo solo dei vincenti.» Giulia evita di precisare che si sta riferendo proprio a Eva, che ultimamente le sembra la testimonial di una pubblicità motivazionale del tipo "se vuoi puoi".

Si ritrova a invidiarla. A pensare sempre più spesso che vorrebbe essere lei.

«Ho bisogno che almeno qualcosa vada per il verso giusto, nella mia cazzo di vita» aggiunge. «Ti sembra normale essere così agitata prima di incontrare mio padre? Ma lui è più distante che mai. Tu non mi conosci bene, Eva. Non riesco a reggere i rifiuti.»

«Ti ripeto che ti dirà di sì.»

«Comunque, non ti facevo così scaltra.»

«Non so se prenderlo come un complimento» ribatte Eva. «In ogni caso, stasera ti aspetto da me. Io e Miew abbiamo intenzione di farti trascorrere una serata memorabile. Per l'occasione facciamo un viaggio virtuale in Romagna. Piadina squacquerone e rucola, per cominciare.»

«Scusa. Che occasione?»

«Diciamo che non ti ho ancora ringraziata come si deve per quello che hai fatto per me in questi mesi. E, se con tuo padre tutto andrà bene come penso, dovremo ragionare sul colore della tua nuova auto.»

«Ammetto che non me lo aspettavo. Non mi hai mai invitata da te. Ogni volta dovevo imbucarmi» farfuglia Giulia, ora imbarazzata. «E poi, credevo ti avrebbe dato fastidio. Per la Mini, intendo.»

«Non ho mica l'esclusiva sul modello» ribatte Eva. «Ah, dimenticavo. Oggi mi sono presa il pomeriggio libero. Ho delle commissioni da fare e voglio preparare tutto come si deve per la nostra serata.»

«Mmm, allora prendo il pomeriggio anch'io. Me lo merito» dice Giulia. «E poi, quando non ci sei, non ho nessuno con cui parlare.» Fa una piccola smorfia, assumendo un'espressione meditativa. «Anzi, sai che faccio? Per non rischiare che Mariangela rifiuti il permesso, dirò che non mi sento bene.»

«Potresti passare il pomeriggio al nuovo centro estetico, quello che hanno aperto al Colle dell'Osservanza. E poi, magari, un giro di shopping in galleria Cavour.»

«Ottima idea» dice Giulia con convinzione. «Finalmente un po' di tempo tutto per me.»

«Ora è meglio se torniamo in postazione. Sarò anche entrata nelle grazie di Mariangela, ma Sonia continua a cronometrarmi le pause. Ci vediamo stasera alle sette e mezza da me. Okay?»

«Non vedo l'ora.»

«Sarà una serata indimenticabile, Giulia. Te lo prometto.»

80

Non fa più paura

Marconi si sveglia tra le lenzuola di un letto non suo. È nudo e ha il corpo dolorante. I graffi sulla schiena bruciano. Si guarda una spalla su cui si riconoscono i segni di un morso. Almeno, è ancora vivo.

Samantha apre gli occhi. Linee di mascara colato sulle guance. Si solleva sui gomiti. I capelli neri, arruffati, le scendono fino al seno.

«Buongiorno» dice. «O meglio, buon pomeriggio.»

Marconi non risponde. Rivolge un'occhiata alla parrucca bionda abbandonata sul pavimento. Poco lontano c'è un coltello e dei frammenti di nastro adesivo telato. I ricordi della notte prima lo frustano alla testa.

Si alza. Spalanca la finestra. Raggiunge la poltrona su cui sono accatastati i suoi vestiti a brandelli. Ripensa allo sguardo acceso di Samantha, alla lama che guizzava nella penombra mentre lei glieli tagliava, graffiandogli la pelle.

Marconi prende quel che resta dei suoi vestiti. Li osserva e poi li lascia ricadere sulla poltrona. «Immagino che tu non abbia niente da prestarmi».

«Dovrei avere qualcosa della tua misura.» Samantha si alza. Raggiunge l'armadio come danzando in punta di piedi. Alla luce del sole, non fa più paura. Il giorno l'ha trasformata, infine, in una donna.

Apre un'anta e si flette sulle ginocchia per estrarre da uno scatolone un paio di pantaloni in pelle e una T-shirt nera con la scritta *Hate*.

«C'è anche un paio di mutande, per caso?»

«Il mio ex non le portava.» Samantha si avvicina, guardandolo intensamente. Sembra sul punto di baciarlo.

«Stammi lontana» dice lui.

«Non ti è piaciuto neanche un po'?» Samantha gli accarezza il petto pieno di lividi.

Marconi si massaggia i polsi. «Tu sei malata.»

«Lo so» dice Samantha distogliendo lo sguardo.

81

Si è scatenato l'inferno

Marconi entra in macchina. «Dove cazzo è il cellulare?» dice tra sé. Si guarda intorno. Lo ritrova sul tappetino del sedile del passeggero. Controlla il display: dodici chiamate senza risposta.

Compone il numero di Tommasi.

Il collega risponde con voce concitata. «Marconi, che cazzo! Si può sapere dov'eri finito?»

Lui si schiarisce la voce. «Ho avuto un contrattempo.»

«Un contrattempo? È dalle cinque di stamattina che cerchiamo di contattarti.»

«Stavo seguendo una pista.» Marconi sospira. «Anche se si è rivelata un vicolo cieco.»

«All'alba hanno trovato il cadavere di un ragazzino in Piazza dei Martiri.»

«Arrivo subito.»

«Vacci piano» dice Tommasi. «Guarda che non è mica finita qui.»

«In che senso?»

«Si è scatenato l'inferno, in città.»

«E spiegati, Tommasi!»

«Abbiamo altri due cadaveri. Uno è stato rinvenuto a poca distanza dalla Salara.»

Marconi sente il cuore esplodergli nel petto. Non riesce a ribattere.

«Comunque, quei due sono già all'obitorio» dice Tommasi. «Mentre il terzo cadavere... be', l'altro... Cazzo, è il dottor Montanarini. Te lo ricordi? Il proprietario della Beretta 418.»

«Il collezionista di armi da fuoco. L'amico del prefetto.»

«Numerose ferite di arma da taglio. Secondo Grifo, è opera della Killer dai tacchi a spillo.»

«Merda. Dove sei?»

«Al Club delle Rose, sulla scena del crimine. Stiamo facendo i rilievi.»

Marconi riaggancia, accende il motore e parte in sgommata. Il traffico in via Stalingrado è come un raffreddore appena scoppiato, e si trova presto in un ingorgo.

Inquadra il marciapiede alla sua sinistra e inverte il senso di marcia. L'auto si incastra con il muso per metà sull'altra corsia. Si scatena un finimondo di accidenti e un temporale di colpi di clacson. Marconi si attacca al clacson a sua volta. Poi alza le braccia, ma quelli dell'altra corsia non ne vogliono sapere di lasciarlo passare e la fila di macchine dietro di lui si allunga.

Cerca la sirena nel cruscotto. «Cazzo.» L'ha nascosta nel baule la notte prima.

Preme l'acceleratore, attraversa la corsia e per poco una Mercedes in sorpasso non gli rifà il muso dell'auto. Inchioda. Sterza. Riparte.

La Panda di una scuola guida con al volante un ragazzino procede a passo d'uomo, sotto lo sguardo arreso dell'insegnante.

Marconi gli taglia la strada di netto e sprofonda il piede sull'acceleratore.

82

Il Club delle Rose

Marconi entra nella stanza gremita di divise. Uno dei poliziotti si stacca dal gruppo e gli va incontro con la mano alzata in segno di alt. Marconi estrae il tesserino e l'agente si ritrae.

Riverso sul tappeto c'è il corpo, in posizione innaturale, di un uomo dai capelli grigi pettinati all'indietro, con indosso un completo blu scuro e la camicia bianca completamente inzuppata di sangue. Le braccia sono disarticolate. La testa è appoggiata alla base di un divanetto di velluto, reclinata di lato. Gli occhi sono due fessure d'ardesia piantate su un'ultima immagine di orrore.

Tutt'intorno, sono sparpagliati petali di rosa. Il sole che filtra dall'ampia vetrata che dà sul giardino illumina la scena come un dipinto di inaudita ferocia.

Tommasi si affianca. «Abbiamo contato ventitré coltellate.»

Marconi si passa nervosamente una mano tra i capelli. «Anche sulle mani, vedo. Si è difeso energicamente.» Segue con lo sguardo le macchie di sangue dal tappeto al pavimento, su cui si distinguono delle impronte di scarpe con tacco a spillo.

«Chi l'ha trovato?» dice Marconi.

«Un cameriere, verso le quattro del pomeriggio. Ha detto che Montanarini è arrivato verso l'una per un appuntamento. Aveva espressamente richiesto di non essere disturbato.»

Marconi osserva il vaso con le rose rovesciato sul tavolo, di fronte a uno specchio dalla cornice intarsiata. Accanto alla vetrata c'è un tavolino apparecchiato con i resti di un pranzo. «Appuntamento… galante?»

«È possibile.»

«L'arma del delitto?»

Tommasi gli mostra un reperto imbustato, custodito nella valigetta di un tecnico della scientifica. «Si direbbe questo coltello da cucina.»

Per un attimo, la mente di Marconi gli riporta frammenti della notte scorsa. Legato alla poltrona, con Samantha che brandiva il coltello, gli lacerava i vestiti, gli graffiava la pelle. Scuote la testa per respingere il ricordo.

«E poi c'è un'altra cosa» continua Tommasi. «Sulla scena abbiamo trovato due cellulari. Uno era nella tasca dei pantaloni della vittima. L'altro era finito dietro il divanetto, probabilmente durante la colluttazione.»

Marconi non può fare a meno di pensare che non può essere una coincidenza. Il proprietario di un'arma compatibile con gli omicidi di vicolo delle Dame, ucciso da una donna. Tutto fa pensare a un collegamento tra Montanarini e la Killer dai tacchi a spillo. Ma come? Cosa poteva avere a che fare una spietata assassina con un notaio dalle amicizie altolocate? «Si direbbe che Montanarini avesse letteralmente una doppia vita» dice.

«Pare di sì» dice Tommasi.

Marconi si guarda intorno. «È una zona isolata dal resto del complesso, questa.»

«Si tratta di un privé. È riservato ai soci in cerca di discrezione. Ha persino un ingresso indipendente.»

Marconi si limita ad annuire.

«Pensiamo che l'assassina sia entrata e uscita da lì.» Tommasi indica la porta laterale. «Attraversando il giardino, ha evitato testimoni e le telecamere dell'atrio.»

«Tra l'una e le quattro del pomeriggio.» Marconi pensa a voce alta. «Grifo?»

«È appena andato via con Frolli.» Tommasi scuote leggermente la testa. «Senti. Ma come cazzo ti sei vestito?»

«Lascia perdere. Te l'ho detto, stavo seguendo una pista.»

Tommasi si stringe nelle spalle. «Comunque, è una fortuna che tu sia arrivato in ritardo. Frolli ha fatto una sfuriata epocale. Dice che se non prendiamo in fretta la killer ci sbatte tutti all'ufficio passaporti.»

Marconi fa un cenno di assenso. Si china sul cadavere di Montanarini. Un bordo della giacca è piegato e si intravede la fodera bianca, macchiata di sangue. Si fa consegnare una pinza da un tecnico della scientifica e la usa per scostare un lembo di tessuto, scoprendo il lato interno della tasca. «Guarda qua.»

«Schizzi di sangue.»

«Non sono schizzi. Sono tracce lasciate da delle dita.»

«Cazzo, hai ragione.»

«Probabilmente, l'assassina indossava un paio di guanti e non troveremo impronte digitali come in tutte le altre scene del crimine.» Riflette per qualche istante. «Cercava qualcosa che Montanarini custodiva nella tasca interna della giacca. E, a quanto pare, l'ha trovato.»

Marconi si alza, fa un cenno a Tommasi di seguirlo verso il giardino. «Mi hai parlato di altri due cadaveri.»

«Quella è un'altra storia» dice il collega.

83

Occhi senza faccia

Marconi e Tommasi entrano nella sala autoptica. Su un paio di barelle di metallo sono distesi due cadaveri coperti da un lenzuolo.

Il dottor Cardelli scopre il volto del primo. «Fabio Mancini, anni diciassette. Da un'analisi sommaria, si direbbe che a ucciderlo sia stato un colpo di coltello sul fianco, che ha perforato un polmone. Presumo che il decesso sia sopraggiunto in pochi minuti per pneumotorace, ma confido di dare una risposta più precisa una volta effettuata l'autopsia.»

«È un ragazzino.» Marconi scuote la testa, amareggiato. «Non si direbbe opera della killer.»

«No, infatti» dice Tommasi. «Lui l'abbiamo rinvenuto in Piazza dei Martiri. Nello zaino che portava con sé abbiamo trovato diverse bustine di cocaina e parecchio contante. Si direbbe un regolamento di conti tra spacciatori.» Si rivolge al dottor Cardelli. «A questo proposito, dottore. Mostri al mio collega l'altro cadavere.»

Cardelli fa un cenno di assenso e scopre il viso del corpo disteso nella barella a fianco.

Marconi sgrana gli occhi. Fa uno scatto all'indietro. «Io lo conosco.» Le parole gli sfuggono dalle labbra con l'impeto di uno schiaffo.

Tommasi lo guarda senza capire. «Come sarebbe a dire?»

«Questo è Nunzio Lorusso. Il compagno di Viola.»

«Viola chi?»

Marconi si gratta la nuca. È allibito, sconcertato. «Lascia stare» riesce solo a dire.

Pensa a Viola, al primo momento in cui l'ha incontrata, nella sala d'attesa della questura. La rivede, al bar, mentre davanti a un caffè gli dice con candore che, a volte, ha pensato di uccidere i suoi molestatori.

Quello che fa quella donna, a volte, ho desiderato di farlo anch'io.

Una volta ha sentito dire che secondo gli psicologi forensi i serial killer desiderano segretamente di essere catturati. Per questo, spesso, dialogano a loro modo con le forze dell'ordine.

Marconi si ricompone. Fa un ampio respiro. «L'hanno trovato in via Don Minzoni, giusto?»

«Sì, dietro una colonna, sotto i portici. A poche centinaia di metri dalla Salara.»

Marconi non può fare a meno di ripensare alla notte scorsa. Si trovava a poca distanza dal luogo in cui sono stati commessi due omicidi.

Sente le parole di Cardelli come se provenissero da un'altra stanza. «È stato ucciso con un'arma impropria. La ferita è irregolare e c'è sporcizia sui lembi. Non mi stupirebbe se fosse il tacco di una scarpa, che ha perforato il collo fino a raggiungere la giugulare. Si direbbe che sia morto dissanguato, ma, anche in questo caso, sarà l'autopsia a rivelarlo.»

Tommasi si schiarisce la voce. «Sul pavimento, nei pressi del cadavere, abbiamo rinvenuto un coltello a serramanico.

Secondo una prima valutazione della scientifica, si tratta dell'arma con cui è stato ucciso Fabio Mancini.»

Marconi pensa a voce alta. «Lorusso affronta Mancini. È una questione di droga. Forse il ragazzino ha fatto il furbo, forse vuole una fetta più grossa della torta. Magari, Lorusso vuole solo spaventarlo, dargli un avvertimento, ma la lite degenera e va a finire che lo ammazza. Lorusso si allontana dal luogo dell'omicidio, chi lo sa che non voglia confondersi con i partecipanti alla serata alla Salara, forse procurarsi un alibi. Ma sulla sua strada si imbatte nella donna sbagliata. Una donna che uccide uomini violenti come lui.»

«Che ne sa, la killer, che tipo è Lorusso?» dice Tommasi. «E che ne sai tu?»

«Ti spiegherò tutto, te lo prometto» dice Marconi. «Ma adesso guardalo bene. Non ti dice qualcosa?»

Tommasi osserva per qualche istante il volto di Nunzio. «No. Non mi dice niente.»

«Pensaci. Ti ricordi le parole che aveva usato quel ragazzino per descrivere l'amico di Fabrizio Farina?»

«Ti riferisci a Samuele? Il piccolo lettore di gialli?»

«Esatto. Disse che era un po' più basso di me e che aveva capelli ricci, neri, che sembrano sempre unti perché mette un sacco di gel.»

«Porca puttana» dice Tommasi. «Lorusso è il terzo uomo della rapina alle poste.» Scuote leggermente la testa. «Però, aspetta. Se è stato ucciso dalla Killer dai... da *lei*, insomma, non dovremmo rivedere tutta l'indagine? Voglio dire, a questo punto è sempre più plausibile che gli omicidi siano legati al traffico di droga.»

«No» dice Marconi. «E sento che siamo vicini a scoprire la verità.»

«Spero che tu abbia ragione. Il fatto è che ci troviamo con tre omicidi compiuti in meno di ventiquattro ore. Frolli ha tutte le ragioni per essere furioso. Mesi di indagini e ciò che abbiamo ottenuto è soltanto di accatastare cadaveri in obitorio.»

«Devo ammettere che, in tanti anni che faccio questo mestiere, non mi era mai capitato di assistere a una tale escalation di omicidi efferati» dice Cardelli. «Tutto è cominciato con il cadavere che è stato trovato dietro la fermata dell'autobus.»

«Di che parla, dottore?» dice Marconi, disorientato.

«Lascia stare, non ha niente a che fare con questa storia» dice Tommasi. «È successo circa un anno fa, ben prima che tu prendessi servizio a Bologna. Abbiamo rinvenuto il corpo di un uomo, in una piccola area verde dietro la fermata del 23, in zona Corticella. Era stato ucciso con una pietra. L'assassino si è così accanito sul suo cadavere che della faccia era rimasta solo poltiglia. Abbiamo faticato un bel po' a identificarlo, anche perché non aveva documenti con sé.»

«Come mai non ne ho saputo niente?» dice Marconi.

«Be', tanto per cominciare non se n'è occupato Grifo, ma un altro sostituto procuratore. È stato un regolamento di conti. Quel tale era una vecchia conoscenza della polizia, legato alla criminalità organizzata. Si è di certo trattato di un'esecuzione. Pensa che è stato evirato.»

Marconi fa un gesto di stizza. «Un'esecuzione mafiosa? Con una pietra? E il taglio degli attributi? Sul serio, ti sembra una ricostruzione convincente?»

«Sai bene che non siamo noi a fornire le ricostruzioni, ma la magistratura.»

«Dobbiamo convincere Grifo a ottenere il fascicolo di quell'omicidio» dice Marconi.

«Insomma, collega. Comincio a pensare che tu la veda ovunque, la Killer coi...»

«Non dirlo.» Marconi fa un sospiro. «Comunque, credo che quello sia stato il suo primo omicidio, antecedente a quello di Cagnotto e di tutti gli altri. Se quell'uomo è stato evirato, probabilmente è perché è riuscito a farle quello che gli altri uomini non hanno portato a termine. La killer uccide uomini che tentano di aggredirla, Tommasi! Penso che la sua sia una specie di vendetta, o meglio, una crociata, contro gli uomini violenti. E, se ho ragione, adesso sappiamo anche qual è stato l'evento scatenante della sua furia omicida.»

Tommasi assume un'aria pensierosa. «In realtà, c'è un'altra ipotesi che mi ronza in testa da qualche ora.»

«E cioè?»

«Fino adesso ci siamo concentrati sul fatto che la killer sia una donna, ma sulle descrizioni fornite dei pochi testimoni c'è qualche incongruenza. Ci hai pensato che le assassine potrebbero essere più di una?»

84

Pezzi sbagliati

Giulia si infila in bocca un cucchiaino di dolce al mascarpone. Chiude gli occhi come per assaporarlo con tutti i sensi. «Delizioso. E poi dicono che ogni tanto fa bene sgarrare, no? Per mantenere attivo il metabolismo, intendo.» Con il cucchiaino raccoglie una scaglia di cioccolato dal bordo della coppetta. «Piuttosto, mi è successa una cosa strana. Non riesco più a trovare il mio cellulare.»

«Sono così piccoli che si infilano ovunque» ribatte Eva. «Hai controllato in macchina?»

«Sì, ma non c'era. Mi sarà caduto da qualche altra parte. Spero di non averlo dimenticato in agenzia.»

«Vedrai che salta fuori dove meno te lo aspetti.»

«Speriamo» sospira Giulia. «Comunque, questo dessert è assurdo. Non posso crederci che l'hai fatto con le tue mani.»

«Ma dai. Credo sia il dolce più semplice da preparare in assoluto. Tre ingredienti. Il segreto sta tutto nel polso. Certo, se avessi uno sbattitore elettrico sarebbe ancora più facile.»

«Non so neanche di che parli.»

«Se vuoi ti scrivo la ricetta.»

«Lascia perdere. Chiederò a Giovanna di prepararlo.»

«Marites.»

«Grazie, Eva. Per correggermi e rendermi una persona migliore» scherza Giulia, per poi assumere un'espressione seria. «Nessuno mi aveva mai preparato una cena così. Con il cuore, intendo.»

«È stato un modo per dirti grazie. In questo ultimo periodo sei stata indispensabile per me. Non credo di avertelo detto abbastanza.»

«Ma che dici, non ho fatto niente» si schermisce Giulia. «In compenso, la tua gatta mi odia. Ogni volta che vengo a trovarti si rintana in camera da letto e non si fa più vedere.»

«È un po' diffidente, tutto qui.»

Giulia si sposta sul divano, accanto alla sua nuova maxiborsa Prada. «C'è una cosa che voglio dirti, ma non è semplice. Mi serve un po' di coraggio liquido.» Apre la zip. «Ta-daa! Champagne per le signore!»

«Dom Pérignon? E allora svuotiamo il calice da questo vinello.» Eva svuota in un sorso il suo bicchiere.

Giulia comincia a strappare il rivestimento del collo della bottiglia. «Non è facile dire certe cose a voce alta, ma credo che sia arrivato il momento.»

«Insomma, che c'è?»

«Te lo dico io che c'è. In vita mia non ho mai fatto niente per nessuno.» Giulia libera il tappo dalla gabbietta metallica. «E tu non fai eccezione.» Lo stappa. Il botto risuona come una deflagrazione. Versa lo champagne nei due calici. «Alla nostra.»

«A noi. E alle verità sepolte. Che possano trovare il modo di emergere.»

«Vedi, se do una mano a qualcuno è solo perché ho un tornaconto. Non sono una bella persona. In fondo non è neanche colpa mia. Sono nata così.» Giulia beve un sorso dal calice. «A volte penso di essere sbagliata. Irrecuperabile. Nessuno verserebbe una lacrima, se non ci fossi più.»

«Non dirlo.»

«Sono io che ho sempre avuto bisogno di te, Eva. È così. Lo è stato sin dall'inizio. Sono io a essere sola, non tu. Per te è completamente diverso, tu ci stai bene da sola. A parte quella tua gatta bisbetica, si intende» Un sorriso spento. «Sono io quella insicura, non tu. Non ho altre amiche all'infuori di te. E lo sai perché? Perché sono invidiosa. Intorno a me c'è solo finzione. Tu sei l'unica cosa vera che mi rimane.» Giulia si trincera dietro un'espressione distante. Sembra in lotta con l'impulso di piangere.

«Non sei cattiva, Giulia. Hai fatto tanto per me. Più di quanto immagini.»

«Perché sei gentile con me?» protesta Giulia. «Non lo sai che se avessi avuto l'opportunità, che ne so... ecco, di farti le scarpe al lavoro, per esempio. Be', lo avrei fatto senza ripensamenti. Se ti ho aiutata è perché pensavo che non avresti mai reagito. Non pensavo che avresti davvero preso in mano le redini della tua vita. E intanto mi sentivo così buona. Ma stavo solo riempiendo la mia solitudine.»

«In fondo non facciamo tutti così? Riempiamo la solitudine, i vuoti.»

«Ne sei convinta?»

Eva la guarda intensamente. «Il mondo è un posto brutto. Ci dobbiamo adeguare per sopravvivere. Ognuno di noi, ogni giorno, sceglie le proprie battaglie. Anche se a volte provocano danni collaterali. Qualcuno vive perché qualcun altro muore. Qualcuno cade e qualcun altro si rialza. Tutti mentono, anche solo a se stessi. Ognuno si aggrappa alle proprie convinzioni, che a volte sono complementari a quelle di qualcun altro. Sai cosa penso? Che io e te, in qualche modo, ci completiamo. Ci siamo aiutate a vicenda.»

«Non sarà, piuttosto, che siamo due pezzi sbagliati alla ricerca del proprio posto nel mondo?»

Eva non ribatte. Poi: «Non mi hai ancora detto com'è andata con tuo padre».

«Ha detto di sì. Il pranzo è andato benissimo. Il Club Delle Rose è incantevole e, per una volta, papà è stato docile come un agnellino. Secondo me aveva altro per la testa.» Svuota il bicchiere dello champagne e se ne versa altro.

«Mi fa piacere.»

Giulia si schiarisce la voce. «C'è un'altra cosa. Ti sembrerà stupido, ma a volte ho desiderato di essere te.»

Suona il citofono.

«Aspetti qualcun altro?» chiede Giulia, sorpresa.

«Avranno sbagliato campanello.» Eva schiaccia il pulsante di apertura del portone senza sollevare la cornetta del citofono.

«E se era per te? Non hai neppure chiesto chi è.»

«Non è mai per me.»

Passi pesanti sul pianerottolo.

Qualcuno bussa alla porta. Una voce all'esterno. «Aprite! Polizia.»

85

Non ho ucciso nessuno

«Non capisco.» Giulia è disorientata. Scatta in piedi. «Cos'è successo? Cosa vogliono da noi?»

Eva non risponde. Si accosta alla porta blindata. A fianco di una foto di Miew da cucciola è attaccata quella della sorellina, scattata quando Elisa aveva cinque anni. È Carnevale e indossa una salopette di jeans con la scritta "Good Guy" e una maglia a righe. Ha una parrucca rossa e l'espressione divertita, con piccole lentiggini disegnate sulle guance. Sullo sfondo, una pioggia di coriandoli accompagna la sfilata dei carri.

Eva apre la porta e si scansa. Entrano cinque uomini. Due sono in divisa.

Uno degli agenti in borghese mostra il tesserino. «Ispettore Marconi» dice. La osserva per un lungo istante. Gli ricorda qualcuno, ma è più che altro un'impressione.

«La signorina Giulia Montanarini?» dice poi.

«S-sono io.» Giulia è pallida, le labbra tremano.

Marconi la raggiunge. «Deve venire con noi. Lei è accusata dell'assassinio di suo padre, il notaio Enzo Montanarini. E per altri cinque omicidi.»

«Mio padre… morto?» sbotta Giulia, al colmo dello sconcerto. «Non è possibile. Io…» Si interrompe. Rivoli di lacrime le scendono dagli occhi come in un riflesso involontario. «L'ho visto poche ore fa.» Fa un passo indietro. «Io non ho ucciso nessuno.» Il mascara colato dipinge scie nere sulle guance. «Eva, aiutami! Io non ho ucciso nessuno.»

Eva indietreggia fino a poggiare la schiena alla parete.

Un agente in divisa prende Giulia per un braccio. «Andiamo.»

«Non mi toccate» esplode Giulia mentre viene scortata fuori dall'appartamento. «Papà! Papà!»

86

Che cos'hai fatto?

La porta si apre e il viso della ragazza dai capelli rossi compare dallo spiraglio. «Ah, è lei. Mi spiace, ma adesso non posso. Nunzio tornerà da un momento all'altro. Non voglio che la trovi qui.» Dall'aria stravolta, si direbbe che non abbia chiuso occhio per tutta la notte.

«Ci tenevo a darle la notizia di persona» dice Marconi.

Viola lo osserva per alcuni istanti. Sembra combattuta se chiudere la porta o lasciarlo passare.

Marconi ricambia lo sguardo con intensità. «Fammi entrare, per favore.» Istintivamente è passato al "tu", forse per ridurre la distanza tra loro.

Viola indossa un'ampia maglietta nera. I polsi sono coperti da decine di braccialetti di plastica. Gli volta le spalle e raggiunge il divano. Si siede, raccoglie il telecomando e spegne la tv.

«È per Nunzio, vero? Non è tornato a casa, stanotte.» Guarda la bambola di pezza, appoggiata a un cuscino.

«Non era la persona che credevi» dice Marconi.

Viola non ribatte.

«Non so come dirtelo, quindi te lo dirò e basta. Era un criminale. Questa notte ha ammazzato un ragazzino per una questione di droga. Aveva comprato una grossa partita con i soldi che si era procurato con una rapina.»

Viola fissa lo schermo nero del televisore. «Sta parlando al passato.»

Marconi esita per qualche istante prima di ribattere. «È stato ucciso. Da *lei*. La killer dai...» Si interrompe prima di concludere la frase.

«E le rose?» dice Viola.

Marconi fa un impercettibile scatto all'indietro. Se un tempo aveva sospettato che Viola potesse essere coinvolta negli omicidi, ora deve accettare che, in qualche modo, tramite i sogni fosse entrata in connessione con la killer.

«Le ho viste. Erano bagnate di sangue.» Viola comincia a giocherellare nervosamente con i braccialetti. «Poi ho smesso di sognarle.»

«Le rose non hanno niente a che fare con Nunzio. C'è stato un altro omicidio, questo pomeriggio.»

Marconi ripensa a Giulia Montanarini. Non se la immaginava di certo così, la killer. Si aspettava una femme fatale dallo sguardo risoluto, ma si è trovato di fronte a una ragazza viziata, spaventata. Eppure, tutti gli indizi hanno condotto a lei.

Dopo la morte del notaio Montanarini le indagini hanno subito una brusca accelerazione. Neanche fossero tutti alla ricerca di un capro espiatorio, a partire da Grifo. Il PM non ha nascosto la sua intenzione di rinviare a giudizio Giulia Montanarini, confidando in un processo per direttissima.

Marconi è convinto che ci sia qualcosa che stona, in tutta quella storia. Tuttavia, non può negare che i pezzi del puzzle sembrano tutti al posto giusto. Durante l'interrogatorio, la madre di Giulia ha descritto la figlia come una manipolatrice e una bugiarda seriale, pronta a tutto pur di ottenere ciò che desiderava. Ha detto che i suoi sbalzi d'umore erano diventati ingestibili da quando aveva smesso di frequentare il suo psichiatra. Che aveva problemi relazionali ed era incapace di mantenere una relazione stabile con un partner. Pare che ultimamente Giulia litigasse sempre più spesso con suo padre e che, in un'occasione, avesse persino minacciato di ucciderlo.

Durante la perquisizione nella stanza di Giulia, in un cassetto della scrivania hanno trovato uno spillone per capelli identico a quello descritto da Samantha, con una pietra assente. Sotto il materasso hanno trovato la piccola Beretta che mancava dalla collezione del padre, insieme alle copie di tutte le chiavi delle stanze private del notaio, dove erano conservate le armi.

Il problema è che i nastri con le registrazioni delle telecamere a circuito chiuso di villa Montanarini erano conservati in ordine, in un cassetto dello studio del notaio... tranne uno: il nastro con le registrazioni di due intere settimane di aprile. Proprio quando si era verificato il duplice omicidio di Vicolo delle Dame.

L'ipotesi di Grifo è che durante il pranzo di Giulia col padre qualcosa sia andato storto. Forse Montanarini ha messo alle corde la figlia per obbligarla a riprendere la terapia e la situazione è degenerata. Lei deve aver scatenato su di lui la sua rabbia repressa, tutto l'odio per gli uomini che aveva covato per anni. Durante la colluttazione, Giulia deve aver perso il cellulare. Era il suo, quello che hanno trovato nel privé di Villa delle Rose.

Grifo ha disposto una perizia psichiatrica. Scaveranno nel suo passato per capire se Giulia, durante l'infanzia, avesse subito degli abusi.

Viola scuote leggermente la testa. «Mi sentivo in gabbia. Non è così che mi ero immaginata la mia nuova vita qui al Nord. Avevo pensato di lasciarlo, sa?» Tira su con il naso, se lo strofina con il dorso della mano.

I braccialetti si spostano sul braccio. È in quel momento che Marconi vede i tagli. Graffi come grida tatuate sulla pelle. Diverse lunghezze, diversa intensità di rosso. Le più vecchie sono cicatrici sbiancate. Le più recenti, può quasi avvertirlo anche a distanza, profumano ancora di sangue.

«Cosa hai fatto, Viola?»

«Il dolore era l'unico modo per far tacere la voce nella testa» è la risposta. «Un dolore per scacciare un altro dolore.»

Marconi vorrebbe abbracciarla, ma non riesce ad avvicinarsi. Le gambe si rifiutano di muoversi. «Mi dispiace.»

«Non riesco a capire.» Viola cerca gli occhi di Marconi. «Perché ho sognato tutti gli altri delitti di quell'assassina, ma non quello di Nunzio?»

87

Schegge di cristallo

Eva osserva la luna. È come se potesse respirare la luce che riflette. Le sembra che non sia mai stata così luminosa. Stringe a sé Miew e pensa che un ciclo si è compiuto.

Pensa alla sera di quasi un anno fa. Era sola, alla fermata dell'autobus, dopo un'interminabile giornata di lavoro. A quell'uomo che l'ha trascinata nel parco retrostante, minacciando di sgozzarla con un taglierino se avesse opposto resistenza o se avesse gridato.

Ma lei non era in grado di gridare. La voce si era rifugiata in fondo alla gola, schiacciata dai battiti accelerati del cuore. Eva aveva pianto. Lo aveva implorato di lasciarla andare. Non aveva smesso di supplicarlo nemmeno quando lui l'aveva gettata a terra e le era montato sopra. Lei aveva cercato di divincolarsi, di lottare. Lui l'aveva schiaffeggiata così forte da stordirla.

Un dolore acuto, come una pugnalata in mezzo alle gambe. Era stato così che aveva perso la verginità, Eva.

Aveva cominciato a tastare intorno a sé. Le sue dita avevano incontrato la superficie ruvida di una pietra. L'aveva afferrata e aveva colpito la testa dell'uomo con tutta la forza che aveva.

Lui era caduto a lato. Aveva perso la presa sul taglierino. Si stringeva la tempia, imprecando tra i denti.

Eva era sgusciata via, arrancando. Si era ricomposta, cercando di riprendere una posizione eretta. Aveva visto la striscia di sangue che le colava dalle gambe malferme. Una ferita che, già lo sapeva, non avrebbe mai smesso di farle male. Avrebbe voluto fuggire. Ma un pensiero l'aveva colpita come una martellata.

Aveva pensato che quello che l'uomo aveva fatto a lei avrebbe potuto farlo a un'altra. Un'altra ragazza innocente come…

Il volto di Elisa le si era materializzato davanti all'occhio della mente. Si era ritrovata a stringere con forza la pietra nel pugno fino a sbiancare le nocche. Si era buttata su di lui e gli aveva sferrato in faccia il colpo più duro di cui era capace. E poi ancora, e ancora. Si era fermata molto dopo che lui aveva smesso di lamentarsi. Era rimasto solo sangue e silenzio.

Poi, aveva raccolto il taglierino.

Quella sera, Eva non aveva perso soltanto la verginità, ma l'innocenza. E nei giorni seguenti il dolore era così assordante da toglierle la forza di respirare.

Era stato allora che nella sua vita era arrivata Giulia, così piena di certezze. Sbagliate, forse, ma pur sempre certezze. Giulia si era aggrappata a lei con la testardaggine di chi non ammette rifiuti, aiutandola a riemergere dal buio.

Un passo dopo l'altro, Eva era uscita dalla prigione dell'angoscia. Ed era subentrato, sempre più forte, un accecante desiderio di rivalsa. Di vendetta.

Eva non smette di cercare lo sguardo predatorio di quell'uomo ogni notte in cui esce. Vestita per uccidere. È lui che immagina quando si allena al sacco, in palestra. *Non puoi toccarmi, bastardo*, dice tra sé a ogni colpo.

Pensa alla vertigine che aveva provato quando era stata avvicinata al bar della stazione di servizio. Uno sconosciuto aveva iniziato a farle apprezzamenti sempre più insistenti. Al principio si era sforzata di ignorarlo. Poi era uscita dal bar. Si era diretta in bagno trattenendo il fiato, controllando se lui la stesse seguendo.

La vertigine di un ragno che sta tessendo la tela.

In cuor suo sperava di non doverlo usare, quel vecchio rasoio acquistato nel negozio di antiquariato. Ma aveva riconosciuto in quell'individuo gli stessi occhi del predatore. E quando lui l'aveva braccata nella toilette delle signore, lei si era finta debole. Impaurita.

«Non farmi male» aveva mugolato. Era indietreggiata nel cubicolo. Lui aveva chiuso la porta con un calcio. Aveva cominciato a minacciarla. Si era slacciato i pantaloni.

Lei gli aveva accarezzato la gola con la sua lama.

Da quella notte, Eva non ha più smesso di cercare i predatori sulla strada.

Ha bisogno di versare sangue per purificarsi. Per ripulire il mondo. Come se ogni goccia fosse in grado di riempire il vuoto che ha dentro. Come se il sangue potesse mettere a tacere la rabbia, che altrimenti rischierebbe di divorarla dall'interno.

Ama raccontarsi che lo fa per tutte le donne. Per la sua adorata sorellina e per la ragazza seduta accanto in autobus. Per colei che sta rientrando a casa nella notte che adesso è rischiarata dalla luna e impugna le chiavi, sobbalzando a ogni rumore alle sue spalle.

A volte il sacrificio di uno è necessario per il bene di tutti.

Si allontana dalla finestra e si siede al tavolo. Miew emette un tenue miagolio e si tuffa sul pavimento.

Eva afferra il suo calice e beve un sorso di champagne.

«Non c'è niente di personale» dice alla sedia vuota, dove durante la cena sedeva Giulia. «Ho *dovuto* farlo. Tuo padre aveva scoperto tutto. Nelle registrazioni delle telecamere a circuito chiuso aveva visto che mi intrufolavo nella sua armeria. Mi aveva vista rubare la pistola. Aveva tentato di ricattarmi. La cassetta in cambio di... Be', hai capito.»

Era stata abile, Eva, a evitare di essere inquadrata dalla telecamera di sicurezza della gioielleria di via Cartoleria, ma aveva sottovalutato le manie di controllo del notaio Montanarini. Non si era accorta che in un soprammobile dell'armeria era nascosta una telecamera.

Guarda la ciotola di Miew. Si alza, la raccoglie dal pavimento. Sul retro, attaccata con il nastro adesivo, c'è una cassetta MiniDV. *Telecamere armeria – 16-30 aprile 2004*. La stacca e la soppesa tra le dita.

«Avevi ragione» continua. «Era un bastardo, tuo padre. Gli ho dato appuntamento al Club Delle Rose dopo di te.» Per un attimo, le sembra di percepire l'odore pungente delle rose bagnate nel sangue. «È stato semplice sottrarti il cellulare e collocarlo sulla scena del crimine, in una posizione defilata, così che sembrasse caduto per caso. La pistola e il fermacapelli li avevo già nascosti nella tua camera da letto.»

Eva fa tintinnare il suo calice con quello al posto di Giulia. «Ai sacrifici che dobbiamo compiere per rendere il mondo un posto migliore. A modo nostro.» Lo innalza e se lo porta alle labbra. «Ero sicura che non ti saresti accorta che ti avevo sottratto quel meraviglioso fermacapelli. Era in un cassetto, dimenticato in mezzo a decine di altri accessori. L'ho usato per trapassare l'occhio di un verme, così che non potesse guardarmi più. In quel vicolo, lui e il suo amico avrebbero voluto violentarmi. Non gliel'ho permesso.» Eva mima la canna di una pistola con due dita. «*Bang, bang!*»

Il viso di Giulia le compare davanti. «Siamo due pezzi sbagliati alla ricerca del proprio posto nel mondo» le aveva detto. «A volte ho desiderato di essere te.»

Il tuo desiderio è stato esaudito.

Per i poliziotti e per il resto del mondo tu sei me, la Killer dai tacchi a spillo.

La tua vita che sentivi vuota ora ha trovato uno scopo.

Eva appoggia il bicchiere sul tavolo e ricomincia a parlare con l'immagine impalpabile al posto di Giulia che soltanto lei può vedere. «Le autorità e i media saranno soddisfatti, almeno fino al prossimo caso da prima pagina. Al processo potrai contare sui migliori avvocati. Chi può prevedere come andrà a finire? Ma, intanto, tutti si sono convinti che la Killer dai tacchi a spillo sia stata catturata. In quanto a me, diventerò più cauta. Sarò meno plateale.»

Eva cammina fino allo specchio. Estrae il rossetto dalla borsa. Traccia una linea rossa sulle labbra.

Avvolta nella penombra, la sua pelle è chiara come quella di una bambola di porcellana. Gli occhi sono celesti come schegge di cristallo. Boccoli biondi incorniciano l'ovale del viso.

Sorride.

Nota dell'autrice

Quello che avete tra le mani è la rielaborazione del mio primo thriller, esaurito da tempo.

Fu originariamente pubblicato nella collana "Il Giallo Mondadori presenta" nel 2008, ma la sua gestazione cominciò molto prima, nell'estate del 2005, mentre Bologna era funestata da un'inarrestabile serie di aggressioni sessuali nei confronti delle donne. Ricordo esattamente il momento in cui decisi, metaforicamente parlando, di prendere in mano la penna. Avevo letto la notizia di una ragazzina di sedici anni stuprata in pieno giorno, alla fermata del bus.

Di fronte a una tale terrificante escalation, mi sentivo oppressa e impotente. L'unica cosa che potevo fare era scrivere.

Lo feci di getto.

Ero poco più di una bambina quando ho subito il primo tentativo di violenza sessuale. Sono riuscita a liberarmi, a scappare. Ne sono uscita con dei graffi, ma il terrore assoluto che ho provato in quel momento non mi ha più lasciata. Si materializzava la notte, sotto forma di incubi. Succede ancora.

Un vento di tale violenza non tollera neutralità: devo urlare. Non è un caso se ho scelto questa frase di Sylvia Plath per l'esergo. Gridare la mia rabbia e la mia frustrazione, riversandole sulle pagine, è stato l'unico modo che conoscevo per non implodere. Per esprimere la mia vicinanza a quelle donne violate. Donne che avevano una storia, dei legami, dei sogni e che sentivo come sorelle, come radici di uno stesso albero.

Perché, dunque, la decisione di riproporre oggi questo romanzo? Per quanto sembri assurdo, ho l'impressione che in quasi vent'anni non sia cambiato sostanzialmente niente. Le notizie di cronaca si succedono implacabili, non c'è un'educazione sociale di fronte a queste tematiche e le donne molestate, o violentate, o uccise, sembrano il più delle volte ridotte a semplici numeri. Provo la stessa rabbia e la stessa frustrazione di quel tempo. Provo la stessa necessità di gridare la mia indignazione.

Se non fosse per la Bambola, il mio percorso professionale sarebbe stato molto diverso. Dicevo che lo cominciai nel 2005. Il titolo di lavorazione era l'eloquente e provocatorio Kill the dick (ve l'ho detto che ero infuriata). Lo completai in cinque settimane. Più breve del libro che avete tra le mani. Una novella o un racconto lungo, più che un romanzo. Un piccolo editore a cui lo proposi lo apprezzò, ma si disse impossibilitato a pubblicarlo proprio a causa della brevità. Gli altri non risposero o inviarono generiche lettere prestampate di rifiuto, che conservo ancora.

Va precisato che io stessa, rileggendolo, avevo la sensazione che non fosse ancora compiuto. Così, nel 2006, ci rimisi mano, espandendo alcune linee narrative di cui sentivo di non aver sfruttato appieno le potenzialità. Una delle prime cose che feci fu cambiare il titolo – da qualcosa si deve pur cominciare, d'altronde.

Ero quasi alla fine della stesura quando il portatile che usavo per scrivere si spense improvvisamente. A quanto pare, un guasto alla batteria. Il risultato? Una volta riparato il computer, al suo interno non c'era più traccia del documento. Lo ammetto, fu un momento di profondo sconforto. Mesi di lavoro sembravano essere andati perduti in un battito di ciglia. Si era concretizzato uno degli incubi peggiori di ogni scrittore: avevo perso il romanzo. Mi misi a cercare tra gli appunti e tra i (pochi) estratti che avevo stampato per ricostruirlo almeno nella sostanza. Inutile dire che, anche considerando il mio stato d'animo, l'impresa sembrava impossibile. Finché, grazie a un programma di recupero dati, non saltò fuori una copia di sicurezza, memorizzata nei recessi del disco rigido. Riuscii così a recuperare il file e a terminare la stesura.

Per prima cosa ne parlai con Luigi Bernardi, che era un punto di riferimento per il giallo italiano. Lui lo inviò a un grande editore con cui aveva collaborato in passato, scrivendo (come appresi in seguito): «Dopo tanti giallisti bolognesi, una noirista tosta e senza mezzi termini. Molto sangue, sesso, un'atmosfera cupa e ambigua. Qualcosa di nuovo, insomma. Ti preciso che non ho alcun interesse nella faccenda, solo il piacere di promuovere qualcuno che se lo merita.» L'editore non rispose nemmeno. Luigi mi inviò un messaggio: «Gli editori sono teste di cazzo. Ma si sapeva...» Era poco incline agli eufemismi, Luigi (e, oltre che autore, era lui stesso un editore). Con lui pubblicai poi il dittico di novelle nere di Amelia, ma è un'altra storia.

Poche settimane dopo mi annunciarono la vittoria al Gran Giallo di Cattolica con il mio racconto Una storia da rubare. Durante la premiazione conobbi Andrea G. Pinketts, che era uno dei miei miti nella letteratura italiana, non solo di genere. Mi confessò di essersi battuto per il mio racconto perché lo considerava innovativo per il genere e di aver fatto le ipotesi più disparate sull'identità di chi lo avesse scritto (le candidature erano anonime).

Il premio consisteva nella pubblicazione del mio racconto in coda al Giallo Mondadori. In realtà, fu pubblicato in appendice a un altro periodico che nel frattempo era stato concepito dall'editor Sergio Altieri, ovvero la collana «Il Giallo Mondadori presenta» dedicata a romanzi di genere italiani. Qualche settimana prima della pubblicazione, Altieri venne invitato a un festival letterario poco lontano da dove abito, e a cui ero stata invitata anch'io. Quando lo incontrai, mi disse che il mio racconto gli era piaciuto moltissimo. Mi chiese se volevo scrivere un romanzo e proporglielo per la sua collana. Io ce l'avevo già: La Bambola dagli occhi di cristallo. Inviai il manoscritto presso la redazione Mondadori e Altieri mi rispose nel giro di pochi giorni per dirmi che sarebbe stato felice di inserirlo in programmazione. Il titolo in copertina fu abbreviato per esigenze di sintesi: La bambola di cristallo. Trovavo che suonasse bene.

Il romanzo uscì in edicola il 22 maggio 2008. Sapevo che sarebbe stato fuori per un mese soltanto. A Milano, Stefano di Marino fece da relatore alla Libreria del Giallo di Tecla Dozio. La stessa Tecla lo prese così a cuore che si adoperò per farmi invitare a festival a cui non avrei mai avuto accesso, soprattutto considerando che si trattava di una pubblicazione da edicola. Ne parlò Giuseppe Lippi, allora editor della collana «Urania», nell'Almanacco del Giallo di Sergio Bonelli Editore, definendolo «una storia allucinante alla Dario Argento, un tetro noir ambientato a Bologna con una crudelissima eroina». Ripensandoci, anni dopo, interpretai quella prima apparizione in un periodico di Bonelli – per cui oggi curo la serie «Dylan Dog» – come un segno del destino.

Al festival del giallo di Pontedera incontrai un altro dei miei miti: Massimo Carlotto. Vinsi l'imbarazzo e gli regalai una copia del romanzo. Mi disse che lo avrebbe letto in treno durante il ritorno a casa. La sera stessa mi scrisse un'email che non avrei mai dimenticato e che da quel momento divenne uno dei miei mantra. Scrisse semplicemente: «Ma quale giallo! Vero e fighissimo gotico. Me lo sono bevuto.»

Quello che non avrei mai immaginato è che in quelle settimane si trovava in Italia Maxim Jakubowski, scrittore inglese proprietario della Libreria del Giallo di Londra. Maxim comprò il romanzo in edicola e lo lesse. Be', lo apprezzò così tanto da propormi un contratto di pubblicazione con l'editore inglese con cui collaborava. Un anno dopo, il romanzo uscì nei paesi anglosassoni con il titolo The girl with the crystal eyes. Quando mi chiamarono dalla BBC per chiedermi di partecipare al documentario Italian Noir a fianco di Carlotto, Camilleri, Lucarelli e De Cataldo, pensavo fosse uno scherzo. Al reporter chiesi perché avevano voluto un'esordiente a fianco di autentici giganti. Mi rispose di aver trovato il romanzo sconvolgente, una Bologna ben diversa da come la dipingono i luoghi comuni. Una Bologna che sanguina. Così, prima di avere anche solo un trafiletto nei giornali locali, incassai l'endorsement della BBC e, poi, due bellissime recensioni su «The Guardian» e «The Independent».

In Italia si fece avanti Castelvecchi per riproporre il romanzo in libreria. Per l'occasione, rimisi mano al testo: che ci crediate o no, lo consideravo ancora un "work in progress". Uscì nel 2011 e passò pressoché inosservato.

L'idea di ripubblicarlo in una forma che consideravo definitiva mi rimase in mente come un tarlo, ma dovettero trascorrere più di dieci anni perché si concretizzasse, in particolare durante una chiacchierata avvenuta a Milano con Antonio Franchini, Nicoletta Verna e Jacopo Gori riguardo i miei progetti futuri dopo Il fuoco dentro. Non avevo dubbi: volevo riportare in libreria la Bambola con il mio editore, Giunti, con cui mi sento in famiglia. E volevo farlo con una nuova edizione rielaborata che al tempo stesso non tradisse il materiale originale e quel grido primordiale da cui è scaturito.

Così, all'inizio del 2024, è cominciato il serrato confronto con Nicoletta che ha portato alla revisione di alcune linee narrative e a vere e proprie riscritture di interi capitoli. Trovo significativo che questo romanzo esca, per pura casualità, lo stesso giorno - il 22 maggio - diciotto anni dopo la prima edizione.

Ho in mente tutte le persone che non ci sono più e che hanno creduto in questa storia. Luigi, Sergio, Tecla, Stefano, Giuseppe e Andrea non smetteranno mai di mancarmi.

È un'opera diversa da quella pubblicata quasi vent'anni fa, ma è scritta con la medesima urgenza, con il medesimo furore.

Barbara Baraldi

Della stessa autrice

Barbara Baraldi

Aurora nel buio

Aurora Scalviati era la migliore, fino al giorno di quel conflitto a fuoco, quando un proiettile ha raggiunto la sua testa. Da allora, la più brava profiler della polizia italiana soffre di un disturbo bipolare che cerca di dominare attraverso i farmaci e le sedute clandestine di una terapia da molti considerata barbara: l'elettroshock.

Quando per motivi disciplinari Aurora viene trasferita in una tranquilla cittadina dell'Emilia, si trova di fronte a uno scenario diverso da come lo immaginava. Proprio la notte del suo arrivo, una donna viene uccisa. Il marito è scomparso e l'assassino ha rapito la loro bambina, Aprile, di nove anni. Su una parete della casa, una scritta tracciata col sangue della vittima: «Tu non farai alcun male».

Aurora è certa che si tratti dell'opera di un killer che ha già ucciso in passato e che quella scritta sia un indizio che può condurre alla bimba, una specie di ultimatum…

Ma nessuno la ascolta. Presto Aurora capirà di dover agire al di fuori delle regole, perché solo fidandosi del proprio intuito potrà dissipare la coltre di nebbia che avvolge ogni cosa. Solo affrontando i demoni della propria mente potrà salvare la piccola Aprile ed evitare nuove morti…

Barbara Baraldi

Osservatore oscuro

L'"osservatore oscuro" è l'*alter ego* negativo che ci portiamo dentro, quello che ci dice che non ce la faremo e quello che alimenta le nostre paranoie, gli incubi peggiori…

Per Aurora Scalviati, giovane profiler della polizia di Sparvara, i colleghi Bruno Colasanti, Tom Carelli e Silvia Sassi sono diventati la famiglia che non ha mai avuto. Ma tutto è destinato a cambiare con il ritrovamento, alla Certosa di Bologna, del cadavere di un uomo senza nome né documenti di riconoscimento. Gli unici indizi sono la bocca cucita e un tatuaggio sul petto con il nome di Aurora, eseguito *postmortem*.

Sospettata di essere coinvolta nell'omicidio e interrogata senza sosta, Aurora deve scontrarsi non solo con la diffidenza dei superiori, ma anche con quella dei suoi più stretti collaboratori. Il suo rapporto con Bruno viene messo a dura prova dopo la scoperta che lo vede coinvolto in un giro di corse clandestine in cui bazzicano skinhead e membri della malavita organizzata, mentre Tom e Silvia sono troppo impegnati con i loro nuovi incarichi, l'uno presso la polizia Postale e l'altra con l'accorpamento dei forestali con i carabinieri.

Ognuno di loro, però, non sa di essere diventato il bersaglio di un serial killer che ha intenzione di uccidere uno per uno le persone più vicine ad Aurora…

Barbara Baraldi

L'ultima notte di Aurora

Le ferite dell'anima sono le più difficili da risanare. Lo sa bene Aurora Scalviati, profiler in un commissariato della provincia emiliana con un doloroso passato alle spalle. Per questo ha accettato di raccontare la sua storia alla conferenza del professor Menni, esperto di disturbi post-traumatici. Ed è proprio qui che Aurora incontra una misteriosa ragazza dai lunghi capelli neri che le rivolge una domanda: «Credi che si possa davvero uscire dal buio?». Un quesito che di lì a poco diventa un testamento, perché la giovane si toglie la vita gettandosi dalla torre del palazzo. Un caso archiviato come suicidio, ma Aurora non ci vede chiaro ed è ossessionata dalle parole della sconosciuta. Non c'è tempo però per i sensi di colpa: il ritrovamento di un cadavere sfigurato, su una secca in riva al Po, la costringe a rivedere le sue priorità. L'unico indizio è la foto di una bambina, che la vittima conservava come un sinistro trofeo. È l'inizio di una caccia serrata a un serial killer. Aurora sa di non poter fare tutto da sola: deve riunire la sua vecchia squadra, i Reietti. Ma quando Bruno e Silvia le voltano le spalle, l'unico interlocutore rimane l'enigmatico Curzi che, pur rinchiuso nell'isolamento di una struttura psichiatrica, sembra conoscere la verità. Un grosso rischio per Aurora, perché scendere a patti con il male può scoperchiare segreti che avrebbero dovuto restare sepolti per sempre…

Barbara Baraldi

La stagione dei ragni

È una sera d'estate del 1988, e a Torino si verifica un evento inspiegabile: il ponte Vittorio Emanuele sul fiume Po è completamente invaso da colonie di ragni, con lunghissime ragnatele sul parapetto che porta al santuario della Grande Madre. Quasi un prodigio, che attira decine di curiosi. Intanto il sostituto procuratore Francesco Scalviati si trova dalle parti del Pian del Lot, sulla scena di un crimine: una coppia di fidanzati uccisi in macchina, in un luogo solitario dove si erano appartati. È il terzo omicidio che sembra imputabile alla stessa mano. Tra i presenti c'è anche Leda De Almeida, giornalista investigativa con un passato traumatico in Libano, che Scalviati tenta di dissuadere dall'intraprendere un'indagine autonoma che potrebbe rivelarsi pericolosa. Ma a dare una svolta imprevista agli eventi sarà l'arrivo di Isaak Stoner, analista dell'FBI, che offre a Scalviati i nuovi potenti strumenti della criminologia, come il *profiling* e la teoria degli omicidi "seriali", ancora sconosciuti in Italia. Seppur affascinato da queste idee innovative, Scalviati non riesce a fidarsi completamente del collega americano, convinto che nasconda un segreto. Nel frattempo, si avvicina il giorno del parto per sua moglie: sarà una bambina, ma i due non riescono a deciderne il nome. Proprio allora, il "mostro" colpisce di nuovo…

Barbara Baraldi

Cambiare le ossa

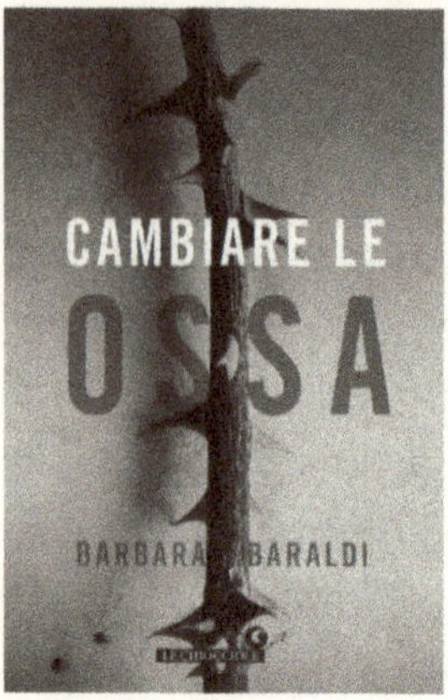

Torino, 1988. Tito Ferretti ha solo quattro anni quando assiste all'omicidio di sua madre e del suo amante: è opera del "mostro", il serial killer che sta terrorizzando la città e che sarà catturato, dopo un'indagine serrata, dal sostituto procuratore Francesco Scalviati.
Sono passati 34 anni da allora. Il ricordo di quei fatti è lontano, ma il rinvenimento di un cadavere sfigurato sembra improvvisamente riaprire l'incubo: è Tito Ferretti. L'hanno massacrato con un antico spaccaossa, terza vittima di un assassino che agisce secondo una precisa, feroce dinamica. C'è un collegamento con il mostro, e quale? Il commissario Damiano Provera sa che solo una persona può venirne a capo: Aurora Scalviati, figlia del magistrato che negli anni Ottanta seguì il caso del mostro, venuta al mondo la stessa notte in cui le mani del padre si macchiarono di sangue. Capace, soprattutto, di scorgere le connessioni che nessun altro vede, e farne materia per identificare il killer. Aurora realizza subito che, anche se non sembrano avere nulla in comune, le vittime sono state scelte in base a un disegno preciso. E viene attratta da due indizi inquietanti: delle inspiegabili incisioni sulle ossa di Ferretti e un libro misterioso sulle connessioni fra teoria quantistica e fede. Mentre cerca di decifrare l'enigma arriva un'altra notizia sconvolgente: Giorgia, una ragazzina di dodici anni, è appena stata rapita... È l'inizio di un viaggio allucinante dove Aurora dovrà ricostruire un meccanismo perfetto e spietato, confrontarsi con la potenza della mente umana e capire che il passato è l'unica chiave per penetrare il presente. E l'unica possibilità di redimersi.

Barbara Baraldi

Il fuoco dentro

Non sa dire, Janis, perché detesti tanto Port Arthur, la piccola città del Texas dove è nata e cresciuta. Forse è l'aria asfittica o il perbenismo imperante, oppure il fatto che, a parte lei, nessuno sembra accorgersi che il mondo sta cambiando. Sono gli anni Cinquanta e Janis è un'adolescente inquieta. Non è docile, non è gentile, non fa niente per apparire bella. Legge On the road e sogna di andarsene. I suoi genitori non la capiscono; come potrebbero? E i compagni aspettano che nessuno li veda per bullizzarla brutalmente nei corridoi della scuola. Così Janis si convince di non meritare amore. Di non meritare niente. Di sé apprezza solo una cosa: la voce, quel grido limpido e sporco che la libera da ogni dolore. C'è una vecchia foto in cui ha tre anni e sorride. Sul bordo sua madre ha scritto Si addormenta cantando. Non lo sa ancora, ma di cantare non smetterà mai.

Barbara Baraldi tinge di nero la storia della rocker più grande di tutti i tempi per dare vita a un romanzo travolgente. Janis divampa come un fuoco nei suoi perenni contrasti: il sogno di un'esistenza normale e la seduzione feroce del successo, la sete d'amore e la solitudine fuori dal palco, la disperazione cosmica e il tentativo di placarla nell'abbraccio dolce e spietato dell'eroina. E poi il sesso e le risse con Jim Morrison, l'alba al Chelsea Hotel insieme a Leonard Cohen, la fratellanza con Jimi Hendrix, l'attrazione devastante per Peggy Caserta. La musica, su tutto: estrema rivalsa, via di salvezza, dea consolatrice a cui immolare l'anima. Fino alla fine, e per l'eternità.

Stampato presso Elcograf S.p.A.
Stabilimento di Cles